读懂了你的心

张君燕 著

路过心上的经典散文
邂逅一生的悦读，愿你翻过每一页

线装書局

图书在版编目（CIP）数据

读懂了你的心 / 张君燕著. —北京：线装书局，2019.11（2022.7）
ISBN 978-7-5120-3708-3

Ⅰ. ①读… Ⅱ. ①张… Ⅲ. ①散文集—中国—当代
Ⅳ. ①I267

中国版本图书馆 CIP 数据核字(2019)第 136741 号

读懂了你的心

著　　者：张君燕
责任编辑：张　倩
装帧设计：宋双成
出版发行：线装书局
地　址：北京市丰台区方庄日月天地大厦 B 座 17 层（100078）
电　话：010-58077126（发行部）　010-58076938（总编室）
网　址：www.zgxzsj.com
经　　销：新华书店
印　　刷：唐山富达印务有限公司
开　　本：640mm×910mm　1/16
印　　张：19
字　　数：244 千字
版　　次：2022 年 7 月第 1 版第 2 次印刷
印　　数：10001—20000 册
定　　价：49.80 元

线装书局官方微信

在阅读中优雅老去

二十岁时，第一次去凤凰，不为古镇美景，只为能与偶居夺翠楼的黄永玉先生见上一面。

时逢雨季，沱江奔啸，烟波微茫信难求。苦待数日，仍没能等到想见之人。

在清冷的雨丝中独自徘徊，满心失落。无意走进一家书店，里面尽是沈从文先生的文本作品。无处可去，只好在僻幽的角落里翻阅旧籍。而后，一发不可收拾。

回程当日，总觉有重要东西遗落城中，寻思许久，才跑去那条巷子的书店里买了本周身泛黄的《边城》。这本有着深蓝小印戳的《边城》，至今仍安躺于我的书柜里——它不仅使我在未果的行程中找到些许补偿，更让我在之后的时光无比怀念二十岁的自己。

再后来，兴许命里所定，真与书结下了不解之缘。不但自己看书写书，更领着诸多热爱文学的人走上了自己想走的路。

我经常跟学生们说，阅读是写作的命脉，只有不断阅读，才能保持创作角度的新颖和思维的敏捷。然而，阅读所赐予的，又何止是这些？

不管在何时何地，只要手中捧着一本书，心里便会觉得安然。书不但能排遣无聊的寂寞，将岁月的伤痛逐一缝补，还能把心灵淬炼成一块玲珑美玉。

一个爱书之人，必是睿智且沉稳的。遇事不惊，处之泰然。古人所说的“腹有诗书气自华”，便是这意思。

生命本就是一次有限的跋涉。一个经常看书和一个经常沉迷在网游世界的人，心灵绝对是不一样的。前者，往往更能体悟一叶一菩提的真谛。

书本所给予心灵的力量，是不可言喻的。十年寒窗，说的并不是读书人的艰辛，而是意在表述读书人的坚忍和不懈。试问，有多少人可以在寒窗下十年如一日地重复做同一件事情？

正如北大教授曹文轩所说，世间最优雅的姿态，就是阅读。不论静坐还是倾卧，甚至在厕所里，它都是最美的姿态。因为这样的人，通常都会从骨子里散发出一种极具亲和力的书卷气。

阅读人物，通晓历史，可以从他人鉴知自己得失；阅读杂文，百味世事，可在辛言辣语中澡雪精神；阅读情感，温热肺腑，可居书香浓情里滋养心灵；阅读故事，体会人生，可于静谧岁月中倾情流泪……

每一种书，都是风景；每一本书，都是亟待窥破的秘密。

宋朝诗人黄山谷有一句名言："三日不读书，便觉语言无味，面目可憎。"这其中说的，就是每日读书的重要性。

本系列图书，所遵循的就是这个简单的理论。通过遴选当下不同类型的精华文章，给读者送去不同的心灵养分——成长的人生让你懂得如何珍惜青春，成功的智者让你明白如何把握自己的人生，真情的自我让你寻回本真的感动，感悟让你看到世界别样的美好……

为了能找到年度最精华的文章，为了给读者省去寻找的烦琐，我们几乎把本年度的期刊翻了个遍，目的就是为了去其糟粕，取其精华。

我们的宗旨只有一个，就是为这个时代的读者，奉献好书。

但愿我们可以放慢忙乱的步伐，一起在欢愉的阅读中，优雅老去。

一路开花

2018年12月书于云南曲靖

目录

第一辑　英雄也会老去

第二辑　在回忆里等你

第四辑　愿每一个生命都柔软如初

第五辑　只取温暖不记寒

第一辑

英雄也会老去

我一直以为父亲仍是我记忆中那个威武的男人，我却忘了，他已经是个60多岁的老头，而我也已经成为一个母亲。但是那又怎样？即便如此，他仍然是我的英雄，仍然会在我需要的时候，第一时间帮我排忧解难。

妈妈的吻

在女人生了孩子基本上就只能围着家庭转的 20 世纪七八十年代的农村，母亲绝对算是另类了。生下我不满三个月，母亲就把我丢给奶奶，忙着去处理她工厂里的业务——那是她费尽心力刚刚建起来的厂子。尽管结婚后，父亲逐渐接手了厂里的事务，但很多事情还是离不开母亲，需要她亲自去理顺、解决。

奶奶的思想很传统，她认为女人还是本分一点好，安心地在家里相夫教子才是正道。母亲在生下我后答应奶奶，她会放手给父亲，然后慢慢回归家庭，让奶奶给她一点时间。只是没想到，母亲口里的“一点时间”却是遥遥无期。

整个童年时期，我对母亲几乎没有什么印象，她常常两三个月才回来一次，即使回来也是匆匆忙忙。那时候，我性格比较内向，加上对母亲又很“陌生”，所以每次母亲抱我的时候，我都拼命挣扎。有一次，她强行将我揽在怀里，并且想要吻我，我挣扎不过，恼极之下，用小手狠狠扇了母亲一巴掌。母亲愣了一下，木然地松开了我，随后便匆忙走了。

此后，母亲依旧忙碌，偶尔会回来简单问我一些基本情况，有时会怅然若失地拍拍我的脸蛋。只是,不再试图与我亲昵。我倒没什么特别的感觉,母亲与我而言,就是一个可有可无的存在,我想要的一切温暖,奶奶都给我了。

6岁那年,奶奶与母亲爆发了一次激烈的冲突。奶奶说母亲不负责,家庭孩子都不管不顾,只知道成天“疯跑”。那时父亲常常在家,奶奶便说,一个男人都没你忙,不知道你一个女人能有多大能耐。母亲一开始只是沉默,接着开始试着辩解,后来竟越说越激动,连说带比画,嗓门也越来越大。

当时我就站在一旁,看到母亲不断挥舞的双臂,我突然生出一股愤怒:凭什么要欺负奶奶?奶奶对我那么好,给我穿漂亮的衣服,给我吃各种好吃的食物,让我在小伙伴们面前充满了优越感。这样想着,我便冲到母亲面前,发疯似的用双手、双脚不停地踢打着母亲,嘴里嚷嚷着“你走!你走!永远不要再回来了”。

我的表现让所有人都很意外,连奶奶都愣住了,母亲也一下子冷静下来,不声不响地离开了家。父亲瞪了我一眼后,匆忙追出门去。

后来,母亲还是没有实现她对奶奶“回归家庭”的承诺。不过,奶奶也没有再提及此事,大家似乎都默认并习惯了这样的生活方式。我大一些时,母亲在家的时间相对多了起来,只是我们之间却像是隔着一层什么东西,完全没有一般母女之间的亲密,仅仅只是家人而已。是的,只是生活在一个屋檐下的家人。

一个冬日,我坐在屋子里陪奶奶看电视,看到电视里的一个女强人时,奶奶叹了口气说:“唉,其实你妈也挺不容易的,我总想按老标准要求她,可她也有自己的活法啊!一个女人在外面打拼,受多少罪,没人能想象出来,有些苦你爸都吃不了。”我听了突然有些难过,可仍有些不满，作为母亲，她都没怎么管过我。“你以为给你吃好的穿好的，那些钱都是大风刮来的？那都是你妈辛苦赚来的呀！”奶奶摇了摇头说。

听到母亲在院子里喊我，我走出去，母亲举着镜子晃了晃，对我说：“刚看到几根白头发，我够不到，你帮我拔掉，好吗？”她脸上的笑容里带着讨好，甚至还有几分谦卑。我突然鼻子一酸，快步走了过去。

在冬日的暖阳里，我俯在母亲身后，耐心地帮她找白头发。我的手偶尔落在母亲肩头，她微微侧头，装作不经意地在我的手背上蜻蜓点水般吻了一下。感受到由手传来的柔软，我的心一阵触动，却仍不动声色地继续帮母亲拔白头发。只是，在与母亲的目光相遇时，我在母亲的眼睛里看到了两汪如水的柔情。

·举高高

也许每一个父亲都格外偏爱自己的女儿，老公就是如此。面对女儿时，一向粗犷豪放的他会一下子变得小心翼翼起来，冷峻的脸上堆满了层层笑意，说话时低声细语，目不转睛地盯着她看，似乎在那一刻，他的世界里只有那个小小的人儿。不知道女儿说了句什么话，他开心地抱起女儿，用双手把她举过头顶，举得很高很高，女儿一边喊着害怕一边又兴奋地咯咯直笑。在父亲的头顶，女儿笑成了一朵花。

其实，哪个女孩不曾被父亲高高地举过头顶呢？

小时候，父亲在一家工厂里上班，每天早出晚归，等我起床时，父亲已经骑着自行车上班去了。因为与父亲相处的时间很少，我对父亲多多少少有些生疏，面对父亲时，甚至有些怯怯的，完全不像和母亲在一起时，亲昵地拱在她的怀里撒娇。

我与父亲之间关系的改变源于一次意外。那天傍晚，疯玩了一天的我倦意沉沉，便爬上床睡着了。母亲见我睡得很香，就自己出去打酱油。不料母亲刚走，我就醒了过来，看着黑漆漆的窗外，我呼唤着母亲，却一直没有回应。我突然感觉很害怕，大声哭了起来。刚好此时，父亲下班回来，听到我的哭声，他快步走到床前，我一下扑进父亲的怀抱。那是我第一次和父亲如此亲密地接触，父亲显然也有些意外，他迟疑了一两秒的时间，但很快就紧紧地抱住了我。接着，他似乎是出于父亲的本能，双手用力地把我举过头顶，然后原地转圈，让我在他的头顶破涕为笑。我第一次从那么高的视角看四周，原来与我平时看到的是那么不同，充满了乐趣和新鲜。从那一次开始，我迷恋上了被父亲举高高的感觉，也从那一次开始，我和父亲之间的关系一下子变得亲密起来，甚至惹得母亲连连嫉妒。

此后，举高高成了我和父亲之间的“固定节目”。父亲下班回来要举高高；去幼儿园接我要举高高；开心时要举高高，不开心时更要举高高；做了好事受到表扬要举高高，闯了祸挨了批评也撒娇要举高高……

后来不知道从什么时候起，我和父亲之间的这个游戏不再玩了。我一直认为可能需要一个具备仪式感的事件，比如某次我提出要父亲举高高，但是却发现父亲再怎么用力也无法将我举起；或者父亲心血来潮像以往很多次一样想要举起我，最后却无奈地放弃。但是没有，这些情况都没有。就那么不知不觉地，我不再要求父亲举我高高，父亲也不再主动将我举起。或许我们都在某个时刻，下意识地明白了这个略显尴尬的事实，于是心照不宣地避而不提了。

成年后的我，曾无数次做过一个相同的梦。梦里，我又变成了一个穿着公主裙的小女孩，在洒满阳光的绿草地上，被父亲高高地举过头顶，在细碎的阳光下、在斑驳的树影间，我笑成了一朵花的模样。

英雄也会老去

为了照顾孩子上学，我在县城里租了房子，离孩子就读的学校只有几分钟的路程，非常方便。

这天我们正在吃午饭时，突然停了电。在这三十七八摄氏度的高温天气里，停电简直是一种极大的折磨，空调停工十来分钟，房间里残存的凉气就消耗殆尽，我和孩子一下子满头大汗，不一会儿的工夫，全身都湿透了。出门查看了一番，我才发现其他住户的空调都在工作，只有我家停了电。肯定是什么地方出了问题，变压器自动断电了？

房东这两天刚好不在家，这么热的天，我们可怎么过呀？我突然想起了父亲，他在村子里当了一辈子的电工，对付这点小问题应该不在话下。我马上掏出手机给父亲打电话说明了情况，让他方便的时候来帮我们修理一下。

放下电话，我跟儿子讲起了父亲的“神勇”。平时帮大家检查线路、修个电灯、安个开关之类的小事情那都不值一提。最厉害的是有一次村里统一检修电路，其他电工都望着高高的电线杆发怵，父亲却麻利地穿上脚扣，噌噌噌三两下就爬到了电线杆顶，然后娴熟地进行检修，并换好了新的设备。矫捷的身手和专业的技能让镇子里来的电工都刮目相看，更让我在小伙伴们中间赚足了面子。

正跟儿子讲得起劲时，我突然听到了敲门声，打开门，父亲竟站在门外。“爸，你怎么现在就来了？这么热的天。”我真的太意外了，我以为父亲可能明天来，至少也要等傍晚天凉快一点了再来。父亲抹了把脸上的汗，拿出工具包说：“这天气没电可受不了，我先检查一下看哪里出了问题。”很快，父亲找出了问题所在——保安器坏了。“我上街买个保安器去。”不等我回应，父亲就推开门，骑着自己的自行车走了。

十几分钟后，父亲大汗淋漓地回来。他搬出房东的一把梯子，爬上去换保安器，我则像小时候无数次那样，站在梯子下帮他扶梯子。记忆中，我只需要轻轻扶着梯子就行了，可现在我却不自觉地加大了力气，因为我发现梯子在剧烈地晃动，一抬头，看到了颤颤巍巍的父亲——他的双腿控制不住地在梯子上抖动着。换好保安器后，父亲退下梯子，每下一步，一只悬空的脚都要摸索好一会儿，才能踩在梯子上。短短六七级的梯子，父亲用了一分多钟。

合上闸后，电路恢复了，空调开始工作，房间里也凉快起来。我让父亲休息一会儿，他却执意要走，说怕母亲担心，我拗不过，只好看着父亲蹬着他的自行车回去了。

“外公一点都不像你说得那么厉害呀！”儿子有些失望地说。我突然感觉鼻子一酸，忍不住泪眼模糊。我一直以为父亲仍是我记忆中那个威武的男人，我却忘了，他已经是个60多岁的老头，而我也已经成为一个母亲。但是那又怎样？即便如此，他仍然是我的英雄，仍然会在我需要的时候，第一时间帮我排忧解难。我努力地笑着，骄傲地对儿子说：“英雄也会老去的呀！”

· 父母曾经也很酷

十五六岁时，正是青春叛逆的年龄。那时的我个性张扬，好奇心强，喜欢一切让自己看起来与众不同的东西。我和几个“志同道合”的朋友常常聚在一起，染发、烫发，把指甲涂成五颜六色，又蹦又跳地唱自己听不懂的歌曲。后来，我们又偷偷地学着抽烟、喝酒。放学后，坐在学校对面的马路边上，右手夹着一根烟，左手举着冰镇啤酒往嘴里倒，然后远远地对着路过的女生吹口哨。——感觉自己简直酷毙了！

当然，这一切都是在“地下”进行，回到家里自然要乖一点，否则“老古董”的父母非要急得蹦起来不可。不过，这种表面的平静很快就被我进一步“升级”的行为打破了。当时，有朋友在手腕处文了一朵玫瑰花，举手投足间，总是有意无意地露出来。在我们一帮学生眼里，那不单单是一个文身，简直就是一枚彰显个性与身份的勋章。于是，我也迫不及待地想要拥有一个文身。

当我问父母要钱并在慌乱之下说出真实意图时，父母表示了强烈的反对。尤其是父亲，他激动地大声嚷嚷着：“学什么不好，非要学这些不三不四的。染发烫发也就算了，就当你是爱美吧，不过说实话，那真的一点也不美。但是，文身绝对不可以！”刚开始我没有作声，想着父母嚷嚷累了最后就会妥协，像以往那样随我去了。可是没想到，父亲这次态度特别坚决，好像文身就是冒天下之大不韪。最后，我也急了，大声说道：“你懂什么？你有梦想吗？你有爱好吗？你知道什么是时尚吗？一个只知道围着单位和家转的老男人！”

可能是我语气中的不屑和鄙视刺伤了父亲，他愣在原地，半天没有说话，最后张了张嘴巴却又闭上，一言不发地进了房间。

站在一旁的母亲叹了口气，把我叫进卧室。母亲从衣柜顶拿下来一个大箱子，打开箱子，里面有几本相册，还有很多现在已经消失的磁带。看我不解，母亲示意我打开相册。相册里大多是一个乐队演出的照片，照片里的乐队成员一个个都意气风发，他们留着长发，穿着破洞的衣服，现在看来感觉依然充满了潮流和时尚。母亲指着一个背上有文身的长发男子问：“知道他是谁吗？”我仔细看了看，在他的脸上竟看出了父亲熟悉的眉眼，可是，这个炫酷无比的男子怎么可能是父亲呢？

母亲点点头说，他就是父亲，那些磁带里录的是他们的歌。那时，他是个追求音乐梦想的年轻人，肆意张扬地为自己而活，后来认识了母亲，再后来又有了我，他便收起了所有“不切实际的梦想”，开始为家人的一日三餐而奔波。

不知何时，父亲走了进来。我轻轻掀开父亲的衣服，看到了后背的文身，当年那些精致的图案已随着父亲的发福而扭曲变形。“别看了，丑死了。谁说我现在没有梦想？我的梦想就是让你们吃饱吃好，有一个温暖的家。”父亲笑着说，脸上松弛的皮肤露出一道道皱纹……

突然想到最近一段时间，网上有很多对中年人的调侃。可是，当大家对中年人的谢顶和手捧的保温杯揶揄嘲笑时，有没有想过，他们的

“标配”其实是辛劳的印证？他们也曾年轻，也曾随心所欲，也曾酷得不行。只是后来，他们有了家，有了所爱，一切才都变成了现在的样子。而造成这一切的，除了岁月，更多的是对生活、对家人的爱与责任呀！

与其嘲笑中年人的谢顶，不如多替自家的父母分担一点压力；与其打趣中年人的保温杯，不如给父母多一些关怀，让他们尽可能地拥有健壮的体魄。不要忘了，我们的父母曾经也很酷，而我们也终将捧起那个承载了太多东西的保温杯。

花已经开了

一直很羡慕那些敢于在人前大胆表现自己的孩子，自信、勇敢，多招人喜欢！而且一般拥有这种性格的孩子，在学习上也很积极主动，有了这种良好的习惯，成绩自然也差不了。女儿却偏偏不是这样的。面对熟人，她还算比较活泼，对于不太熟悉的人或者到了外面，她就表现得很内向。在学校也是如此，羞怯，不自信，课堂表现不够积极，成绩也总是不温不火。

我用了很多办法，想要让她变得积极主动一点，最好能敢于表现自己。其实我心底隐隐的期盼是，希望她能成为众人瞩目的焦点。我想这可能也是很多为人父母者的期望。可是，女儿似乎没有任何改变，有时候面对我的鼓励，她还会露出极不情愿的、为难的表情。

那天听到女儿又没有积极参加学校组织的社团活动时，长久以来积压的失望彻底爆发了，我狠狠地批评了她，还失落地在朋友圈写道：不想说什么“静待花开”之类的托词，也许到了最后花都不开，也许根本就不是花呢！

晚上，女儿的班主任张老师发来一条消息，说不同意我的说法。她告诉我，前天下午上课时，女儿紧紧拉着刚上一年级的弟弟的手，小心翼翼地一直把他送到教室门口，一路上还低着头认真地对弟弟说着什么。两个小小的背影既温暖又可爱，像极了两朵娇嫩的小花，让人忍不住心生欢喜和感动。

“看到这一幕，我都想要生二胎了呢！”张老师笑过之后接着说，“你也不用‘静待花开’了，其实，花已经开了，只是可能不是你想象的样子。”

张老师说，女儿的内心特别柔软善良，虽然没有那么活泼，但和同学们相处得很好；在课堂上虽然不是每次都积极举手，但每次老师点到名的时候，都能落落大方地回答问题；成绩虽然不是太拔尖，但老师教授的知识都掌握了。

我突然有种豁然开朗的感觉，一下想起女儿平时在家懂事地帮奶奶做家务，我生病时贴心地帮我倒水拿药，还有模有样地给弟弟讲各种大道理……也许她没有达到我的要求，但不可否认，她也有自己的优点。——何必强迫她成为父母想要的样子呢？

是的，可能花已经开了，但不是我想象中艳丽芬芳的样子。可是，为什么所有的花都要千篇一律呢？正因为有了多样性，才构成了这个五彩缤纷的世界。也许有些花不够美丽不够显眼，却也能散发独特的芬芳，成为独特的风景。所以，当我们对孩子恨铁不成钢，却又无奈地“静待花开”之时，不妨调整一下心态，仔细看一看，也许，花已经开了呢！

父母间的依靠

母亲的身体一直不是太好，尤其是生了我们姐弟二人之后，母亲更加瘦弱，做不了什么重活。父亲则相反，高大魁梧，看起来孔武有力。小时候，父亲一只手就能把我们举起来，吓得我们尖叫连连。也因此，家里的分工很明确，重活累活都是父亲来做，母亲负责洗衣做饭、照顾我们吃喝等家务事。

每次下田，母亲都要和父亲一起去。有次我想让母亲在家陪我，就劝她不要去，反正“去了也帮不上什么忙”。我以为母亲会同意，没想到她认真地说：“给你爸帮忙递根绳子也好啊。”父亲竟也没说话，笑了笑默认了母亲的决定。我只好撇撇嘴，独自在家看电视。

我到县城的中学读书时，父亲刚好有事没在家，母亲送我去县城。由于要住校，除了铺盖，我们还带了大包小包的生活用品。还没到学校，我和母亲就累得气喘吁吁，望着剩下的一半路程，不由得发起了愁。所以，当后来父亲骑着自行车匆匆赶来时，我高兴得差点跳起来，母亲的眼睛里也顿时放出光彩，她看父亲轻而易举地把在我们眼里重如山似的行李提起来放到自行车上，简直像看一个英雄。我在心里暗自偷笑，父亲真是母亲的依靠啊。

可能正是如此，父母几乎每天都形影不离，他们一起下田、一起回家、一起外出散步，有时出去买个东西也要一起去。有次我还打趣母亲，说她太依赖人，像个孩子。还告诉她，女人要坚强独立，不要总围着男人转。母亲还没说什么呢，父亲倒先急了：小孩子懂什么，别乱说话！

姐姐生了孩子后，自己照顾不来，就叫母亲过去帮忙。母亲走后，我笑着对父亲眨了眨眼睛，庆祝我们的“自由”。父亲回应了我一个笑，可那笑却要多难看有多难看，似乎还有很多不情愿的成分在里面。我摇了摇头，父亲大概忘了“自由”的滋味了。

事实证明，父亲还真的是忘了。自从母亲走后，父亲就像丢了魂一样，坚持多年的晨练不去了，饭也不好好吃，连最爱的戏曲也不听了。我央求父亲做他最拿手的回锅肉，做出来却特别难吃，还有一股煳味在里面。

我急了，好不容易管束我们的人不在，就不能好好享受难得的清闲时光？父亲嗫嚅了半天，说道：“你妈不在，我心里没着没落的。以前只有你妈在身边，我才能稳下心来做事情，感觉有个依靠，心里有底。有你妈陪着，做啥事都舒心……”

父亲的话让我一下子呆住了，看父母在一起生活了大半辈子，我一直以为父亲是母亲的依靠，没想到瘦弱的母亲也可以是父亲的依靠！回想父母往日在一起的点点滴滴，我突然明白，他们相互间的依靠，也许就是我们所说的相濡以沫、执手偕老，也许就是我们所说的——爱情。

母亲做的饭

小时候，我没怎么吃过母亲做的饭，记忆里，母亲好像很少做饭。我们和外婆在一起住，父母平日都忙着上班，外婆每天在家里照顾我、料理家务，操持一家人的一日三餐。

外婆做的饭很好吃，而且因为了解我的喜好，总能做出让我大快朵颐的饭菜。相较之下，母亲做的饭就让人难以下咽了。有次外婆出了趟远门，母亲刚好休息，到了饭点，我捂着肚子直喊饿的时候，母亲才想起来要做点什么给我吃。鼓捣了大半个小时，母亲端出了一碗面，看起来却像一碗面疙瘩，可能是酱油放多了，黑乎乎的，和外婆做的简直差了十万八千里。我尝了一口，差点吐出来，是真的想吐，因为莫名地感觉恶心。母亲大概也觉得实在太差劲，便带我去外面吃饭，填饱了我的肚子。

后来外婆患病去世时，我哭得无法自抑。除了对外婆深深的眷恋和习惯之外，十几岁的我又突然清晰地意识到一个切实的问题：以后谁来给我做饭？我吃什么？想到从此以后要一直吃母亲做的饭，我便更加悲痛。

我在姑妈家住了几天，处理完外婆的后事后，父亲来接我回家。路上，我想象着走时家里的一片狼藉，想象着冷冷清清的房间，尤其是充满烟火气的厨房此后难免冷锅冷灶，就不由得心酸和难过。

然而，到了家后，我却发现家里井井有条，屋子干净整洁，院子里的阳光下晒着衣物，窗台上新添置了几盆花草，一切看起来都和外婆在时那样熟悉温暖。当我闻到从厨房里飘出来的香味时，更是吃惊地瞪大了眼睛。我知道外婆不可能回来了，可是，是谁在厨房里做饭呢？

听到我回来的动静，母亲从厨房里迎了出来，她的腰间系着一条花围裙，原本披肩的头发也扎了起来，在脑后盘了髻，显得居家又利索。母亲笑眯眯地对我说："洗洗手，马上开饭。"

很快，饭菜就端上了桌。豆角焖茄子、西红柿炒鸡蛋、酸辣土豆丝，还有一个鸡蛋疙瘩汤，都是外婆经常给我做的菜。说实话，这些菜从外观上看，肯定不如外婆做的色泽诱人，而且茄子不够烂，鸡蛋炒得有点老，汤里的疙瘩太大……但奇怪的是，吃起来居然还不错！我试探着吃了几口，越吃越觉得好吃，似乎还有一种熟悉的味道。吃饱了之后，我满足地摸着鼓鼓的肚子，恍然间觉得外婆的一部分回到了母亲身上，或者说，母亲身上极像外婆的那部分被一下子激活了。

后来，我便像爱吃外婆做的饭那样，习惯并喜欢上了母亲做的饭。而母亲的手艺也越来越好，擀面条、烙油馍、包饺子、蒸馒头……样样都做得有模有样。我不知道为什么会这样，一向不会做饭的母亲怎么突然变得如此能干？母亲也说不清楚，问急了，只是笑着说，我要是再不会做，你们吃什么呢？

直到现在，我仍很爱吃母亲做的饭。每次回家，吃上一碗母亲做的手擀面，连面带汤全吃干净，胃里别提多舒坦了。同时，一种莫名的幸福和温暖也会慢慢地从心里升腾而起。唯愿能一直拥有这份温暖，久一点，再久一点。

·母亲的母亲

小时候,我非常抗拒去外婆家。外婆家距我家有两三百公里,那时候交通不方便,坐车至少需要四五个小时。因为来回不方便,母亲去一次自然要住上一段时间,那就需要带换洗衣物和必要的生活用品,再加上我和哥哥年纪小,需要带的东西就更多了。所以,母亲每次带我们回一趟外婆家都像搬家一样,带着大兜小兜,风尘仆仆地颠簸几个小时,想想就觉得难受!更难受的是,我对外婆家的一切都很不习惯。

我们虽然同属一个省,但外婆家在豫南,我家在豫北,相差几百公里,不仅口音不一样,生活习惯和方式也完全不一样了。我家在小县城,当然不算富裕,不过至少干净整洁。而外婆家在乡下,以种田为生,院子里常常晾晒着玉米、花生、豆子等四季农作物,还喂了几只羊和一头牛,就关在人们住房的隔壁。与成天散发着臭烘烘味道的动物毗邻而居,还要忍受它们招来的成群的蚊蝇,以及时不时发出的或高或低、或长或短的叫声,这种感受也真是一言难尽。

外婆对我们很亲热,颠着小脚为我们晒被褥铺床,往灶台里添柴做饭,屋里屋外忙个不停。可看着油腻腻、脏兮兮的灶台,我一口饭都吃不下去；躺在新晒的被褥上，我还是能闻到一股难闻的气息……我不记得多少次跟母亲要求想要尽快回家，母亲总是瞪着我说："你这孩子，怎么这么不懂事，好不容易来一次不多住几天！"我那时候年纪小，没有多少话语权，只好不情不愿地忍受"煎熬"。

外婆知道我不喜欢这里，可是她也不知道该怎么去挽留我、说服我，只好更加卖力地做好吃的给我，有时还拉着我的手想要跟我说说话，可外婆的这种"讨好"反而更加剧了我想要离开的急切心情，因为我完全听不懂外婆的话，外婆对我的话也似懂非懂，这让我感觉很尴尬、很难堪。

于是，在13岁那年暑假，母亲拒绝带我回家时，我赌气一个人离开了外婆家。母亲刚开始也赌气不管我，外婆急了，怕我出什么事，慌忙帮母亲收拾了行李，让母亲去追我。母亲无奈，只好追出来，和我一起回家。在火车上，我以为母亲要对我发火，要狠狠地骂我，没想到，她只是叹了口气，很惆怅地看着窗外说："一年只能来两次，不知道我的妈妈还能再见我几次。"

"我的妈妈"，在听到母亲说出这几个字的时候，我突然愣了一下，仿佛有一根羽毛轻轻落在我的心上，柔柔的、软软的，却给我带来了不小的震颤。那是母亲的母亲呀！是从小把母亲搂在怀里，给予了无尽温柔和宠爱的那个人呀！——我突然发现，当我在心里把"外婆"转换成"母亲的母亲"后，竟一下子对外婆家不再抗拒了。

后来，每年的寒暑假，我都会主动要求陪母亲回外婆家，母亲很惊讶于我的改变，我只是笑笑没说话。我只想让母亲在她的母亲身边，享受母女间的温情，就像母亲看着我在她面前或撒娇或孝顺的模样。

像侦探一样去爱父母

平日难得休息一次，这次好不容易休了几天假，刚好母亲说想要逛逛街，我便陪着她出发了。说起来因为嫌母亲眼光太差，我陪她逛街的次数还真不多，这次我打算陪她好好逛逛。

可是没想到，整整逛了一上午，我们竟然一无所获。母亲没有相中一件衣服，好好的一件衣服她总能挑出毛病来。既然母亲不喜欢，我也不能硬买，只好先去吃午饭。上菜的时候，我去了趟洗手间，回来时看到母亲坐在餐桌前发呆，还叹了一口气，神情似乎有一丝失落和不快。“妈，你怎么了？”“没事啊！”看到我走来，母亲脸上的不快转瞬即逝，立刻笑着招呼我吃饭。

母亲到底怎么了？早上出门时还高高兴兴的。我一边吃饭一边回忆逛街时的细节，突然想起在一家商场我让母亲试穿了一件衣服，那件衣服特别适合她，母亲似乎也很满意，但后来她说什么也不肯要，我以为她不喜欢，也就没坚持买。现在想来，母亲一定是看了吊牌，觉得价格太贵了，不舍得让我破费。但又真心喜欢，所以想起来多多少少会有点不开心。

吃过饭后，我直奔商场，不由分说地把那件衣服买下来送给母亲。母亲免不了唠叨几句，说太贵了浪费钱，甚至还提议退货。但我还是从母亲的唠叨中看出了她的满足和欣慰。同时我也暗骂自己傻，之前有多少次都没体察到母亲拒绝背后的小心思。

还有一次，我连续3天接到父亲打来的电话，内容没什么特别的，就是问我吃饭了没有，天气怎样，要注意休息之类的。挂了电话后，我越想越觉得奇怪。下班后，我立刻跟领导请了假，打车回家去。

果然，父母不在家，问了邻居才知道父亲住院了。在医院里，我问父亲为什么不告诉我生病的消息，父亲说又不是什么大病，再说也怕影响我工作。只是人生病时容易胡思乱想，就忍不住给我打了几个电话。

你怎么知道我生病了呢？这下轮到父亲吃惊了。"平时你们一周最多给我打一次电话，像这种没什么重要事情的问候性电话更是很少打。现在出现了反常，我就猜测你们会不会遇到了什么事情。"说完后，我又故作生气地说，"以后有什么事情一定要告诉我，别让我猜来猜去，还要像个侦探一样，根据蛛丝马迹来推断。"父亲像个孩子似的笑了，眼神中有无限的欣慰。

我们这一代的父母，大多经历了最艰苦的岁月，为了给予我们更多的爱，他们不得不隐藏起自己的爱好和需求，尽量地满足我们。久而久之，他们习惯了掩饰自己的喜好，甚至忘了自己也该有享受生活的权利。那么，现在就让我们像侦探一样，多一点耐心、细心和敏锐，洞察他们的心思和需求，回馈给他们更多的爱。

我们的父母在别人身边

远嫁后，回去看父母的时间少了很多。虽然现在交通非常方便，开车回去只需要两三个小时，但因为工作和生活里的各种琐事，有时候真的腾不开身。所幸父母虽年过六十，但身体都很硬朗，这让我略感宽慰。有时候晚饭过后，我们会用手机视频聊天，看到父母满脸的笑容，我想，这也算是一种新时代的陪伴吧。

父母生活在乡下，家里还有一点薄田，父母便都种上了菜，拿到县城的集市上卖掉。我一直劝他们不要这么辛苦，父母总是笑着说，种了一辈子地，习惯了，再说种得也不多，一点都不累。我觉得父母说得也有几分道理，就当锻炼身体，就由他们去吧！

前段时间，我到家乡的县城办事，打算办完事后回去，给父母来一个“突然袭击”。从办事单位出来，旁边就是一个菜市场，将近中午，买菜的人已经不多了，几个在市场门口摆摊的小贩都在闲聊。想到父母是他们的同行，我便产生了一种亲切的感觉，上前攀谈道：“生意怎么样呀？”“还可以。”一个大妈似乎很健谈，笑着说，“一天下来能赚几十块钱，有时运气好，能赚好几百呢！”我点了点头：“赚钱多少倒无所谓，每天坐在这里，轻松地卖卖菜、聊聊天，也挺好的。”

“轻松？姑娘，这卖菜可一点都不轻松！”大妈纠正道。大妈说，在菜市场门口摆摊的大多都是乡下种菜的农民，每天早上四五点钟就要起床摘菜，分门别类地整理好，然后运到菜市场。夏天还好一点，冬天冻得人都伸不出手来。种菜是一件非常细致烦琐的事情，平日里要灌溉、施肥、除草，为了保证蔬菜不受污染，不能打太多农药，有时还要亲手捉虫。干这个活计，几乎一天都不得闲，大概只有到晚上，才能休息一下。

“我们这里有一对老夫妻，每天早上总是第一个来，为的是抢个好位置。老两口很勤快，每天我们都收摊回家了，他们还要守着菜摊，不把菜全部卖完都不肯回去。有时拖到中午，老两口就吃几口从家里带来的馒头，连碗面都不舍得买。这不，昨天老太太给累病了，今天没出摊，可能去医院看病了。”大妈似乎很感慨，滔滔不绝地说着。

我也颇有触动，你说他们那么辛苦干什么呢？难道儿女都不管他们吗？“他们倒是常提起自己的女儿，说女儿很有出息，在省城找了份工作，也嫁了个好人家，而且女儿很孝顺，不让他们干活。不过听说女儿今年刚买了房子，他们想多赚点钱给女儿还房贷。”大妈继续说。

听到这里，我的心猛地一紧，问道：“他们叫什么？”“平常大家都叫他‘老偏’，好像是头有点偏……”没听完大妈的话，我立刻拿出手机给父母拨通了电话，问他们在哪里。电话那头传来父亲带着笑意的声音：“你妈有点不舒服，我陪她来医院看看。没啥大问题，你不用担心……”在赶往医院的路上，我的眼泪已经不听话地涌到了眼角。

我以为每天晚上和父母视频就能了解他们所有的情况，却不知道，我只看到了他们晚上安逸的片刻，却看不到他们白天的辛劳；我只感受到他们面对我时，呈现出的幸福和快乐，却不知道背后他们隐藏了多少艰辛和汗水。其实，我们的父母一直都在别人身边，别人眼里的他们，才是最真实的他们，而我们看到的只是被他们刻意美化过的样子。如果有时间，多回去看看父母，看看他们最真实的一面，给他们带去最真实的快乐。

·父亲牵我过马路

12 岁那年，我要到临县的中学去读书了。尽管我也可以从就读的家乡小学直接升入中学，但一成不变的熟悉的环境让我感到厌倦，我迫切地想要换一个全新的环境。我告诉父母，我长大了，要开始独立了。一向开明的父母同意了我的决定。

把我送到学校后，父亲笑着对我说："恭喜你，从今天起，你就是一名中学生了。所以，很多事情都要靠你自己了哦。"我无所谓地点了点头，以为父亲只是随便说说而已。可是没想到，接下来他竟然真的什么都不管了。去校务处报到、取行李、拿学号、领取各种生活用品，一大堆的事情等着我去做，父亲却似乎根本没有出手相助的意思，只是斜倚在我宿舍的床上，翻看一本破旧的杂志。

我只好硬着头皮独自出去，这所中学实在太大了，我几乎分不清楚方向，甚至连自己在哪个位置都不知道。走了半天，却发现自己仍在宿舍周围徘徊后，我终于鼓足勇气，勉为其难地开口向一名学长问路。弄清楚了线路后，接下来的事情就简单多了，大概半个小时后，我顺利处理好所有的事情。重新回到父亲面前时，我能感觉到自己的笑容里带着明显的得意和自豪。

“都处理好了？”父亲起身，伸了个懒腰说，“太好了，刚好可以去吃午餐。”看着父亲在前面大步走的背影，我突然感觉有点失落，看来，他真的把我当一个大姑娘了。父亲自顾自地推开宿舍的门，走过长长的走廊，穿过草丛，走出学校大门，似乎完全忘了身后还跟着我。

走到马路边时，父亲却突然站住了，紧跟在身后的我差点撞上他。就在我纳闷父亲为什么要停下时，与此同时他的手伸了过来，毫不迟疑地牵住了我的手，像以前无数次那样，拉着我一起过马路。这一切发生得都是那么自然，就连父亲似乎也没意识到他刚刚停了一下，依然像之前那样大步向前走着。

我愣了一下，随即反应过来，紧走几步跟上了父亲的步伐，心里的失落早已被满满的幸福和甜蜜所取代。

有些事情电脑不知道

我十几岁的时候，互联网已经开始蓬勃地发展，大大小小的网吧走进了各个城市、乡村，仿佛为青春年少的我们打开了一个全新的世界，并让我们深深沉迷。

在第一次进入网吧之后，我不由得惊叹：世界上竟然还有如此好玩又有趣的东西！我和同学们开始结伴往网吧跑。最初，我们只是登录各种网站浏览新闻，用搜索引擎查找各种问题的答案。通过一台小小的电脑，我们能了解世界各地发生的趣闻，甚至功课上遇到的难题，也都能在电脑上找到答案。

不过，在最初的新鲜过后，我们探索到了更好玩的东西——游戏。一放学我们就一头扎进网吧打游戏，临睡前才草草完成作业，有时干脆第二天拿其他同学的作业来抄。发展到后来，我们甚至瞒着父母和老师逃课去网吧打游戏。

直到后来，母亲在半夜11点找到了正在网吧的我。而这时，我已经将近一个月没有按时回家，学习成绩也一塌糊涂，而且对什么都不感兴趣，眼里除了电脑，似乎再没有其他东西了。

回到家中,父亲激动地脱下鞋子举起来就要打我,母亲却出奇的平静,她拦住了父亲,拉着我进了里屋。

母亲问:"为什么要逃课?"

"我想用电脑查一些资料……"为了减轻责罚,我选择了撒谎。

母亲有些生气了,她提高了声音说:"电脑有什么好的?让你这么痴迷。"

"妈,你不知道,电脑很神奇,世界上所有的事情它都知道。"我开始跟不了解电脑的母亲解释电脑的好处,同时也试着为自己辩解和开脱,"它知道宇宙有多大,知道全世界有多少个国家,知道什么地方有什么东西……"

"哦,是吗?"母亲打断了我的话,问,"那它知道你喜欢吃什么吗?知道你小时候生过多少病吗?知道你几岁开口叫妈妈,几岁学会走路,几岁上学吗?它知道你一年级时第一个入了少先队,知道你三年级时数学比赛得了第一名,知道你六年级时是以第一名的成绩考入初中的吗?"

"这……"我一时语塞,说不出话来。母亲顿了顿,语气突然变得低沉,眼神也暗淡下来,似有无限的无助,还有无法描述的悲伤,她无力地说:"孩子,这些我知道,我都知道啊。"说完,母亲转过身子,慢慢地走出了房间。

我却一下子清醒了!从那以后,我再也没有进过网吧。尽管我知道电脑知道的事情很多,电脑有无限的诱惑力,但同时我也知道,有些事情电脑不知道,而这些它不知道的事情背后的东西,才最珍贵、最值得我去珍惜和感恩。

母亲送别

我家住在镇子上，我的小学和初中都是在镇子里读的。从我家的胡同里出来，沿着主街走上几百米就到了学校，因为离家近，环境又非常安全，所以基本上都是我自己上下学，母亲几乎没有接送过。有时放学时碰上突然下雨，母亲才会带着一把雨伞在学校门口接我。

每次吃过饭去上学，我都是一边背着书包往外走，一边对母亲喊：“妈，我走了。”母亲通常都在忙碌，或者在厨房里洗碗，或者坐在缝纫机前补衣服，还有的时候则踮起脚尖用力地想要把被单甩到晾衣绳上。忙碌的母亲往往头也不回，应一声“嗯”，偶尔再加上一句“走路慢点”。

读高中时，我开始在学校寄宿。每到周日下午，母亲早早地烙好饼，吩咐我装在袋子里带走，然后再把一周的伙食费塞给我，就转身忙自己的事情去了，完全没有电视里或者书本上，母亲拉着孩子的手殷切教诲的画面。有时会很奇怪，不知道母亲是对我非常放心还是性情本就冷淡，为什么没有大多数母亲那样“儿女情长”呢？不过后来我也就习惯了，看到其他同学的母亲再三叮嘱的情景时反而会觉得好笑，又不是离家千里万里，至于这样依依不舍吗？

后来，我到外地上大学、参加工作，离家越来越远了。但每次离家，母亲依然像以前那样，默默地帮我准备需要的东西，然后交给我。仿佛我还是那个在家门口读小学的孩子，即使再贪玩、再调皮，下午放学也会蹦蹦跳跳地回来。

我发现母亲的改变，应该是在我成家之后。我的家离母亲家不算太近，但并不远，只有一个多小时的车程。婚后第一次回家，母亲没有像往常那样忙碌，而是坐在我身边，拉着我的手细细地询问我在夫家的情况，好像生怕我过得不习惯。我笑着一一作答，感受到了母亲的关心，却也有些不习惯呢！

离开时，母亲给我准备了很多吃的、用的东西，更让我意外的是，母亲竟然陪我一起出门。看到我吃惊的目光，母亲咧嘴一笑："刚好要出去买菜，送送你吧。"就这样，母亲一直陪我走到了菜场才停下脚步。我意识到，那应该是我长这么大以来，母亲第一次为我送别。

再后来，每次回去看父母，离开时，母亲都会出来送我，她也不再用买菜之类的托词，就大大方方地用不容置疑的口气说"我送送你吧"。有一次，我开车开出去很远，在长长的路口转弯时，还看到母亲一直在朝着我的方向向前走着，头顶银白色的头发在阳光下泛着光……

可能在此之前，母亲一直笃定地认为：我是她的孩子，不管离家多远，总会回来。但后来，也许是母亲年纪大了，对儿女的依赖越来越强；也许是意识到，儿女终于长大，真正离开了家，而回家的次数只会越来越少、越来越有限……突然想起有位作家说的一句话：母亲送你有多远，你前面的路就有多远。我只想在以后的岁月里，多回几次家，让母亲送我的脚步可以不再那么紧张、那么犹疑、那么不舍。

不让爱“过期”

周末，孩子都在家，刚好我也休息，就打算带他们去郊外游玩，正好去看看住在乡下的母亲，孩子们也嚷嚷着很久没见奶奶了呢！

车一开到门口，母亲就从院子里迎了出来，她一把揽过孙子孙女，眼角眉梢都是笑意：“想死奶奶了，快来，奶奶给你们留了很多好吃的呢！”

我不由得笑了。小时候，因为嫌村里的学校条件不够好，母亲就把我送到了城里的小学。因为离家太远，接送不方便，母亲只好让我住校，一周回家一次。那时候小，对母亲的依赖心太强，再加上适应能力差，我总是哭着喊着不愿意去学校，尤其是刚住校的前几个星期，每次回家都会扑到母亲怀里大哭一场。

母亲其实也很心疼，但又没别的办法，不过为了弥补对我的“亏欠”，每到周末回家，母亲都会给我留一大堆好吃的东西。邻居送的桂花糕、田里摘的野生的西瓜、二婶的女儿从外地带回来的糖麻花……甚至母亲走亲戚打包回来的黄焖肉也会给我留着。那时候家里没有冰箱，母亲就把黄焖肉放进碗里盖好盖子，然后用吊篮吊在冬暖夏凉的地窖里，等我回去的时候，再拿上来给我吃，依然很美味呢！

有了这些“美食”的慰藉，我很快就不再哭鼻子了，甚至体验到了一种独特的乐趣，心里总有小小的期盼，一到周五，我就急切地想要回家，同时还猜测着“这次母亲会给我留什么好吃的呢”。

我和母亲之间的这种“互动”一直持续了很久，后来即使我一点点长大，不再是那个贪吃的小孩，不再因离家而哭鼻子，母亲为我留东西的习惯却保留了下来。在我外出求学、工作以及结婚之后，每次回家，母亲都会笑眯眯地给我捧出好吃的东西。当然，我有了孩子后，首先享用这些美食的就是孩子们了。

“这鱼罐头味道怎么怪怪的呀？”儿子一边说着一边忙把嘴里的鱼吐了出来。女儿也皱起眉头说：“这袋饼干的味道好像也不对。”怎么会呢？我接过孩子手里的食物查看，这才发现，这些食物竟然已经都过期了！“过期了吗？”母亲脸上露出自责的表情，喃喃地说，“上次你们走后，我就把别人送的礼品都留了起来，就等你们回来吃，我不知道这些东西都会过期……”

上次我们走？那应该是过年的时候，现在都大半年了，怪不得呢！想到这里时，我突然一怔：我们都大半年没有回来看母亲了！一瞬间，愧疚、自责、不安等情绪一起涌上心头，母亲为我们捧出来的过期的食品，其实却是我们对母亲“过期”的爱！

“妈，没事，下次我们多回来几次，让这些食品进到我们的肚子里过期吧！”我拉起母亲的手，笑着说。两个孩子高兴得连连拍手，母亲也跟着笑了起来。注视着母亲的笑脸，我在心里告诉自己，食品可以过期，但一定不能让我们的爱“过期”啊！

二十年后，我不会这样做

我在书房里写稿子，母亲坐在客厅里看电视。也许是没有找到她喜欢看的节目，母亲沉重的脚步声响了起来——母亲的脚步大而有力，在屋子里稍一走动便咚咚咚地震得楼板响。过了一会儿，脚步声消失了，电视机的声音却越来越大，“府门外三声炮花轿起动，周凤莲坐轿内喜气盈盈……”一阵反复吟唱的“哪哈呀呵哪呀咿呀嗨”，一下子把我刚刚捋好的思路给打断了，我不由得心烦意乱起来，烦躁地起身，对母亲大喊：“烦死人了！”然后，狠狠地摔门而去。

难得一次提早下班，我兴冲冲地去超市买了菜，下厨给母亲做了她爱吃的红烧肉和鲫鱼炖豆腐。饭菜摆上桌，我殷勤地给母亲夹菜，她吃了两口后却起身走向厨房。随即从冰箱里端出两盘剩菜，“这是前天没吃完的菜，扔了怪可惜的，我先把这个吃了吧！”虽然母亲的口吻里带着商量的意思，但手上的动作却没有迟疑。“有新鲜的菜不吃，干吗总喜欢吃剩菜？我告诉过你多少次了，剩菜很不健康，最好不要吃。”我一边不耐烦地说着，一边夺过母亲手里的剩菜，一股脑儿地倒进了垃圾桶。

陪母亲在小区里散步，走累了，母亲在石凳上坐下来，和邻居家的大爷大妈们聊天。“这是你女儿吧？真孝顺！”大妈们问。母亲的脸笑得像一朵花，声音里满是自豪：“对呀，这是我女儿。我女儿可厉害了，会写文章，很多报刊上都有她的作品，还得过很多大奖呢……”母亲滔滔不绝地说着，有的没的一顿乱夸，甚至还提到了“诺贝尔奖”。在大爷大妈们的目光注视中，我的脸一阵红一阵白，冷着脸打断母亲：“妈，别说了，回家吧！”然后起身自顾自地走了。

买了新衣服回到家，我对着镜子臭美地比画着，母亲一一提意见：“这条裤子腰太低了，那件裙子是不是有点短，还有这件衬衫太薄了……”“你懂什么？你根本不了解时尚。”我一句话就把母亲的话给噎了回去。早上出门上班，母亲追着往我手里塞雨伞，说预报今天有雨。我指着外面的大太阳，不耐烦地说：“这天气怎么会有雨？再说即使淋一点雨也死不了！”……

是的，如果是20年前，我一定会这样做的。而在那时候，这些场景也确实几乎每天都会在我和母亲之间上演。那时候我正处在叛逆期，本能地想要反对母亲的一切，包括她走路的姿势、说话的声音、饮食习惯，甚至包括她对我的夸奖和关爱。这些往事我都历历在目，但母亲却似乎都忘记了，或许她根本就没往心里去，在她眼里，女儿永远是最值得她爱的那个人。

但是，20年后，我不会这样做了。因为我知道，乡下艰苦的生活让母亲的步伐变得大而有力；小时候生活拮据，母亲养成了节俭的习惯；因为太爱，总觉得自己的孩子是天下最优秀的孩子；也是因为爱，所以紧张着孩子的一切……

所以现在，我会放下工作，坐在白发母亲身边陪她听戏剧，耐心地跟她讲科学饮食的重要性，微笑着听她在众人面前夸我，乖乖地听她的话，穿上秋裤，带着雨伞。因为我发现，时隔多年，我突然弄懂了母亲的爱。

为你留一间房

自从结婚后，我回母亲家的次数就少了起来。后来有了孩子，我又要上班，又要兼顾一家人的吃喝拉撒，生活更加忙乱，通常个把月才能回母亲家看看，每次即使回去，也不会在那里过夜，因为第二天还有各种事要忙。

所以有一次，看到我那间闲置的“闺房”时，我就对母亲说：“妈，不如把这个房间给父亲改成书房吧，他不是早就想要一间属于自己的书房吗？”“那可不行，那是我女儿的房间，谁也不许占用。”母亲毫不犹豫地回答。我又笑着说：“你看我一年也难得住一次，多浪费。”不过母亲却置之不理，坚持要留着“女儿的房间”。我暗笑母亲固执，心里却莫名地涌上了一阵温暖。

有一次，因为一个误会，我和老公爆发了一场婚后最大的争吵，暴怒之下的人往往会口不择言，用最锋利的语言来伤害对方。老公一句：“从我的家里滚出去！”让我愤而摔门而出。当时已经大半夜了，朋友们肯定都休息了，实在不好去打扰，可我又能去哪儿呢？在大街上溜达了半天之后，我决定打车去母亲家里。

母亲打开门后，我轻描淡写地找了个借口说"和朋友在附近的酒店聚会，因为太晚了，就不回去了"，母亲没有多问，帮我放好了洗澡水，嘱咐我快点洗澡休息。那一晚，躺在熟悉的房间里，我觉得无比踏实和温暖，竟然舒舒服服地睡了个好觉。

后来，冷静下来的老公低下头来母亲家里找我，母亲张罗着做了一大桌菜，等我们吃饱喝足后，对我说："回去好好过日子，有事坐下来好好商量着解决，吵吵闹闹的不起任何作用。"然后转头又对老公说："燕子脾气不好，我会批评她的，也希望你多担待一点。不然她要是住下来不走，我也没办法。"母亲半开玩笑半认真的一番话，让我惊讶不已，原来她早就知道发生了什么事。

有一段时间，公司的效益很不好，而从我当时的处境来看，几乎更是没有任何发展前途。我有心辞职自主创业，或者找一家有前景的公司，可迟迟下不了决心。毕竟辞职需要很大的风险，未来充满了未知。

母亲得知这个情况后，握着我的手说："按照你的想法去做吧，不要有太多顾虑。大不了你来妈这儿，这儿永远是你的家。"也许是母亲的鼓励给了我信心和动力，我毅然辞掉了那份工作，直至如今在这家新公司里如鱼得水。

如今，无论多忙，每周我都会回母亲家住一晚上，感受一下熟悉的温暖，陪父母说说话。其实，母亲为我保留的不仅仅是一间房，更是一份永远的关爱、惦念和支持，它告诉我，无论遇到多么糟糕的状况，我都有勇气和底气去拼搏、去争取，因为我知道，即使我输掉了全世界，即使我变得一无所有，依然有一方可以无限容纳和包容我的天地。

那些吃“百家饭”的日子

这天晚上，挑食的女儿正对着晚饭撇嘴皱眉之时，突然听到一阵敲门声，打开门，二楼的李奶奶手里端着一碗春卷，笑盈盈地站在门口。

“儿子周末去山里玩，自己摘了一些山韭菜，新鲜还无污染，我做了一些春卷，这味道鲜得超市里的根本没法比，所以送来一些给孩子尝尝。”李奶奶笑着说。我受宠若惊地接过春卷，连连对李奶奶表示感谢。

用鸡蛋和面粉做成的皮煎得金黄透亮，因为皮薄，里面翠绿的韭菜隐隐可见，与外皮的金黄相得益彰，让人忍不住胃口大开。女儿吃了一口，大叫好吃，一口气吃了好几个才意犹未尽地拍着肚子说：“李奶奶做的饭真好吃，要是每天都能吃到该多好！”我笑着骂女儿白眼狼，却不由得想起了自己小时候吃“百家饭”的日子。

小时候，我们生活在一个大杂院里，和四合院构造类似，但要更大一些，住的人家也更多，有七八户人家。每到吃饭的时候，大家都端着碗聚到院子里一起吃。李婶家是面条、王叔家是饺子、刘奶奶家是大米饭……每家做的饭可能都不会一样，大家就一边聊家常，一边吃着自己的饭。可小孩子是最擅长“吃着碗里，看着锅里”的，不管自己家的饭多好吃，总是要眼巴巴地盯着其他小伙伴碗里的饭，像一头头饿得眼冒绿光的小狼，惹得大人们暗笑不已。

于是，为了满足孩子们的小心思，大家就形成了一个不成文的规矩——不管哪家做了好吃的，都会给其他人家送去一点，或者干脆邀请孩子们来家里吃。每每这时候，是孩子们最开心的时候，一个个跟比赛似的，吃得格外带劲、格外香甜。

有一次，李婶做了“水饼”，就是一种用玉米面粉做的饼，口感粗糙，略带一丝玉米本身的甜香味。其实在当时，玉米面早就退出了人们的饭桌，只是李婶突然怀旧，就做了一些自己吃。当然，这种粗粮她没给大家送，因为不见得会有人和她一样喜欢吃。可是，当李婶的女儿中午坐在院子里吃水饼时，王叔家的儿子捧着自己碗里的排骨，却盯着人家碗里的水饼眼睛一眨不眨。偏巧李婶那天做的水饼不多，最后，王叔家的儿子硬是用自己的排骨换了李婶家女儿的水饼。一向不喜欢吃粗粮的他，那天吃的是津津有味，逗得全院的人都哈哈直笑。

其实回想起来，我们的整个童年几乎都是吃着街坊邻居们的“百家饭”长大的。后来，我们渐渐长大，离开家乡，在高大整洁的楼房里安了家。可是，那些与邻居们亲如一家的日子却再也回不来了。同时回不来的，还有人与人之间的那种单纯、善良、信任、牵挂与快乐……

好吃不过母亲的饺子

也许是随我的原因吧，儿子也很喜欢吃饺子。要说起饺子，我感觉没有谁比母亲做得更好吃。从小我就喜欢吃母亲做的饺子，小时候家里条件不好，吃饺子的次数也很有限，每次家里做饺子，我总能吃满满一大碗，最后再意犹未尽地喝上半碗饺子汤，然后抚着圆圆的肚子心满意足地和小伙伴们疯玩去。

以前我以为自己从小只吃过母亲的饺子，所以觉得最好吃，随着后来去外地上学、工作，我吃了很多地方、很多人包的饺子，可我发自内心地觉得，母亲包的饺子最好吃。光滑的饺子皮薄而不失筋道，肉馅更是鲜美多汁，更特别的是，馅料不仅有一种Q弹的感觉，而且味道很有层次，各种香味如花朵般在舌尖上层层绽放，吃起来简直是一种享受。

为了吃外婆做的饺子，儿子每个周末都迫不及待地往外婆家里跑，看儿子跑得辛苦，也为了满足自己的口腹之欲，我决定跟母亲学习包饺子。听母亲大致讲了过程之后，我得意地笑着说其实蛮简单的嘛！用来擀饺子皮的面要软一点，调肉馅的时候要先放盐，然后依次倒入葱姜汁水、蚝油、生抽，最后倒入少许芝麻油，搅拌均匀就可以了。

“取经”回来之后，我就开始实验了。和面、擀皮、调肉馅、包饺子，终于等到热腾腾的饺子出锅，我忙给儿子盛了一碗，满怀期待地问：“怎么样？好吃吗？”儿子却一边嚼一边皱眉：“妈，太难吃了！”怎么可能？我可是按照母亲讲解的步骤，一步步做成的呀！我怀疑地夹起一个饺子，咬了一口立即就失望了——确实不好吃，和母亲做的差得简直不是一两个档次。

又是一个周末，我带着儿子来母亲家里吃饺子。“妈，你是不是故意有所保留呀？我做的饺子怎么和你的完全不是一种味道呢？”我当场“质问”母亲。母亲笑了：“正好这次你来得早，我演示做法给你看。”

不到10点，母亲就开始动手和面了。母亲说，早点和好面，让它“醒”两个小时，这样面皮吃起来会更筋道。“肉馅要剁成肉糜，这样更入味，最好用刀背剁，口感会更好。想要肉馅鲜嫩多汁，秘诀在于打水，可不是直接倒入水和调料那么简单。先在肉馅里放盐打至黏稠，然后少量多次加入葱姜水，搅打至肉完全吸收水分，再依次加入粉料、酱料和油料。这样做出来的肉馅顺滑细嫩，再加点蚝油，味道会更加鲜美。”母亲一边调制，一边讲解。“其实可以直接放入葱姜末的，但是你从小就不爱吃，只好泡成葱姜汁倒进去了。要记住，每一步都要在前一步充分吸收之后再进行下一步。这是个细致的活，千万不能图快……”

看着母亲不厌其烦地倒水、搅打，再倒水、再搅打，我似乎突然明白了母亲做的饺子好吃的原因——母亲每个细致耐心的步骤里都加入了浓浓的爱呀！与其说母亲在做饺子，不如说母亲在烹制一份母爱的盛宴！都说“舒服不如躺着，好吃不过饺子”，其实，我觉得这句话也许可以改成“舒服不如在自家躺着，好吃不过母亲的饺子”。我想，在不久的某一天，我也能给儿子做出如母亲一般好吃的饺子！

·母亲的问候总是先到

有一段时间，身体不太舒服，倒没什么明显的不适，但每天感觉浑身无力，打不起精神。“去医院做个检查吧，有问题的话及时治疗，如果没什么问题，也好放心。”母亲建议道。于是，我请了一天假，去医院做了个检查。当天下午，检查结果就出来了，一切正常。医生说，可能是紧张劳累所致，多注意休息，调节一下就好了。

从医院出来，我和老公都松了口气。老公突然想起什么似的说：“先给咱妈打个电话吧，省得她忧心。”我掏出手机时，转念一想，反正晚上要去母亲家，到时候再告诉她也不迟。

刚上车，我的电话就响了起来——是母亲打来的。她问了检查结果后，又嘱咐我多休息、少玩电脑，还特意交代让我们晚上去吃饭，说给我们炖了排骨补身子。挂了电话，我笑着摇头，母亲真是老了，明知道我们晚上要过去，还要再打电话说一遍。

“她等不及了呀，想早点知道女儿到底有没有事。”老公笑着说。我愣了一下，恍然大悟地点了点头。是的，母亲可能一直在为我担心，她也许在心里默默盘算着我几点去医院，几点做检查，几点检查结果出来。然后在预算到结果出来的那一刻，便迫不及待地打电话过来询问了。别说是几个小时，就是几分钟，大概也等不了。

记得有一次到外地出差，因为有事耽搁，就延误了归期。当时忙得焦头烂额，也没顾得上通知母亲。最后一天开会正在紧张讨论时，母亲的电话打来了。在老板不满的目光中，我窘迫地挂断了电话，并将手机调成了静音。

开完会出来，手机上有几十个未接电话，除了母亲打的十几个，还有姐姐、表弟和我一个同学的电话。一一回过去之后，才知道都是母亲拜托他们给我打的。我一时哭笑不得，有什么事这么着急，等我忙完后自然就回过去了呀！母亲焦急地说："你不是今天回来吗？6点该到家了呀。我看新闻报道，你回家的那条线路上出了一起车祸，打电话你又不接，急死我了。"母亲声音里的哭腔，让我在感动的同时也自责不已——怎么就没考虑到母亲那颗为儿女日夜忧虑的心呢！

其实仔细想想，在我们的成长过程中，还有很多类似的时刻。在我们高兴时、悲伤时，取得成绩时、遇到挫折时，赢得奖励时、被人欺负时……在这些我们最需要分享或者安慰的时刻，母亲总是第一个赶到。也许我们还未想到母亲，或者拿起电话准备拨打，或者因为种种原因，还在考虑要不要告诉母亲时，母亲的问候就已经先到了。这些先到的问候背后，都是母亲最博大、最深沉的爱呀！

父亲的意见

有段时间回家,说起为儿子选学校的事情,我和老公因为意见不太统一争了起来,大哥和妹妹你一言我一语,也参与到了讨论中。最后,我综合了大家的意见,为儿子选定了一所小学。这时,我突然意识到一向健谈的父亲竟然没有说一句话。

“爸,你是什么看法呀?”我问父亲。父亲笑着,眼神中还有一丝迷茫:“我没啥看法,你们想好了就行。”听了父亲的回答,我下意识地目光上移,看到了父亲日渐向上的发际线以及脸上密布的皱纹。哦,父亲老了!

父亲是传统意义上的“一家之主”,家里不管大事小事,最终都是父亲拍板。很多时候,母亲的意见都只能“仅供参考”,我们做晚辈的,更是只有言听计从的份儿了。时间久了,我们兄妹也都习惯了。记得高考填志愿时,父亲建议我填报师范类院校,而当时的我却一心对艺术类院校很着迷。当我小心地跟父亲商量时,父亲斩钉截铁地回答:“不行,必须填师范类。”我不知道哪来的勇气,和父亲据理力争起来。不过,最终我还是没能拧得过父亲,只得乖乖地听了父亲的话。

后来，我按部就班地毕业、参加工作，生活逐步稳定后，父亲开始忙着给我张罗婚事，那劲头比母亲还大。今天是同事老王家的儿子，明天又是老街坊老李家的外甥，相了几场无果而终的亲之后，父亲终于忍不住问我到底想要什么样子的。这时我才告诉父亲，我已经谈了一个男朋友，不过是异地的。我以为父亲听后一定会大发雷霆，他早就告诉我不同意我找异地的男朋友，因为生活习惯、距离上等有诸多不便。但是，那一次父亲听我详细讲述了和男朋友交往的过程后，竟意外地没有发火。他呆坐半晌，看我态度坚决，只是轻轻叹了口气问："你确定你们合适吗？你能适应外地的环境吗？这可是一辈子的事情，你要想清楚了。"在得到我肯定的答复后，父亲点点头，同意了我的决定。

我不知道一向强势的父亲为什么会有如此大的变化，也许在此之前，父亲就在慢慢地改变着，只不过粗心的我并没有察觉到。但从那次开始，我发现父亲不再用强迫或者命令的语气和我们说话，偶有不同意见的时候，也只是在说明看法后加一句"这样做真的好吗"。后来，父亲越来越失去棱角，性格里的强势也越来越少，终于从原来的"指点江山"到如今的"退居二线"，甚至不再参与我们的决定。

父亲老了，岁月不仅带走了他的健壮，也悄悄偷走了他性格里的强势和固执。但此刻我却突然很怀念父亲说"你必须怎样怎样"的那些时光。那时候，我正年少，父亲正强壮，我们都在父亲的庇护下无忧无虑地成长。岁月无情，却也是它的神奇之处，潜移默化中，我与父亲对调了位置，现在该是我为父亲撑起一片天了！

那个对人刻薄的阿姨

“学校门口那个卖烤红薯的阿姨真抠门，让她多给个塑料袋都不给。”芊芊刚走进教室，就和同桌小言抱怨。还没等小言开口，身边的同学都接上了话。“她确实抠门，有次我去买烤红薯，三角钱都不肯抹零。”“别说三角钱了，上次因为差一角钱，硬是让我破开了10元钱呢”……

“别说这个了，咱们周末去吃炒冰吧，听说有一家刚开的小店特别好。”小言打断了同学们的议论，拉着芊芊的手说。作为资深“吃货”的芊芊果然很感兴趣，兴奋地和小言讨论起了吃炒冰的事情，其他同学自然也都散开了。

其实，小言也不喜欢那个阿姨，甚至每天上学放学都要绕开她走。那个阿姨每天邋里邋遢，一成不变的衣服上常常沾满了污渍，而且为人斤斤计较，常常因为一点小事和别人大吵大闹，刻薄、粗俗，简直是典型的小市民代表。

有一次，小言放学回家，远远地看到那个阿姨似乎因为争地盘和什么人在吵架。小言厌恶地摇了摇头，但还是停下了脚步。后来，他们越吵越凶，到最后竟动起手来。虽然那个阿姨很强悍，可对方却有两个人,很快她就处在了下风,被其中一个人死死抓住头发,拳头雨点般砸到她身上,她却没有丝毫还手的能力。

看着她因痛苦而扭曲的脸,小言突然感到一阵莫名的愤怒,于是不顾一切地冲上去,使出浑身的力气拉开那两个女人。那两个女人骂骂咧咧地走开后,那个阿姨坐在地上失声痛哭起来,小言心里一阵难过,想要抱抱她,最后想了想却没有伸出手臂。阿姨哭了一会儿,抬起头,擦了擦眼泪对小言说:"没事了,你快回家吧,谢谢你。"看她说出如此生硬的话,小言一时竟不知该如何回应,忙逃也似的离开了。

回到家后,小言默默地开始写作业。刚好写完作业,妈妈回来了。"小言,看看妈给你带了什么好吃的?"一进门,妈妈就扬起手里的烤鸭,脸上带着得意的笑。要是以往,小言早就接过烤鸭,大快朵颐起来。可今天,小言看到了妈妈笑容里隐藏的辛酸和疲惫,她转身倒了杯水,递给妈妈说:"妈,你先喝口水休息一会儿。我去帮你做饭,咱们等会儿一起吃烤鸭。"

很显然,小言的举动让妈妈很意外,她愣在那里好半天才喃喃地说:"好,好,我家孩子长大了,懂事了呢!"小言有点不习惯妈妈的感动,忙钻进了厨房。半个小时后,小言做好了饭。其实,这些事情小言都会做,只是她有时不太愿意做,但在今天,小言突然决定以后要多帮妈妈分担点家务。爸爸走得早,妈妈含辛茹苦带着她,确实不容易,生活的艰辛和压力已经把妈妈折磨得不成样子了。为了省钱,她从来不舍得为自己添置一件新衣服,但给小言买起东西来,却豪爽得眼睛都不眨一下;为了攒钱给小言交学费,妈妈不得不精打细算,每一分每一毛在妈妈眼里都无比重要;孤儿寡母为了不受欺负,妈妈硬是逼迫自己强大起来,像个男人一样,为小言和自己遮风挡雨……

晚饭时，看到妈妈欣慰的笑，小言也跟着笑了起来，内心里满是快乐。小言想，自己已经长大了，不能再像以前那样任性和自私了，一定要像个大人一样，帮妈妈承担起生活的压力，至少应该多关心妈妈，帮妈妈做点力所能及的事情。

第二天上学，路过烤红薯的摊位时，小言甜甜地笑着打招呼："妈，我上学去了。中午如果放学早，我负责做饭。"那个卖烤红薯的阿姨吃惊地瞪大了眼睛，激动得几乎要流下眼泪来。小言不顾周围同学的眼神，笑着走进了学校。是呀，不管怎样，那个对人刻薄的阿姨就是自己的妈妈呀！不管她怎样邋遢、怎样市侩，她都是最爱自己的妈妈呀！

妈妈的病好得快

不知何时，月亮已经爬上了半空。我注视着母亲睡梦中的面容，替她掖了掖被角。揉了揉酸痛的腰和腿，我站起身，打算上床休息一会儿。

已经20天了，母亲还没有醒过来。医生和护士来了又走，各种液体输了一瓶又一瓶，母亲还是不肯睁开眼睛看我们一眼。一连多日的担忧、焦虑和紧张让我疲惫不堪，我感觉自己快撑不下去了。

那天早上，和平日一样，母亲早早地收拾好家务，准备去打理她的那片小菜园。当初母亲说要弄小菜园时，我和姐姐都不同意。母亲年纪大了，我们都不想让她太过操劳，再说，我们也不缺那点菜吃呀！“卖的菜哪有自己种的放心，而且什么时候想吃就能吃，又方便又新鲜。”母亲笑着对我们说。其实我和姐姐都知道，母亲是为了我们着想，她自己能吃多少，还不是想让我们吃上健康放心的蔬菜。

可就在母亲准备出发时，突然扑通一声坐到了地上。当时幸好我和姐姐在家，忙送母亲去医院。在路上，母亲紧皱眉头，直喊头痛。看着母亲，我和姐姐都揪心不已，母亲平日多么坚强呀，要不是痛到极点，她是不会轻易喊疼的。到了医院，母亲就昏迷不醒了。医生的诊断结果是脑出血，然后立刻安排做了开颅手术，一直到现在，母亲都没苏醒过来。

早上，叔叔帮着护士给母亲做了一系列的常规检查，然后坐在窗边看着母亲日渐消瘦的脸庞发呆。想起母亲以前健康、矍铄的样子，我既心酸又难过，眼泪不自觉地掉了下来。

“叔叔，你哭了吗？为什么哭呀？”一个七八岁的小男孩趴在窗台上，瞪着大眼睛好奇地问叔叔。我忙擦了擦眼泪说：“没事，叔叔的妈妈生病了，叔叔有点担心。”

小男孩咯咯地笑起来：“不用担心，明天就会好的，相信我。”说完，小男孩就跑开了，我苦笑着摇了摇头。

第二天中午，在给母亲换药的时候，我突然发现母亲的手动了一下。难道是我眼花了？我盯着母亲的手又看了半天，她的手又动了一下！再接着，母亲的眼睛竟然也慢慢地睁开了！我激动得简直说不出话来。医生说，只要病人醒来，一般就不会有什么大问题，接下来就是康复过程了。

姐姐高兴地和母亲说着话，虽然母亲不能回答，但她会动动手指告诉我们她听见我们说话了。这时，我想起昨天那个小男孩，想起他说的话。我突然很好奇，他怎么那么肯定母亲第二天就会好转呢？难道仅仅是小孩子的随口一说？

在医院里找了半天，我终于看到正在花坛边玩耍的那个小男孩。“孩子，你怎么知道叔叔的妈妈今天会好呢？”我急切地问。小男孩嘿嘿一笑：“当然啦！因为妈妈的病好得快。我的妈妈每次生病都只有一天，第二天就好了。所以，你的妈妈当然也会很快好起来呀！”

妈妈的病好得快，我默默地重复着小男孩天真无邪的话，眼泪又忍不住流了下来。是呀，因为心里装着孩子、装着家庭，妈妈不忍病、不敢病啊！即使生病，她也只允许自己病一天，第二天就要打起精神去照顾家人，为一家人的吃喝拉撒而忙碌——如此牵挂子女、牵挂家人，又怎会病太久呢？妈妈一定会很快好起来的！

让我陪你慢慢走

周末回老家,父亲正打算出门,说接到村委会通知,要去照相馆照一张证件照。照相馆离家不远,父亲说要步行去,就当锻炼身体了,我正好没事,便陪着父亲一起走。

刚走了几百米远,我就感觉到了别扭,父亲走得太慢了!本来我们是并肩而行,几步之后,父亲就远远落在我身后了。我有意识地调整脚步,把速度慢下来,可尽管如此,对父亲来说,我走得还是太快了。

“爸,你能不能走快一点?等我们走到照相馆,我怕人家都关门了。”我半开玩笑半认真地说。父亲嘴上一边应着“好、好”,一边紧走了两步,可由于匆忙,脚下重心不稳,父亲一个趔趄,差点摔倒。“唉,老了,不中用了。”父亲一手扶着腰,另一只手拍着大腿叹息道。看着父亲紧张又无奈的表情,我突然一阵心酸,之前的焦躁被一阵揪心的难过代替。

母亲曾告诉我,小时候,是父亲拉着我学会了走路。那时我虽然小,但是力气很大,横冲直撞、跌跌撞撞,不过无论如何,父亲利索的脚步总能把我护佑在安全的范围内。十来岁时,我学骑自行车,我在前面骑,父亲在后面跟,我骑得越来越快,父亲跑得虎虎生风,每当车子快要歪倒的时候，父亲有力的大手总能及时扶稳。15岁，我去县城读中学，父亲送我到村口坐车，到了学校后，我才发现自己忘了带录取通知书。正当我发愁时，父亲出现在了我的视线里，他抬头挺胸，大步流星地走到我面前，把录取通知书放到了我手上。原来父亲看到落在家里的录取通知书后，步行赶到了学校……

记忆中，都是父亲矫健的身影和步伐，可是从什么时候开始，父亲变得如此老态龙钟了？他的腰身不再挺直，他的手臂不再有力，甚至走路都不那么利索了。岁月真是一个神奇的东西，它让我一天天变得强壮，却让父亲一天天变得衰老。那么，是不是该轮到我们用自己有力的脚步，来陪伴父母，来给他们最安全、最妥帖的保护了呢？

突然想起前几天在网上看到的一个视频，一个腿脚不方便的老爷爷带着他的狗出来遛，老爷爷拄着拐杖，走得很慢，几乎是一步一挪，小狗就懂事地跟在身边，走两步停一步，等老爷爷迈出脚步后，它再缓缓跟上。老爷爷手里牵着的绳子就一直软软地拖着，从来没有绷起过。

这样的画面让所有人看到都感觉很温暖、很感动。是的，曾经我追赶你年轻有力的步伐，现在我跟随你蹒跚而行的身姿，一只小狗都可以做到这样，为什么我们就不能等等父母的脚步呢？——让我陪你慢慢走，一直走到路尽头。

父母也会撒娇

给母亲打电话,似乎感觉母亲的嗓音有些异样,一问才知道母亲感冒了,而且有一段时间了。提早下班回去看母亲,母亲半躺在沙发上看电视。“走,我陪你去医院开点药。”我伸手去拉母亲。母亲摇摇头说:“我不想吃药,你爸给我买了药,太苦了。”“良药苦口嘛!不苦怎么能有效?”我拿起一包药递给了母亲。本来好好的母亲却似乎一下子眼泪汪汪了:“这药真的很苦,我不想吃。”

吃个药怎么这么麻烦?有病不吃药能好吗?我有点急了,年纪大了还不重视身体,万一有个三长两短的怎么办?怎么越老越像孩子了呢!想到“孩子”这两个字,正欲发火的我突然愣住了,也在瞬间释然——母亲现在的表现可不就是我小时候的样子吗?她是在对我撒娇呀!想到此,我在母亲身边坐下,笑着说:“吃了药才能好呀,这样就有力气跳广场舞了,咱加把劲儿,争取夺得广场舞皇后的称号,让我爸有点危机感。”看到母亲忍不住笑了起来,我继续说:“来,我帮你倒杯水,赶快好起来给我做好吃的,我最喜欢你做的饭菜了。”母亲点点头,接过药吃了下去。我不知道那药是不是真的很苦,我只看到母亲脸上露出了满足幸福的笑容。

有一次父亲做了一个小手术，出院后在家休养。想着父亲已经痊愈，再加上我工作忙，直到半个多月后才来到父母家。一见面，父亲就跟我说："我的伤口还是疼。"我顿时紧张起来，难道伤口发炎了？没愈合好？父亲掀起衣服给我看他的伤口，伤口愈合得很好，连针眼都快看不见了。"恢复得很好，没事。"放下心的我松了口气说。

过了一段时间，父亲又跟我说："伤口有时还是会疼，不会有什么事情吧？"父亲的话让我有点哭笑不得，伤口缝合处只剩下一条浅浅的印痕了，能有什么事情呀。"我爸这是怎么回事，没事老盼着自己有问题干吗？"一转身，我悄悄对着母亲抱怨。"越老越矫情，别理他。"母亲笑了笑说，"不过，你爸说他很享受你紧张地帮他查看伤口时的样子。"

母亲的话一下子提醒了我。父亲是多么坚强的一个人，长这么大，我从来没见父亲喊过一次痛。记得有次父亲带我和哥哥上山玩，哥哥因为调皮，差点从山坡上滚下去，父亲及时拉住了哥哥，自己却扭伤了脚。等到家时，父亲的脚面已经肿得很高了。我和哥哥都很内疚，父亲却说一点都不疼，还笑着逗我们玩。而现在父亲却在我面前"示弱"，这不是另一种撒娇吗？他是想得到女儿的关心和照顾呀。

其实，每个父母心里都住着一个会撒娇的孩子。当儿女一天天长大，臂膀变得坚强，能够为自己甚至为家人遮风挡雨时，父母心里潜藏的孩子似的天性就会激发出来，会把自己最柔软、最脆弱的一面展现给你。因为在他们眼里，你已经成为他们最信赖的依靠，他们也深信，你会像他们爱你那样爱他们。他们愿意在你面前撒娇，是想得到你的体贴、关爱和安慰，正如你小时候赖在父母怀里撒娇，毫不设防地把自己的肚皮袒露出来，那是因为你知道，父母会给予你最周全的保护。

现在，该我们给父母以保护了，你准备好了吗？

母亲的寂寞

母亲是个强势的女人，她永远知道自己想要什么，也知道自己该做什么。于是，在我的记忆中，母亲总是忙碌的。洗衣、做饭、下田，即使坐在屋子里看电视，她的手脚也不停歇，不是给家人纳鞋垫就是做衣服，或者就用竹篾编织一些小筐、小篓，拿到集市上去卖。那时我总是很纳闷儿，不知道母亲从哪里找那么多活计来做，或者说，难道家里的事情总是做不完吗？

后来，我和哥哥慢慢长大，及至外出上学，家务不再那么繁多，再加上家里的承包田被征用，也没有庄稼活可以做了。但母亲每天还是很忙碌，里里外外地收拾着，一天三顿变着花样给我们做饭。再后来，我和哥哥相继工作，然后在外面组建了自己的家庭。有好多次，我们担心母亲一个人在家里孤单，便邀请母亲和我们同住，母亲都是摆摆手，一脸不屑地说："我哪儿走得开呀！家里家外那么多事，忙都忙不过来。"虽然不知道母亲还有什么可忙的，可既然母亲不乐意，我们也没有办法。

有一次，我带着孩子回去看母亲。到家时，远远地看到母亲和几个邻居坐在门口晒太阳。母亲有一搭没一搭地和大娘大婶们说着话——

她的手里没有拿任何东西。这是我第一次看到母亲的双手闲下来，记忆中除了睡觉，母亲的手里总是拿着鞋垫、毛衣之类的东西，说着话也不耽误手里的活。

看到我们回来，母亲高兴地起身，接过孩子，边走边念叨着给我们做什么好吃的。走进院子，青砖铺的地面干净整洁，各种花草绿意盎然、生机勃勃，被母亲摆放得井井有条，屋子里的桌椅、沙发等更是收拾得一尘不染。——还真是爽利勤快呀！听了我的赞叹，母亲笑着说："花草每天要浇水、整理三次，屋子里的地板每天早晚各拖一次，每次都要拖两遍，能不干净吗？"

晚上吃完饭，我到母亲房里和她说话。在她的床头，竟然放着一幅十字绣，居然是《八骏图》！母亲的眼睛不是花了吗？还能绣难度如此高的《八骏图》？母亲解释："只是晚上睡觉前绣一会儿，我绣得慢，好几个月了。"

看着快要完工的《八骏图》，我仿佛看到母亲去市场上精心挑选我们喜欢的《八骏图》，然后在夜深人静的时候，努力地找配色、穿针引线，然后一针一针地将线穿进穿出几千次、几万次……想着想着，我的心里突然一阵心酸，母亲一定是孤单的，虽然她说自己很忙，但以前的忙是真忙，而现在的忙却只是为了掩饰子女不在身边的寂寞。

"妈，我和哥哥工作忙，需要你帮忙照顾下孩子，你就帮帮我们吧。"我认真地对母亲提出了请求。母亲终于极不情愿地答应了，但我却在她的眼睛里看到了一丝欣慰和喜悦。

每一位母亲都是最高明的观众

有段时间，母亲打电话让我和老公回去吃饭，说做了我最爱吃的芹菜丸子。那时我刚和老公吵完架，正处在冷战时期，自是不肯主动妥协，可不回去又恐辜负了母亲的心意，只好独自回去。

怕母亲看出我脸上的不快，平白为我担心。回去时，我买了一些礼品，临进家门，还特意照了下镜子，最后笑容满面地出现在母亲面前。“妈，他出差了，来不了，不过特意在电话里嘱咐我给你多买点补品呢！”我用轻松的语气对母亲说。母亲开心地笑着，招呼我坐下来吃饭。吃饱喝足，我要回去时，母亲把我送到门口突然悄声说：“闺女，两口子发生点争吵在所难免，互相说开了就好了。妈知道你性子强，不会主动服软，改天妈把他叫来吃顿饭，啥事就都没有了。”

我吃惊地看着母亲，不知道母亲是如何知道我和老公吵架的事情的，难道老公在母亲面前告过状了？母亲笑着摇摇头：“这还用他说吗？知子莫若母，就你这点小心事我会猜不透？”母亲的眼神中满溢着关切和宠溺，虽然我不知道母亲是如何看出我尽力掩饰下的不开心，但此刻我却被一种踏实、温暖的感觉所包围。

其实，从小到大，我几乎没有什么事情可以瞒住母亲。小到吃饭穿衣、考试做作业，到长大后工作、谈恋爱上的一些大大小小的事情，每次出于各种原因想要隐瞒母亲，最终却都被母亲轻松地识破了。

记得刚毕业时，我不肯听父母劝阻，执意留在大城市发展。和朋友合租在不足20平方米的小屋子里，除了放下两张床，其他什么东西都放不下了。几个月过去，我依然没有找到合适的工作，兜里的钱所剩无几，每天的伙食简单到只能吃一碗白水煮面条。但这一切都是自己的选择，所以面对父母关切的询问，不认输的我只能谎称自己找到了工作，薪水高、待遇好，一切都很顺利。

接到母亲要来看我的电话后，我一下子慌了神！千万不能让母亲看到我窘迫的样子，自己没面子不说，还会让父母跟着担心。于是，在母亲未到的两天里，我手忙脚乱地向朋友们求助，借了当地一个朋友的房子，对母亲谎称是自己租的。还特意向朋友借了一身体面的衣服，那时候我真是连买一套好点的衣服的钱都没有了。

母亲来后，我极力向她描述我生活和工作的顺利，母亲倒是没怎么说话，只是静静地听我说。看到母亲一脸微笑的样子，我暗自松了口气，还苦中作乐地为自己的演技点了个赞。“视察”结束，母亲拉着我的手，像往常一样千叮咛万嘱咐后，打道回府了。

然而，当我翻开书桌上正在读的书时，却看到了一张银行卡和一张字条。字条上的字迹熟悉而亲切：闺女，我和你爸支持你的选择，但你也别太苦了自己。你的打底衫都那么旧了还在穿，而且衣柜里的衣服都不是你平时的穿衣风格，是借别人的房子吧。拿这些钱租个好点的房子，买几件好点的衣服穿。如果想家了，随时回来。

读完母亲留的字条，我顿时泪流满面。其实，每一位母亲都是最高明的观众，在母亲面前，我们都是蹩脚的演员，纵使演技再好，也逃不过母亲的那双眼睛。母亲并非有火眼金睛，只因为她心里有爱，眼里便似长了雷达，便能敏锐地洞穿你自认为高明的掩饰下的喜怒哀乐，然后给予我们最深切、最贴心的鼓励和关爱。

不会做饭的父亲

父亲不会做饭，这是一个全家人都知道的事实，他偶尔进厨房，除了找吃的，大概就是烧开水了。为此，母亲没少唠叨父亲，说他是“甩手掌柜”，是“油瓶倒了也不扶的主儿”。有时越说越来劲儿，分分钟就可以上升到“不负责任，不爱家人”的高度上来。

也难怪母亲生气，其实母亲并不是要求父亲煎炒烹炸样样都行，也没指望他做出什么美味佳肴来，只是希望外出或者忙碌时，父亲能够做一顿饭，最起码不饿着自己和孩子。可只要母亲不做饭，父亲就带着我和哥哥眼巴巴地在家里等着，或者胡乱找一些零食给我们吃，饿得我们一个个都像小叫花子。

记得小时候，有一次母亲去朋友家里玩，本来打算中午回来的，可突然下起了大雨，母亲回不来。父亲带着我们在家里等，后来看实在等不上，就打算煮两包方便面充饥。两包方便面，父亲添了满满一锅水，煮好之后父亲尝了一口，还很纳闷：怎么这么淡？一点味道都没有！还有一次，母亲打电话说要晚回来一点，让父亲先做好稀饭，等母亲回来炒菜。水开了之后，父亲直接把半碗面粉倒了进去，可想而知，那一锅稀饭会是什么样子，连糨糊都不如，面疙瘩里还都裹着生面粉。

十几年来，母亲的唠叨一直没有断过，父亲也无数次态度诚恳地表示，会努力学习。可直到我和哥哥长大，然后相继成家，父亲始终没有做出一顿像样的饭来。

上个月，母亲下楼梯时不小心崴了脚，出现了轻微的骨折。虽然不算严重，可伤筋动骨100天，医生嘱咐母亲一定要卧床休息3个月。卧床休息没问题，可她和父亲吃饭怎么办呢？母亲肯定不能下地做饭了，父亲压根就不会做。面对我们的忧虑，父亲却毫不在意地连连摆手："你们都安心上班，别操心了。"

周末忙完工作，我和哥哥带了一些吃的赶回家。刚推开门，就闻到了浓浓的炖排骨的味道。难道母亲不听话下厨了？冲进厨房，我却看到了父亲忙碌的身影。开着火的煤气灶上，排骨在砂锅里欢快得翻腾，乳白色的排骨汤色泽清亮、香气诱人。父亲正低头把焯好水的芹菜叶子加入搅拌好的面汁里。

"爸，你在做啥？"我吃惊地问。父亲抬起头，笑着说："炸芹菜丸子呀，你妈不是最喜欢吃了吗？"我简直不敢相信自己的眼睛和耳朵，这还是母亲口里那个"甩手掌柜"吗？是那个进了厨房只会烧开水的父亲吗？仅仅一周的时间，父亲不仅学会了十几年来都没学会的做饭，而且如此高难度的炸丸子都做得有模有样！

"你妈不能下床，我总不能让你妈饿着吧，再说我也不想挨饿呀。其实做饭就那几个步骤，只要用心学，一点都不难。"父亲突然露出了得意的笑容，"这次你妈正好给我提供了一个平台，要是早给我机会，说不定我都成五星级大厨了！"

"这死老头子，就知道贫嘴。"在客厅沙发上休息的母亲忍不住接话，眼角眉梢里却都是笑意。看着父亲端着一碗排骨汤，小心翼翼地递给母亲，我的鼻子一酸，差点掉下泪来。父亲积蓄了半辈子，也许就是为了在母亲真正需要时，竭尽所能地喷发出来，给予母亲最温暖、最妥帖的照顾。这种在我们看来几乎可以称得上奇迹的东西，也许就是最朴实的相濡以沫的爱情吧！

第二辑

在回忆里等你

虽然日子很忙，但偶尔静下来的时候，曾经的人和事都会一点一点地从脑海里浮现出来，随之而来的，还有过往点点滴滴的甜蜜。回忆里的情景，如此美好、如此动人。也许，它们一直在回忆里等着我，它们要求的并不多，只要偶尔忆及，便是最大的安慰了。

在屋顶上睡觉的日子

20世纪80年代,在北方乡下,空调还是个稀罕物。在人们的印象中,好像只有城里的阔老板或官老爷才有福消受,村里一些老人甚至都不知道它的存在。风扇倒是家家必备,在炎热的夏季,吹去些许燥热。但进了三伏天后,溽热难耐,尤其是晚上,风扇吹出来的风都变成了阵阵热浪,屋里闷热得像个大蒸笼。于是小时候,我们常在屋顶上睡觉。

说是屋顶,但并不是大多数人想象的那种铺着青瓦的尖尖的屋顶。北方乡下的房子大多是平房,整个房顶就是一个天台,平整而宽敞。夕阳落山,天色一点点变暗,爷爷在房顶支好竹床,或者直接铺上一张席子。待我们在大澡盆里扑腾过后,光着身子爬上天台,刚刚还感觉四周的空气像裹了泥浆,沉重得动弹不得,可这时,却突然感到了一丝微风,吹在还沾着水珠的身子上,一阵凉爽。

在竹床上躺下,便看到了西边天空升起了第一颗星星。爷爷告诉我们,那叫“长庚星”,天亮时,在东方地平线上看到的第一颗特别亮眼的星星也是它,不过那时我们就叫它“启明星”了。其实,它就是金星,也就是古代人们说的“太白金星”。接着,爷爷由太白金星讲到了《西游记》,什么炼仙丹、打妖怪等各种神话传说听得我们都入了迷。

在夜色中,爷爷还会教我们念唐诗,我印象最深的是那首《枫桥夜泊》:月落乌啼霜满天,江枫渔火对愁眠,姑苏城外寒山寺,夜半钟声到客船。虽然我们当时并不懂这首诗的意思,但却莫名地觉得诗里描述的场景很熟悉,四周也是无边的夜色,也一定有凉风鼓荡而至,这么美好的事物一定能安慰一颗失意的心灵吧!

爷爷还出题考我们,谁知道这首诗里描述的时间是一个月里的什么时候?从一首诗里还能知道时间?我们都不可思议地瞪大了眼睛。爷爷便跟我们讲了上弦月和下弦月的区别,讲了许多许多我们从来没有听过的小知识,直到我们睡意蒙眬,轻轻打起了鼾。

至今,我仍时常回想起那些在屋顶上睡觉的日子。苦夏绵长,酣睡的时光却那么美妙,抬眼满天星光,侧耳阵阵虫鸣,四面凉风缓缓吹拂,伴随着身侧轻微的鼾声,一夜长眠,直至晨光熹微。如今,即使躺在凉爽舒适的空调房里,却再也不曾有过那般踏实、香甜的睡眠了。

历山的云

也许是立秋的缘故，也许是地势高的原因，当我们来到位于山西沁水的历山时，竟感觉到了阵阵凉意！要知道，早上从几百里外的家里出发时还燥热不堪，毕竟“秋老虎”还正在发威呢！但这里却似乎完全是另外一个世界，两地温差至少有10摄氏度左右，偶有凉风吹过，恍然间觉得已到深秋。

我们乘坐景区的观光车直接来到了历山的主峰舜王坪，这是山西南部第一高峰，海拔2358米。在平原地区，这高度着实罕见，也足以让人意外且欣喜。相传炎黄领袖舜王当年耕治此山时，曾编织了黄河流域用来指导农事活动的物候历《七十二候》，故后人称此山为历山。《史记》也有记载：舜生于蒲坂，渔于获泽，耕于历山。

舜王坪顶拥有5000余亩亚高山草甸，山下有大片的原始森林，其风景优美、空气清新自不必说。最让我心神不已，甚至叹为观止的是历山上空的云。

是的，在“云”之前我没有用任何定语，我找不到一个合适的词来形容历山的云，连最稳妥、最保险的“白”字都没有用。因为历山的云似乎不能称之为“白云”，当然，并不是说它不白，但它又不仅仅是白。它轻盈、通透，似乎能透过它清晰地看到背后澄澈湛蓝的天空。而因为透明，它又带着一些光芒，却不是云霞般五彩的光芒，而是近似于羊脂玉般温润柔和的、若有似无的光泽。

因为舜王坪的海拔比较高，云朵似乎就触手可及了。行走在草甸上极目远眺，远处的花草与天连在一起，天变成了广袤的大地，而云则成了散布在花草间的石块。一瞬间，天与地便调换了位置。如果置身于这样的大地与石块间，整个人恐怕会不自觉地飘起来，连石块都那么轻盈，何况人呢？

沿着草甸间的小路，信步来到山顶散落的几处巨大岩石旁，虽历经风雨侵蚀，却依然坚挺。三两下爬上岩石，站在顶端，朵朵流云便围绕在身边，颇有一种云在天上、我在云里的感觉。突然想起清代黄国瑚描写岭上白云时的句子：身倚磐石，手弄流云。这不就是此刻的写照吗？一伸手，云朵便在指尖悠然流动；转个身，便似踩着云朵羽化升仙。此种意境，怎一个“仙”字了得？

在这里，你可以清晰地看到因云朵的流动而产生的光影的明灭。静静地坐在草地上，看天上的一朵云在不远处的地面上投下一片阴凉，然后看着它轻轻地飘移，地上的阴凉也随着慢慢移动，很快便将我们笼罩其间，不过仅仅是一眨眼的工夫，它又不顾我们的挽留，伴随着孩子们稚嫩的“天暗了”“天又亮了”的欢呼声，继续飘向远处。有的孩子奔跑着，高举双臂追逐而去，留下一串串欢声笑语。

“山中何所有，岭上多白云。只可自怡悦，不堪持赠君。”在历山，因为一朵云，我感受到了久违的闲适和安逸，伸手可摘一朵云，举目可随一朵云，这不仅是大自然的美，更是难得的心境上的美。也许，我们每个人都该去寻找这样一朵云,在凡俗中领会“久在樊笼里,复得返自然”的真意。

· 夏天过去了

朋友更新了一条动态：夏天过去了。可不是吗？虽然太阳依旧高照，气温没有下降，草木也依旧葱茏，一切看起来似乎仍是夏日的样子。但我们知道，夏天的确过去了，待几日后，秋风起，秋雨缠绵，可能一下就改换了天地。这样一想，突然有点怅然若失的感觉——夏天过去了，好像什么都还没来得及做呢！

刚放暑假的时候，曾答应孩子暑假里好好陪他们玩玩，和他们一起看书、写作业，给他们讲很多有趣的故事；带他们去外面走一走、看一看，感受不一样的风土人情。当然，也曾给自己承诺：在这个夏天里要给自己一些不一样的东西，积极健身、认真读书写字。等夏天过完后，也许能看到一个全新的自己。

没想到一眨眼的工夫，夏天就溜走了！曾聒噪无比的蝉鸣逐渐退去，早晚的风里有了一丝凉爽，电视里不再连续播放孩子们爱看的电视剧，网吧变得空旷起来，书店里冷冷清清，冷饮店里也不再整日趴着喝冰奶茶的少年……

可是，一整个夏天我都做了些什么呢？平日里倒没觉得无所事事，可现在仔细地回想，却又想不起来具体做了些什么。日子似乎就在一日三餐中悄无声息地消磨掉了。其间，带孩子出了趟远门，看他们无忧无虑地奔跑在大自然中，在碧水蓝天间展现出纯粹的笑颜，自己的心也会跟着雀跃不已；也曾积极地开始了健身计划，每天早晚打卡锻炼身体，可是中途因腰被扭伤不得不躺在床上休养，一躺就是将近一个月。因此，错过了夏天里很多具体细微的细节，整个夏天也不再立体和生动。所幸的是卧床的日子里还有书相伴，在书本里感受喜怒哀乐，在书本里悠然神飞、怡然自乐，倒也有一种别样的满足。所谓“读万卷书，行万里路”嘛！

“夏天过去了”真是一句平淡无奇却让人莫名感伤的话，说出口的时候漫不经心，语出后却有一种时间无声流逝的茫然和惆怅。它不像“一年过去了”那样给人当头一棒，让人懊丧不已，充满了“往事不可追”的无力。但是却实实在在地让人有一点难过，因为一个阶段结束后我们总归要留下点什么吧，哪怕只有一点，否则便会有虚度年华的恐慌。

好在我们还有机会，还来得及去做自己想做的事情，只是夏天过去了，还有秋天，还有冬天，还有春天……这可能也是一种安慰吧。

我失去了一棵柿子树

我家田里有一棵柿子树。父亲说，他小的时候，柿子树就长在那里，每年秋天，都结出很多又红又大的柿子。这棵柿子树树干粗壮，却并不高大，在离地面三四米处就分枝散叶，蓬蓬勃勃如大伞一般。

因为柿子树长在我家田里，我自然骄傲地跟小伙伴们宣告了主权：这棵柿子树是我的。理所当然地，我也拥有了柿子的分配权，父母够下来柿子后，会让我拿一些分给小伙伴们吃。捧一只柿子，小心撕开外皮，露出里面红得快要变成金黄色的果肉，一口咬下去，香甜直入心底。再咬就触到了一块块滑滑的、口感略硬，如一瓣瓣橘子一样的部分，有嚼劲且更加甜腻。那是柿子的软核，其实就是柿子的种子，有些没有发育完全，里面并没有种子，只有软软滑滑的保护层。我更喜欢当地的叫法：柿瓣。柿子的花瓣，又形象又好听。

曾经我以为这棵柿子树会永远属于我。我生在这里，长在这里，跟着父亲在这片土地上翻地、播种、灌溉、施肥、收割，每一样农活我都做得无比熟练。可父母并不希望我扎根于此，他们想让我洗去双脚的泥土，成为人人羡慕的城里人。后来，我终于不负众望，如愿考上大学，离开了这片土地，也离开了陪伴多年的柿子树。

离家在外的日子，我时常想起家乡的那棵柿子树。虽然见不到它，但在我心里，它永远是属于我的，它会一直在那里等着我回去，等着我捧着又红又大的果实，咀嚼甜蜜的芬芳。

只是后来，当我重新站在故乡的土地上时，我发现一切都变了。我没有变成父母期望的城里人，最多只能算是城市的“暂住者”“过路人”，可代价却是，我永远失去了家乡的土地。于是我的身份便尴尬起来，不是城里人，却也不能算乡下人——一个没有土地的人能算农民吗？而陪伴我们多年的那棵柿子树，也因为农村改造而被砍掉了。我回来时，刚好看到它的树根被弃在路旁，往日汲取养分的盘根错节，此刻变成了一张失去水分的愁苦的脸。那一次，未经世事的我第一次感受到了生离死别的滋味。

这些年，每当我回乡，总会到越来越少的土地上去走一走、看一看，拍几张照片。土地就是那么神奇，一年四季都有它独特的、不同的美。尤其是秋天，看风吹麦田，麦浪滚滚，在欣喜之时也会生出一丝惆怅，我失去了一棵丰腴的柿子树。

如今，我也像那棵柿子树一样，离开了故乡的土地。有时候我会很茫然，不知道此生我们能否再相遇，将以何种方式相遇？

外婆的大伞

外婆家在江南，母亲从小也在江南长大，却在最美好的年纪跟着心爱的人去了北方生活。虽然说“有情饮水饱”，但母亲到底还是怀念江南，怀念那里的亲人。于是，便会每年回来住上一段时间。

据母亲说，怀着我的时候，因为不方便长途跋涉，将近一年没有回到江南，母亲的思念像野草一样疯长，觉得每一分每一秒都是煎熬。所以生下我刚刚满月，母亲就迫不及待地抱着我回来了。在外婆家，母亲足足住了半年，才在父亲的不断催促下回了北方。

后来母亲每年还是会带着我回来，不过因为生活的花销越来越大，需要用钱的地方太多，她就想出去打点零工，最起码能赚到来回的路费。于是，年幼的我就被交给外婆照看。不知道是巧合，还是母亲刻意挑选的时间，每年我们来外婆家时，总是六七月份——江南的梅雨时节。

小时候的我特别调皮，总喜欢往外跑，下着雨更好玩啊！哪个孩子不喜欢淋雨、跳水？在悠长的巷子里一路跑过去，看见小坑里的一摊摊积水，小脚啪啪啪地就踩上去，溅起的水花弄湿了鞋子和裤脚，跑上几个来回，全身就都湿透了。

外婆怕我着凉，却又管不住我去外面，只好举着伞，跟着我在雨中到处走。舅舅和舅妈忙于工作，两个孩子也都留给外婆照看。有时，小表哥和小表姐也嚷嚷着要出去玩，可外婆的伞不够大，每次不是把小表姐的辫子淋得一团糟，就是让小表哥湿了半截衣袖，外婆无一例外每次都淋得湿透，而我因为最小，被裹在中间，衣服从来没有湿过。

后来，外婆又换了好几把雨伞，但都不够大。最后外婆托人从外地买来了一把特制的雨伞，这把雨伞的黑胶涂层面料大而厚实，竹制的伞骨光滑粗壮。伞打开后，可以将我们全部笼罩在内。看着这把崭新的大伞，我和小表哥、小表姐都开心地跳了起来，心里升起一种莫名的温暖、安全的感觉。

后来的每个梅雨时节，母亲带我来到外婆身边时，我和小表哥、小表姐还是会在外婆撑起的大伞下快乐地玩耍，也不用担心衣服被淋湿。唯一让我们不解的是，伞在不停地换，可外婆的身上却总会多多少少地被雨水淋湿。不过，不解也好，好奇也罢，都只是一闪而过，年少贪玩的心里一向容不下太过深沉的东西。

一年年过去，那把大黑伞越来越旧，伞面上增添了许多深深浅浅的划痕，曾经结实的伞骨也开始吱吱呀呀作响，如同外婆那布满皱纹的面庞和颤颤巍巍的身影。这时，我到了上小学的年龄，而母亲也因为生活的牵绊，不能再随心所欲地说走就走，每年一次的“迁徙”也取消了。三年级的暑假，母亲又带我回去看望了外婆，不过只待了几天便又匆匆离去。没想到，那竟是我最后一次看到外婆！

如今，关于外婆，我所能忆及的就是那把黑色的大伞，以及那一段段湿漉漉的，如氤氲在江南梅雨时节上空的雾气一般朦胧、潮湿的回忆。不过回忆里，却有许许多多后知后觉的甜蜜、快乐、幸福和感动……

泡面，我的深夜食堂

《深夜食堂》的播出引起了很多人的热议，在都市小巷里一个深夜才营业的小食堂里，从老板料理的每道食物中拉出一段段市井却温情的人生故事。我想，《深夜食堂》之所以受到如此多人的追捧，除了美食的诱惑之外，更多的是源于一种情怀，一种深植于每个人内心的独特的情怀。比如我，在看这部剧的时候，脑子里想到的就是家乡一个品牌的方便面，从某种程度上来说，泡面就是我的深夜食堂。

方便面在国内普遍流行应该是20世纪七八十年代的事情，短短三四十年的时间里，我们对泡面便有了一种特殊的感情，赶时间不知道吃什么的时候，就会蹦出“来碗泡面吧”的念头。我们习惯了“多喝开水”，理所当然更爱热食、熟食，而一碗热气腾腾的泡面，比面包、饼干等干巴巴的食物，更像是一顿暖胃的饭。

作为“80后”，我人生中第一次吃泡面是在五六岁的时候。在一块钱能买五个馒头的年代，五角钱一袋的方便面不算太便宜，而且它又不如馒头顶饿，讲究“实惠”的大人们一般不会买来给我们解馋。所以，方便面那清香的味道便更加诱人，我们也更珍惜每一次吃方便面的机会。

而这样的机会大部分来自生病，生病的时候，我们就能可怜巴巴地看着母亲，有气无力地（现在想来，估计表演的成分居多）请求吃一碗泡面。

锅内加清水，坐上火，水开后，放入面饼，打进去一个鸡蛋，扔进几棵青菜。煮好后，倒入放了调料的碗里，再滴上几滴香油。随着筷子的搅动，阵阵香气横冲直撞，极其霸道地钻进鼻孔，简直让人欲罢不能。一碗面趁热吃下去，额头冒出细密的汗珠，所谓的"病"也就好了一大半。

后来，生活条件好了起来，方便面也成了一种很平常的应急食品。虽如此，但我对泡面的喜爱却没有丝毫减少，反而越加浓烈，因为对我来说，泡面其实是深夜里的一种慰藉。在食材匮乏的深夜，打开冰箱空空如也，此时来一碗泡面，省时省力。倘若再肯稍微花一点心思，加个鸡蛋和几棵青菜，也算是有营养的一顿宵夜了。

在同学群里怀旧时，有同学突然提起方便面，于是一石惊起千层浪，大家都回忆起了那段深夜里吃泡面的时光。在热水中舒展开来后，面饼的咸香自然而然地释出，而汤汁依然清澈，深吸一口，仿佛能闻到在六月骄阳下，成熟的麦穗散发出的带着甜味的清香。再加上各种口味的调料，香味便重重叠叠，浓郁热烈。"我要红烧牛肉""我要小鸡炖蘑菇""我要酸菜牛肉"……顿时，寝室里充斥了吃大餐的感觉。不仅填饱了胃，更填饱了深夜里略显孤单的心灵。

如今，无论生活多么艰辛，无论夜色何等深沉，一想起泡面，就会想起那种独特的滋味，而只是那么想一下，浑身就充满了温暖和踏实，就突然有了足够的动力和勇气。

那个在回忆里等你的人

我是跟着外婆长大的。父母思想传统，生了姐姐后，一心想要一个儿子，可想而知我的到来该让父母多么失望。为了能再生一个儿子，父母把我送到了外婆家，那时我刚满3个月。此后，我就在外婆怀里，吃着“炼乳”长大。其实，我对“炼乳”毫无概念，这都是后来听外婆描述的。那时物资本来就不丰富，再加上家里条件限制，“炼乳”就成了奶粉的替代物，喂养了婴儿时期的我。

十来个月时，外婆就开始喂我吃饭了。切得细细的面条、用热水泡软的馒头、煮得烂烂的菜叶子，不知是我胃口好，还是外婆做得好吃，反正不管外婆给我吃什么，我都能大口大口地吃个精光。外婆却无端地拭起了泪：这丫头懂事，知道外婆给她弄不来好的，粗茶淡饭也能吃得这么香。

怕我营养不良，外婆背着舅妈，每天偷偷拿出一个鸡蛋，给我增加营养。其实舅妈人不坏，但日子过得实在紧巴，那些鸡蛋是用来换油盐酱醋的，平日里连表哥表姐都不舍得给吃的。外婆心疼我，想要用这种方式弥补我缺少父母怜爱的遗憾。

但其实，我一点都没觉得遗憾，有外婆对我的爱就够了！等我大一点的时候，外婆会变着花样给我做好吃的。表哥表姐都上学去了，外婆就只做给我吃。现在想来，外婆确实是有点偏心，她把最好的东西都给了我。

我最喜欢吃的是外婆做的鸡蛋疙瘩汤。鸡蛋疙瘩汤的做法很简单，把面粉兑水搅拌均匀，倒入开水锅中，然后把鸡蛋打碎倒入锅内，再用盐、酱油、醋等调味，最后再加入几滴芝麻油，那鲜香的味道真是让人垂涎欲滴。每次我都能吃满满一碗，恨不得把碗底都舔干净，外婆笑着骂我傻丫头，我跟着笑，看到外婆眼里无限的宠溺。

每天晚上，我都跟着外婆睡，躺在外婆的怀里听她给我讲各种故事。外婆的故事里没有白雪公主，也没有大灰狼和小白兔，都是活生生的人和事，如卧冰求鲤、卖身葬父等二十四孝的故事。现在想来，那些故事不仅陪我度过了许多甜蜜的睡前时光，更让我明白了很多做人处世的道理。

那时候，我曾经天真地对外婆说："外婆，我要一直跟着你睡，一辈子都不离开你。长大后，我要带你去很多好玩的地方，吃很多好吃的东西。"外婆没有说话，却笑得很满足。

7岁那年，父母来接我，说要带我回城里上小学。我怎么舍得离开外婆，离开从小就生活在这里的村子呢？我哭着抱紧外婆的腿，死活不肯走。外婆也哭了，眼泪哗啦，但最后，却是外婆掰开了我的手，她让我乖乖地跟父母回去上学。她说，即使走了，也可以随时回来看她。

后来，听话的我便跟着父母走了。可是回到了城里，我才知道，学习任务的繁重让我根本无法随时回去，只能等节假日父母有空时，才能回去看看外婆。可是之后没多久，外婆就病倒了。

有一次,父母主动去学校接我,说要带我去看外婆,我高兴极了。可后来我才知道,那是我最后一次看到外婆。那天,外婆握着我的手,紧紧地盯着我看,眼神里都是留恋和不舍啊!

再后来,我渐渐长大,读书、工作,每天忙得团团转。只有偶尔静下来的时候,外婆的音容笑貌才一点一点地从我脑海里浮现出来,随之而来的,还有那些过往点点滴滴的甜蜜。回忆里,外婆笑得那么满足、那么欣慰。也许,外婆一直在回忆里等着我,她要求的并不多,只要偶尔忆及,便是最大的安慰了。

青春里美好的渗透

我的整个少年时期都是在豫北的一个小山村里度过的。这里四面环山，山脚下有一条几米宽的小河，常年流淌着清冽甘甜的河水。后山上杂生着各种灌木、野果，还有意想不到的小动物在其间出没，那是我和伙伴们天然的游乐场。每天除了吃饭、睡觉，我们大部分的时间都在山坡上疯玩，捉迷藏、摘野果、抓野兔、捅蜂窝……总有无穷无尽的乐趣在等着我们。玩累了，我们就躺在松软的草地上，双手交叉枕在脖子下面，看太阳悠悠穿过云层，感受清风从脸上掠过。在这里，时间仿佛根本不存在，而日子似乎可以也本该可以永远这样下去，直到小言的出现。

小言很小的时候，母亲就生病去世了，父亲再婚后，继母又相继生下了两个孩子。一家人的开销全靠父亲一个人种田维持，人口一多，日子就过得更加捉襟见肘。也许是贫困消磨了继母所有的善良和耐性，她对小言非打即骂，从来没有给过一个好脸色。当我们无忧无虑地在后山追逐打闹时，小言总是背着竹筐和镰刀，挥动着细长的胳膊在半人多高的野草中挥汗如雨。

放学后的日子对我们来说是快乐无比的，但对小言来说却是永远都干不完的活计。那天我和伙伴们在后山玩耍，聚在一起吃水果糖。背着一筐猪草的小言从我们身边路过时，停顿了一会儿，他远远地望着我们，不肯靠近，却也不舍得离开。也许是看到了小言眼神里的渴望，也许是对小言产生了好奇，我径直走过去，拉起小言的手，把一颗糖放在了小言的手心。小言抬头看着我，眼睛里闪烁着亮晶晶的光芒，我友好地点点头，小言剥开糖纸，把糖含在嘴里，笑容便在他的脸上肆意绽放。

此后，我和小言就成了好朋友。但我始终想不明白的是，家务几乎占据了小言所有的课余时间，可他的学习成绩却依然是全班最好的。"其实学习远远不只看书、写作业、背课文那些表面上的东西，更多的是一种理解。割猪草的时候、照顾弟弟妹妹的时候，还有坐在后山上发呆的时候，我的脑子里都在思考。有时我会惊奇地发现很多东西都能和我们在课堂上学习的知识联系起来。所以思考得越多，我就能源源不断地汲取到更多的东西。"小言淡淡地说着这些，稚嫩的脸庞显现出了与他年龄极不相符的老成。

后来，我也学着小言的样子，在仰望蓝天、在追逐白云的同时，脑子里也不断地思考着。于是我发现，有所思考比一片空白要丰富有趣得多。那种感觉就像在嘴里慢慢溶化的一块糖，悄无声息地将一丝丝甜蔓延到身体的每一个角落，之后便是满满的充实和满足。渐渐地，那些曾和我一起疯玩的伙伴们都体会到了这种乐趣，虽然大家依旧会到后山里玩，但我们知道，有些东西已经和从前不一样了。

因为成绩优异，学校推荐小言到城里去读中学，我们在为小言开心的同时也很担心：他的继母会同意他去城里上学吗？没想到，我们的担心是多余的，小言的继母这次竟然坚决地支持他去城里上学。面对我们的吃惊，小言笑得很淡然："还记得糖块在水里溶化的情景吗？那么小的一块糖，只要坚持不断地溶解，就会把一丝丝甜扩散开来，最后一整杯水都会甜起来。”可不是吗？也许小言做的事情很琐碎，很微不足道，但长年累月地坚持下来，总会有一种莫名的力量，也会带来一些美好的瞬间，而这些美好的瞬间，经过一点一点地渗透、润泽，悄无声息地温暖了身边的每一个人，包括曾经对他百般挑剔的继母。后来，小言成家之后，依然和继母生活在一起，一家人相亲相爱、温馨无比。

如今回忆起这段青春的往事来，我仍感慨万千。小言所拥有的不比别人多，但也并不比别人少，他也拥有宝贵的青春时光，在那些日子里，他源源不断地释放着自己的真、善、美，不仅丰盈了自己的身体和心灵，也感染了周围的每一个人。

村口的老石桥

老家村子的外面有一条河，三四米宽的样子，但水并不深，不过在北方乡下众多只有一尺来宽的灌溉河面前，这条河绝对算是大河了。这条河绕村子而过，好似一个天然的护城河，守护着一方土地的安宁。在这条河上，有一座用石头搭建起来的小桥，桥面很窄，两旁也没有护栏，简陋而粗糙。每天早上，乡亲们扛着锄头就从这座石桥上经过，去田里劳作。傍晚，又伴着落日的余晖，走回石桥另一端的村子里。

打我记事时起，这座老石桥就静静地立在村口。听老辈人说，最初这里只有一座独木桥，村里人外出很不方便，后来大伙儿就凑钱到山里叫来石匠打了这么一座桥，样子不好看，但也经历了半个多世纪的风风雨雨。尽管大人们再三告诫，不要在老石桥上面玩耍，但我和小伙伴们还是抵挡不住河水的诱惑，偷偷跑到老石桥上玩。河水本来就不深，枯水期的时候，河床里大大小小的卵石都会露出来，我们就会沿着老石桥旁边的台阶下到河里捉螃蟹、网鱼虾，然后在老石桥上来回跑着嬉戏玩耍。也许是从小就在老石桥上走惯了，也许是冥冥中有种神秘的力量保护，我和小伙伴们从来没有从桥上掉下过。

等我们上了学后，老石桥成了我们每天的必经之路，而我们对它却渐渐地不满起来。因为年代久远，桥面上坑坑洼洼，而贪玩调皮的少年们从来不肯好好走路，要么就是一路小跑，要么就是边走边跳，一不小心就会崴了脚。而且因为见识过了外面的各种美观精致的桥，觉得脚下的这座老石桥简直不配称作“桥”，顶多算是横跨在河面上的一块巨石罢了。

有一年雨水特别多，河里的水竟然涨满并淹没了老石桥，连续两三天都没有退。我和小伙伴们站在村口望着村子外的学校发呆，马上就要升学考试了，如果连续缺课，成绩肯定一团糟。我们着急，大人们比我们更急！第三天，河水依然没有退，我们却可以正常上学了！父辈们摸索着找到了老石桥的位置，在大水没膝的石桥上挨着站定，抱起我们一个一个传递过去。在父辈们的双臂上，我们顺利地渡过了河。快要走到学校时，我回头看了一眼，站在老石桥上的父辈们的身影，此刻似乎与老石桥融为了一体，也许他们本身就是老石桥的一部分，用他们坚实的臂膀，为我们搭建起了通往外面世界的桥梁。

如今，村口的那条河上早已建起了一座漂亮的水泥桥，桥面宽阔，两旁还有高高的护栏，人们出行更加方便了。原来那座简陋的老石桥虽然没有拆除，却早就废弃了，上面长满了野草，偶有年迈的父辈在旁边驻足，留下兀自落寞的身影……

吃相与吃“香”

陪女友相亲，在餐厅里，我和另外两个朋友坐在女友斜后方的桌子上，刚好将坐在女友对面的相亲男看得清清楚楚。男子戴着黑框眼镜，穿着白衬衫，看起来斯斯文文的。菜上桌后，男子做了个请的手势，示意女友先吃，然后才拿起筷子，夹起一根豆芽放进嘴里慢慢咀嚼。女友这边也一改平日豪放的风格，小口小口地抿着嘴吃。

我忍不住跟朋友们打趣：“他俩这吃相还真是好看。”“好看是好看，不过怎么感觉饭菜难以下咽似的呢？”朋友跟着笑道。还真是，两人轻拿轻放，吃一口停三下，仿佛对饭菜完全没有胃口。“还记得咱们小时候吗？稀饭就咸菜也能吃得狼吞虎咽，好像生怕别人抢走似的。一旁的大人们看到我们的吃相，笑得合不拢嘴。”听了朋友的话，我也深有感触地点了点头。

记得我十来岁时，因为正长身体，胃口倍儿好，每天放学一回家就喊饿，饿得前心贴后背的那种。母亲端来一碗面条，没等在桌上放稳，我的筷子就迫不及待地伸了过去。吸溜吸溜几大口，半碗面条就下了肚。因为吃得太快，好几次都差点噎住，赶紧连喝几口面汤，抚抚胸口，才顺畅地咽了下去。然后马不停蹄地接着“战斗”，等一大碗面条见了底时，饱嗝也适时打了起来。每每此时，母亲总是无奈地笑着摇头：“这孩子，吃相也太难看了。”

也许是因为这“难看吃相”的原因，我一直不喜欢吃鱼，完全无法大快朵颐啊！先要耐着心把鱼刺挑出来，鱼肉入口，还得细细咀嚼，一不小心“漏网”的鱼刺就会卡着嗓子。——简直不能再麻烦了！

记得有一次，我跟着母亲走亲戚。午饭时，我照例吃得津津有味，不大一会儿，一碗饭就进了肚子。亲戚家的孩子吃得却很慢，一筷子挑起一根面条，吸溜一小口，把筷子放回碗里，嚼半天后，重新挑起剩下的半根面条，再咬一小口。如此重复多次，才终于吃完一根面条。母亲笑着夸赞：“这孩子吃饭真斯文。”孩子的母亲却用极羡慕的口吻说：“你孩子吃饭的样子，看着就让人喜欢，吃得多香啊！”

后来在长辈们的不断提醒纠正下，加之年龄越大，慢慢收敛了“豪放”之态，开始有人夸我“吃相好看”。不过，好看归好看，很多时候，我倒是觉得吃啥都索然无味了。好怀念十来岁时的一天晚上，父亲煮了一锅大骨头，我和哥哥一人捧一根大骨头，咬一口满嘴肉，塞得舌头都打不过弯来，脸上、手上，甚至衣服上都沾满了油。一扭头，父亲也正张着大嘴朝手里的骨头咬去。发现我们在看他，父亲不好意思地笑了，我和哥哥跟着笑，母亲也忍不住笑了起来。

奶奶的老木床

奶奶家有一张漂亮的老式木头床。朱红色的木头异常光滑，亮得像覆了一层油，床头床尾以及其中一个侧面的木板上都雕着精致的花纹。最漂亮的是顶盖，是的，和大多数木床不一样，这张床沿着四个角的柱子而上，撑着一个花轿似的顶盖。顶盖上的花纹更加繁复、更加漂亮，小时候的我常常看得出了神——那该花费多少工匠的多少工夫呀！

这张老木床是爷爷的祖上留下来的。据说，奶奶嫁给爷爷时，一间破旧的土房里，唯一像样的就是这张木床。后来，在爷爷和奶奶的勤俭、努力下，家境一天天好起来，还盖起了一座青砖大瓦房。搬新家时，老木床被安放在了最通风向阳的堂屋，坐在床上的奶奶笑得比床上的雕花还美。

我5岁那年，爷爷去世了，奶奶突然变得沉默寡言，有一段时间，甚至不允许我和堂哥堂姐靠近她的老木床。一天傍晚，奶奶大哭了一场，此后，奶奶恢复了平日慈爱的模样，老木床又成了我们午睡的摇篮。而因为家里我最小，得到了每晚跟着奶奶睡的机会。

每天晚上，躺在老木床上，奶奶都把我搂在怀里，给我讲各种各样的故事，在奶奶轻声的讲述中，我不知不觉就睡着了。有时候我很惊奇，不识字的奶奶怎么会讲那么多有趣的故事。

天气晴朗的时候，奶奶就会把被褥拿到太阳下晒，还会用棍子敲打被褥。奶奶说，这样可以让被褥里的棉花更松软。果然，每次晒过被褥，躺在被窝里都会格外舒服。老木床独特的木头香味混合着太阳的味道，竟然起到了催眠的作用，闻着这种味道，身心都会不自觉地放松，更容易入睡。

北方的冬天很冷，外面下大雪的时候，奶奶怕我们冻坏了，不允许我们出去玩。可屋子里地方又太小，于是奶奶的那张老木床就成了我们的"根据地"。因为乡下没有暖气，奶奶就让我们脱了鞋子和外套在被窝里玩，讲故事、猜谜语、说儿歌，一边玩一边吃农村冬天家家常备的香甜爆米花。那些带着甜味的时光成为我关于童年的最美好的回忆。

如今，无数个辗转难眠的深夜，我都会想起奶奶家那张有顶盖的、带着雕花的、结实的老木床。那时候的我，不管白天玩得多么累、多么乏，一躺到那张床上，枕着奶奶的胳膊，就能很快入梦。梦里，有柔软的草地，有温暖的阳光，还有甜甜的爆米花。一觉醒来，小小的身体就像满格的电池，活力爆表。我多想再睡一次奶奶家的老木床，再把头枕在奶奶的胳膊上，安安稳稳地睡一觉啊！可是，再睡一次老木床也许能够实现，但依偎在奶奶怀里就成了永远无法企及的奢望了。想到此，我忍不住泪流满面……

一把断齿的桃木梳

“这丫头的头发真好！”小时候，每一个见到我的人首先称赞的就是我的头发。母亲说，还在怀着我的时候，她就经常有烧心的感觉，老辈人说那是胎儿在长头发。果然，我刚生下来时，头发就又黑又密，与大多数婴儿稀少发黄的头发完全不一样。也因此，母亲特别引以为豪。除了满月时，按照家乡的规矩给我剃了胎毛，之后就再没有给我理发，一直留成了一条长长的辫子。

每天早上起床，母亲都要帮我梳头发。母亲的手很巧，帮我梳的辫子总能赢来其他小伙伴的羡慕。母亲有一把漂亮的桃木梳子，外形像一轮弯月，长长的手柄上雕刻着精致的花纹，梳齿细密而直，握在手上感觉细腻光滑，特别舒服。也许是年久日深的缘故，桃木梳的颜色越发暗哑，却透出几分温润的光泽来。

母亲说，这是当年木匠出身的外公亲手为她做的一把桃木梳，因为在民间，桃木有辟邪的作用，而母亲有一段时间总是做噩梦。神奇的是，自从用了外公做的桃木梳后，母亲每晚总能睡得很香甜。于是，母亲对这把桃木梳更加爱不释手，每次用完总是小心翼翼地放好。一直用了几十年，桃木梳依然完好，上面没有丝毫的划痕和损坏。

我7岁那年，头发里生了虱子。那时候因为乡下条件落后，卫生很差，头发上生虱子几乎是每个孩子必须经历的过程。应对的办法一般有两种，一是就用“六六粉”（一种杀虫的毒药）揉搓头发，把虱子毒死；二是干脆把头发贴着头皮剪掉，如此虱子就无处藏身了。然而，对于这两种办法，我都拼命拒绝。我害怕毒药，更不愿意失去人人羡慕的长发。

可奶奶担心我头发上的虱子会传染给堂姐堂妹，执意要母亲剪掉我的头发，一向对奶奶言听计从的母亲一边用桃木梳子帮我梳头，一边倔强地摇头。既然两种办法都不能用，母亲就采取了最笨的办法——捉虱子。每天放学，母亲就让我趴在她的腿上，在我的头发间寻找虱子。用梳子梳一下，就会有虱子现行，捉到一只，夹在两个大拇指的指甲盖间一挤，吱的一声，在指甲盖上留下一点点血迹。

有一次，母亲在帮我梳头时，猛然看到了一只虱子，激动之下，母亲拿着木梳的右手不小心碰到了身后的铁门，碰断了其中一根梳齿。母亲当时没有说什么，但晚上睡觉时，我看到母亲拿着那把断齿的木梳在灯下坐了很长时间。之后，母亲依然用那把断了齿的木梳给我梳头捉虱子，梳一下，捉一只，最后竟然硬是把我头发里的虱子消灭干净了。

如今，这把断齿的木梳静静地躺在我梳妆台的抽屉里，虽然时间久远，却更加温润光滑。空闲的时候，我就拿着这把桃木梳子坐在暖阳里梳头，与梳子有关的往事也会一幕幕地涌现出来，带给我一阵久违的感动和温暖。

留在记忆深处的暖脚瓶

乡下的冬天似乎格外寒冷，北风呼啸着穿过山野，扫过干枯的树枝凛冽而来。白天还好，我和小伙伴们只顾着疯玩，倒没怎么感觉冷。乡下没有暖气一说，电热毯那时候也很少见，为了安全起见，白天放在屋子里的火盆也端了出去。于是一到晚上，蜷缩在冰冷的被窝里，根本不敢舒展身体，双脚更是冷得像块冰疙瘩。

有一次，母亲从集市上回来，带回来了一个橡胶热水袋。我还没来得及高兴，弟弟就跳起来一把抢了过去。“我们这个月手里的余钱不多了，只能买一个。”母亲有点愧疚地解释。我和姐姐无奈地互相看了一眼，没办法，弟弟最小，我们不得不让着他。晚上，看着弟弟把热水袋放进被窝，舒服地钻进被窝，我和姐姐虽然羡慕，但也只能默默地走向我们的小床。

但意外的是，我脱了衣服刚进被窝，双脚就触到一阵温暖。很显然，姐姐也感觉到了，她兴奋地掀开被子，我们看到了一只玻璃瓶，是那种输液用的透明玻璃瓶，里面灌满了热水。玻璃瓶导热性特别好，也许是怕我们烫脚，外面还细心地包裹了一层毛巾。我开心地抬头，刚好迎上母亲欣慰的笑脸："我问你表姨(表姨是医院里的护士)要了一个输液的药瓶，这个瓶塞没有孔，刚好可以用来做暖脚瓶。暖和吧？"我和姐姐连连点头，相拥着钻进了被窝。因为暖脚瓶源源不断散发出的热量，一整夜，我们都感觉温暖如春。直到早上醒来，暖脚瓶还散发着温暾暾的热量呢！

数九寒冬的一天晚上，外面下着大雪。睡觉前，母亲烧了热水帮我们灌暖脚瓶，灌好热水后，我抢过瓶塞非要自己盖上，然后喜滋滋地抱着暖脚瓶放在被窝里。睡到半夜时，姐姐突然一声惊呼："哎呀！好热！"接着我也感觉脚被烫了一下。糟了，一定是暖脚瓶漏水了。果然，可能是热水灌得太满，也可能是我没有把瓶塞盖好，总之瓶塞开了，热水都流了出来。幸好暖脚瓶外面包着毛巾，我和姐姐的脚倒没烫伤，但被褥全都湿了。

"你们去妈妈床上睡吧，我和爸爸睡这里。"母亲听到动静后，并没有责骂我们，而是赶紧让我们去她的床上。那时候家里条件很拮据，没有多余的被褥，于是，在那个滴水成冰的寒夜里，母亲和父亲就在那套有一团湿的被褥上，度过了一夜。时隔多年，每次想起这件事，我总会有一种深深的不安和愧疚——那一团湿在寒夜里该是多么冰冷和刺骨呀！

如今，我们住的房子里不仅装了暖气，还有各种可以取暖的工具，再也不用担心被窝冰凉了。但我总会无端地想起记忆深处的暖脚瓶，想起一家人在一起的温馨时光，想起那时做的每一个温暖香甜的美梦。

立秋短一沟

下午从幼儿园接了女儿，直接去母亲家里吃饭。看着窗外渐黑的天色，我惊讶地说：“白天已经这么短了呀！”然后拿起手机翻看日历，想要知道现在是什么时节。母亲笑着说：“不用看日历，暑伏短一锄，立秋短一沟，看现在白天的长度，就是立冬前后的时节。”

“立秋短一沟？”这是什么说法呀？看到我和女儿好奇的样子，母亲告诉我们，过完夏至，白天就开始一天天变短，到立秋时变得明显。农民常年在田里劳作，自然会用身边的事物作为衡量的标准，农民锄地是论“沟”来锄的，一“沟”一般是2尺宽、10米长，锄完一沟大概需要一刻钟。“立秋短一沟”就是说立秋之后，白天的时间每天会短十几分钟，本来可以趁着天黑之前把地锄完，可是人们却无奈地发现，一天会比一天少锄一沟地。这样，人们根据自己劳作的进度，就能知道大概的时节，哪里用得着翻看日历呢？

这真是太有趣了！虽然每天短十几分钟不一定准确，但这个用来观察天气变化的方法却让我很神往，这可比看日历生动形象多了！有情有景，而且还蕴含了很多微妙的感觉，每念及此，仿佛能真切地感受到农民辛劳的付出以及对土地的那种珍惜、感恩之情。

而对生活在城市里的我们来说呢？时节的变化大概只体现在一张张撕掉的日历上吧。在我们眼里，一年四季就是桌子上的日历，毫无生趣和意味。但其实，四季不该是春天枝头的嫩芽、夏天植物的繁茂、秋天地上的落叶，以及冬天飞舞的雪花吗？不该是从天空、云彩的明暗远近，四周景物变化的端倪中去观察、去感知的吗？

无奈的是，更多的时候，我们却是从忙乱的事务中抬起头，瞟一眼窗外的天色，然后在日历上寻找季节的轨迹。可是这样的寻找又有何意义呢？是的，在日历上我们看到的只是一个个冰冷的、毫无内容的数字，它没有高山白云、落花流水的诗意，更没有微风拂面、杏雨沾衣的那种生动的画面感。

在这个美好本就越来越匮乏的世界上，我们多么需要偶尔从钢筋水泥构筑的空间里走出来，放下内心的喧嚣和压力，走到大自然中，亲自去感受季节的变化，体验“立秋短一沟”的情境。想象着，日出而作，日落而息，看着日头从脚下的锄头上一点点溜走，然后深吸一口气，感叹一声：生活真美好！

临窗观秋雨

农历十五这天，阴暗的天空飘起了雨丝，渐渐地，雨下得紧密起来，不到一个时辰，便淅淅沥沥一片雨声了。

农谚说，十五下雨半月没好天。果然，这雨下起来便没个完了，再加上秋天的雨本就缠绵，于是一连好几天，外面的雨都不知疲倦地下个不停。偶尔，雨点会收住，甚至太阳也会出来凑一会儿热闹，但仅仅是半个小时，也许只有一刻钟，天空就又阴沉起来，秋雨便也听了召唤似的紧随而来。想要外出透气的人们，甚至都还没有来得及换好衣服和鞋子。

既然无法外出，那就索性安心地待在家里吧。如果问，下雨天最合适做什么？十有八九的回答恐怕都是睡觉、看书。是的，睡觉自然是下雨天的首选，但在如此难得的秋日，蒙头睡觉未免有点太暴殄天物。

看书便成了最好的选择。看书，当然可以慵懒地拥被而读。但我觉得最好的姿势莫过于坐在书桌前，临窗而读。

抬眼，是窗外满目的秋色和如珠子般滴落的雨点。“相逢不语，一朵芙蓉着秋雨”，窗外还未枯萎的花草在秋雨的洗刷下更加翠绿、娇艳，在秋雨笼罩的薄纱中，随风轻轻摇曳，轻柔曼妙、娇羞宛然，似乎还散发着淡淡的幽香。

本就摇摇欲坠的叶子，在秋雨的抚摸下，此刻都义无反顾地离开枝头，在空中打着旋儿，奔向大地。让人不禁感叹，“冉冉秋光留不住，满阶红叶暮”。但其实那满地的落叶，却并无多少颓废的意韵，“落”字并不可悲，也许“落叶归根”才是一种更好的归宿和寓意。

低头，翻开书页，眼里是书本上的一个个文字，耳边却是滴滴答答、似乎永不停歇的雨声。滴答、滴答，节奏分明，却又偶有变化。似一个初学弹琴的孩童，伸出手指，小心翼翼地在按下一个个琴键。那一个个黑白的琴键，隐藏着一段段未知的旋律，等待着他去试探、去演奏。不必担心对错，随便弹奏，都是一曲充满趣味的旋律。何况，又哪来的对错的标准呢？

犹记儿时，秋雨绵绵的日子，母亲坐在窗下为我们纳入冬穿的棉鞋垫，父亲在修理一台被哥哥弄坏的收音机，我和哥哥则坐在窗前的书桌前看书。雨声滴答，窗外院子里的桂花树，在秋雨的滋润下越加明艳，香味也越加清远。我看一眼身边正忙着手上活计的父亲、母亲，又看一眼埋头写作业的哥哥，于是，在这样一个普通的下着雨的秋天，突然感到了无比的踏实和温暖。

枯　藤

秋风渐起，万物凋敝，田野里的庄稼都收获完毕，路边大树的叶子也快要落完，只剩下光秃秃的枝干，以及几片挂在枝头上的随风飘摇的黄叶。走进后院，曾经郁郁葱葱、带给人们一整个夏季阴凉和清新的葡萄架、丝瓜架、豆角架的藤蔓也都消失不见了，只剩下枯枝败叶，以及一根根发黄的枯藤。就像上了年纪的老人，岁月的风霜会在脸上刻下痕迹。这些藤蔓历经了一整个夏天，也在秋风的呼啸中逐渐失去水分，一点点地干枯。最后，耐不住秋霜的侵袭，终于枯萎了。

“走吧，我们进去开始最后一轮采摘吧！”母亲笑着对我招手。采摘什么？都变成枯藤了，还会有果实吗？虽然这样想着，但我还是跟母亲走进了那一蓬蓬缠绕的枯藤中。首先经过的是葡萄架，葡萄细长的藤还紧紧地缠绕在铁丝上，因为失去了水分，似乎更细了一些。顺着藤向下看，竟然发现葡萄粗壮的根部处又刚刚长出一个细小的分杈，上面的叶子还未完全舒展开来。

“长得太不是时候了，现在长出来有什么用呢？”我惋惜地叹了口气。母亲却摆摆手说：“虽然它的生命将要耗尽，但还用最后的养分长出了一个分杈，这其实是这根枯藤对生命的积极和留恋呀！”我认同地点了点头。小小的叶子青翠水嫩，虽然很可能在下一场风霜来临时夭折，但此刻却彰显出了无限的生机。

来到豆角地边，母亲照例要把豆角架拆除，然后把用来搭架子的细竹竿收起来，待明年再用。在拆除前，母亲吩咐我再翻找一遍，把残存的豆角摘下来。抱着怀疑的想法，我竟然惊喜地发现，大部分豆角藤上都结着豆角，个头没有盛夏时大，但嫩生生的，也蛮可爱。“这是它枯萎前最后一次结果了。”母亲拔掉豆角的枯藤时，言语里竟有一丝不舍。

南墙边的丝瓜藤看起来更加枯萎，有些甚至从架子上掉落下来，拖在地上，被顽皮的孩子折断。“这些枯藤上该不会有丝瓜了吧。”我问母亲。母亲点点头，却又摇摇头，她指着墙角说：“看到那些干枯的老丝瓜了吗？把里面用来延续生命的丝瓜籽拿出来后，老丝瓜还可以用来洗碗，既吸油又耐用，比买的洗碗布要好多了。”

此时，看着眼前的枯藤，我的感受竟和之前完全不同。这些枯藤表面上看来衰败、没落，但这背后却是满满的顽强和希望啊！在生命的最后一刻依然努力孕育，积蓄着下一轮的生机和勃发。

奶奶的煨罐

煨罐，就是用来煨制食物的罐子，一般来说都是陶制的。形同现在的瓦罐，但没有瓦罐精致好看。也许现在很多人都没见过，甚至没有听过，但在我儿时生活过的乡下，煨罐却几乎是家家必备的东西。奶奶家就有一个。

奶奶的煨罐是乡下最常见的那种，粗糙、暗黄，而且因常年烟熏火燎，颜色变得更暗，也更不起眼。但就是这个不起眼的小东西，让我的成长过程多了无数的欢喜和期盼。

一般来说，只有家里改善伙食的时候，才会用到煨罐。主妇们从角落里拿出落了一层灰的煨罐，清洗干净，放在一旁待用。接着拿起菜刀在水缸上来回蹭几下，使得刀口更加锋利，然后麻利地手起刀落，把宰好的鸡或者鸭剁成小块，放到油锅里翻炒几下，加盐加水煮开后，再通通倒入煨罐，放入葱、姜、花椒、大料等调味品。最后放在炉火上，小火慢炖，经过一下午的煨制，晚上就能伴着浓香大快朵颐了。

那时生活条件不好，不过奶奶勤勉持家、精打细算，日子过得还算可以。别人家的煨罐只偶尔出现在灶台上几次，奶奶的煨罐却是每天都在用。当然，里面的东西肯定不会都是肉，肉要一两个月才能吃一次。为了给我们解馋，奶奶用煨罐给我们做了各种各样简单但美味的吃食。

奶奶最常做的是煨罐冬瓜。把冬瓜切成大块，直接放入煨罐中，加入奶奶自制的辣酱和调味料，当然少不了加入一点猪油，这样做出来又油又亮，吃起来也更香。每次奶奶做了煨罐冬瓜，我们放学后离家老远就能闻到香味，忍不住小跑起来，推开门直奔厨房。奶奶一边接过我们的书包，一边笑着说："小馋猫，别着急，每个人都有份儿，煨了一下午，香着呢！"直到现在，每次看到冬瓜时，我都能回味起奶奶做的煨罐冬瓜独特的味道。

除了冬瓜，还有其他很多蔬菜。土豆也是不错的食材，经过煨制，又软又烂，绵香悠长，很下饭。乡下的冬天可食用的蔬菜很少，萝卜和大白菜倒是很多，但吃多了不免让人生腻。贤惠的奶奶便用煨罐制作酸辣大白菜，酸酸脆脆的大白菜好吃、爽口，百吃不厌，伴我们度过了好多个贫乏的冬日。

如今多年过去，回想起当初，心里满是敬佩和感动。奶奶一直在用她灵巧的双手和乐观的精神生活着，用她对我们的爱来对抗那些贫寒艰苦的岁月。正如煨罐，经历了那么多次火烧，却依然努力地为人们苦涩单调的日子增加一抹亮色和回味。此后每个黯淡的日子，只要想起奶奶和她的煨罐，心里便会生起无限的勇气和希望。

猪油渣

早在20世纪七八十年代，食用油的种类还没有现今如此多样，而且还要限量供应，猪油就成了颇受人们欢迎的香饽饽。在我所生活的北方乡下，猪油是每家每户必备的东西。那时候，人们买猪肉都偏爱肥膘厚的，一来寡淡的肠胃需要油脂的滋润，二来可以拿来炼猪油。

一般来说，炼猪油时，要将白花花的肥膘切成小块，放入锅内，在锅内加等量的水，水开后转小火慢慢熬制，等到水逐渐消失，油慢慢增多，里面的肥肉块缩小成焦黄的小块时，猪油就炼好了。如此炼出来的猪油如玉脂般乳白滑嫩。不过受条件限制，我家每次买来的猪肉都很少，母亲便简化了步骤，直接把切好的肥膘放锅内翻炒，不加水，这样很快猪油就熬了出来，待冷却后倒入小油罐中，用来平日炒菜或者拌饭。剩下的猪油渣，则成了令我们欢呼雀跃的美味！

猪油渣最简单的吃法就是从油锅内捞出，趁热撒上一点盐，吃起来又酥又脆，真叫一个香啊！很多时候，母亲刚把香喷喷的猪油渣从锅里捞出，我们就猴急地捏一块丢到嘴里，咀嚼间听到口水和猪油渣里残存的热油碰撞，在牙齿上滋滋作响。过瘾倒是过瘾了，可一不小心，嘴里就被烫出了水疱。

偶尔炼的猪油渣稍多一点,母亲给我们吃两块解了馋后,会把剩下的小心收起来——猪油渣这种食材,用途可大着呢!

北方乡下的冬天物质匮乏无比,白菜、萝卜几乎是一整个冬季的蔬菜了,而猪油渣的出现拯救了厌倦不堪的脾胃!平常素淡的萝卜白菜,加入几块猪油渣翻炒,那味道立刻就不一样了,白菜萝卜吸收了猪油渣里的油脂,猪油渣则增添了蔬菜的清香,一道简单的家常菜滋味竟也变得层层叠叠、香味绵长。

北方人喜欢吃面食,用猪油渣来包饺子也是再好不过的,而且猪油渣很百搭,无论搭配什么蔬菜都不会破坏菜的本味,还能将自身的味道充分发挥出来。我最喜欢的则是母亲做的猪油渣油馍。

把和好的面摊开,卷入葱花、盐和猪油渣,再用擀面杖擀成圆圆的薄饼,放入平底锅中两面煎成金黄,就可以出锅了。上成的猪油渣油馍颜色鲜亮、外焦里嫩,面饼虽薄,但里面层层叠叠,每一层都有猪油渣和葱花,咬一口,各种食材的味道都在舌尖上层层绽放。——这绝对最能考验一个主妇的手艺。

前段时间逛菜场时,心血来潮买了一些肥猪肉,动手炼了一些猪油。当我把撒了细盐的猪油渣端给孩子吃时,孩子只是瞥了一眼,便捏着鼻子直呼“难闻”。我不由得叹了口气,也许,如今人们不缺乏油脂的肠胃已无法消受猪油渣的美味了。

全家只吃一道菜

有段时间，网上关于“南北买菜差异”的话题吸引了很多网友的关注和讨论。对于生于北方长于北方的我来说，以为买菜就应该一袋一袋地买，最起码也要论斤买吧！从来不知道还可以只买“一根胡萝卜，一个番茄，一小把豆芽”。

这在北方，完全是匪夷所思的事情。想起一个南方朋友曾给我看过他家做的红烧肉，只有四五块的样子，我相当惊讶：每人只能吃一块？万一谁想再吃一块呢？“不好意思，想吃第二块还真没有了。”朋友半开玩笑半认真地说。不过，他们虽然每道菜的量少，但菜品丰富，所以不存在北方人所担心的能否吃饱的问题。

在我所生活的豫北乡下地区，情况就完全不同了！我们这里的大部分人家，在平常的日子里，每顿饭几乎都只做一道菜。是的，不管人多还是人少，都只有一道菜，只是量有不同而已。当然，逢年过节例外。

我从小生活在一个大家庭里，一大家子连老带小有十来口人。早晚一般是馒头和稀饭，菜更简单，都是一些应季蔬菜，奶奶一炒就是一大锅，所以虽然一家人围着一道菜吃，到最后也不会不够吃。秋冬季节，家家户户的地窖里都堆满了大白菜和萝卜，于是大白菜和萝卜就成了餐桌上的“新宠”，但每次仍只是炒一道菜，也许有人会说萝卜和白菜不是两种菜了吗？确实，有时奶奶也会两种都炒一点，但一定是混在一起炒的！奶奶说，这样省事，而且分开炒肯定会用更多的油，炒在一起则是“加量不加油”了。

那时候，冬瓜也是很常见的应季蔬菜。一个冬瓜少则十来斤，大的能有几十斤，搁现在，别说南方人，就是北方人也不会一下子买一个——怎么吃得完呀！但在当时我们买一个都觉得不过瘾，要一下子买三四个。很多人都说冬瓜太大，切开后存放的时间有限，这个完全不是我们担心的事情。一家十来口人，炒一顿就用半个，剩下的半个也不必存放，奶奶往案板上一放，手起刀落就和葱姜一起剁成了包子馅儿，转眼间就成了一锅香喷喷的素包子。半个冬瓜能做二十来个包子，别担心，有我们这帮半大小子在，也许到晚上就都“解决”掉了。

现在，随着物质条件的提高，再加上很少有像以前那样十来口人的大家庭，人们的餐桌丰富多了，即使在乡下，只吃一道菜的情况也很少见了。人们会更注重食物的口感，注重营养的合理搭配，每顿饭基本上都有三四道菜。但有时我却很怀念小时候一大家人围着一道菜吃的情景，也许会你争我抢，但总是其乐融融，我甚至固执地认为，那是北方家庭文化的一种象征，那是家庭的温暖。

老家的玉米面糊糊

我的老家在豫北地区的一个小山村。因为土质和气候的原因，这里的土地一年只种两季庄稼，9月中下旬至10月上旬播种，翌年5月底至6月中下旬成熟。6月至9月期间，播种夏玉米，夏玉米生长期短，一般90天左右成熟，刚好填补了麦子收割后土地闲置的空隙。

就是这其貌不扬的玉米，却是我们这一带的人们每天必不可缺的食物。老一辈的人喜欢用玉米做玉米饼、玉米面条、玉米窝窝头——在粮食短缺的年代，他们就是吃着这些食物走过来的。年青一代的人们似乎不太习惯这种粗糙的口感，所以并不十分买账。但唯独有一种玉米面做成的食物几乎人人都喜爱，不管是八九十岁的老人还是刚刚会吃饭的孩子，那就是玉米粥，我们这里叫玉米面糊糊。

玉米面糊糊的做法很简单，把玉米面用清水调开拌均匀，等锅中的水开后，倒入调好的玉米面水，倒入的同时要用筷子不断地在锅里搅拌，防止玉米面遇热结块。大概煮10分钟，玉米面糊糊就做好了。大部分时候，主妇们会在煮的时候，加入一点碱面。如此煮出来的糊糊颜色更加金黄，口感也更细腻香甜。

在老家，玉米面糊糊是早饭和晚饭必不可缺的。弄两个可口的小菜，配着松软的馒头，再来一碗玉米面糊糊，简简单单却吃得心满意足。或者连小菜都可以没有，就着几根咸菜，依然可以喝得香甜。老家的小孩子，刚刚开始添加辅食，就是从玉米面糊糊开始的。其实，玉米面中含有多种维生素和钙、铁、硒等微量元素，还有丰富的膳食纤维，非常适合老人和小孩食用。当然，老辈人说不出这么多科学道理，但他们通过切身的体会，坚信玉米面糊糊对身体健康大有裨益。

炎热的夏季，影响了人们的食欲。尤其是从庄稼地里回来，又热又累，饭是肯定吃不下去的，此时来一碗早上剩下的玉米面糊糊，绝对是最佳的选择。还可以在里面加一点白糖，又凉又甜，既解渴又解饥，一碗下肚，会感觉疲惫顿时消失了一大半。

相比于夏天，冬天的玉米面糊糊加入的玉米面多，会更浓稠一些。剥几头蒜，锅里放少许油，将蒜烹出香味后，把做好的玉米面糊糊倒进去，再加入少许盐，一碗香喷喷的炒糊糊就做好了。冬天的早晨，母亲来不及给上学的我们做早饭时，就会把头天晚上剩下的玉米面糊糊如此烹制一番，再切入几块馒头，保准让我们吃得津津有味。

如今，我已离开家乡多年。听母亲说，现在家乡爱喝玉米面糊糊的人也不多了，年青一代的人喜欢更精细、更美味的食物。我莫名地有一些失落，却更想念玉米面糊糊的味道了。不管怎样，玉米面糊糊曾伴随了我的整个成长时期，它带给我的不仅是香甜的口感和丰富的营养，更是一份家乡的味道、亲情的味道。

母亲的拿手菜

那天和朋友们闲聊，说起各自的母亲，大家都忍不住提到了母亲的拿手菜。

小雯说："我妈做的红烧肉最好吃，从小到大，每次想到我妈，同时出现的一定有红烧肉。同样，不在我妈身边的日子，只要看到红烧肉，我就会想起她。所以每次只要我一给我妈打电话说想她了，我妈就会笑着问我'是不是想吃红烧肉'了。"

"我小时候，是个十足的叛逆少年，什么事都要和我妈对着干，还常常赌气和我妈冷战，但每次都是我输。因为我妈总会用她精心煲的鲫鱼汤来诱惑我，闻到鲫鱼汤鲜美的香味，我只有乖乖地缴械投降。"华子的话让大家都忍不住笑了起来。

朋友们纷纷列出母亲的拿手菜，我却想不起来母亲做什么最拿手。小时候我们住在乡下，而且因为家里姐妹多，日子过得很拮据。除了过年过节时，会买一些菜和肉，平日里就是地里种什么，我们吃什么。红萝卜、白萝卜、大白菜、菠菜、豆角、西红柿、茄子、黄瓜、土豆，等等，都是自己家里种的时令蔬菜。看我家餐桌上有什么菜，基本上就知道是什么季节。母亲除了照顾我们姐妹吃喝拉撒，还要忙地里的农活，另外还养了几只羊和几头猪。

母亲每天都忙得不可开交，恨不得多长出几只手来，自然没有工夫研究吃的。不管什么菜，基本上都是一种烹饪方法，那就是炒。炒萝卜、炒白菜、炒茄子、炒土豆，油热下锅，加点盐炒一会儿，就可以出锅了，又简单又方便。至于好吃不好吃，用母亲的话说："我们小时候连炒菜都吃不上，窝窝头配咸菜，现在这样已经好到天上去了。"

不过要严格说起来，母亲倒也有一样拿手菜——酸辣土豆丝。在乡下的冬天，除了大白菜和土豆之外，几乎没有其他蔬菜了。天天重复的两样菜，胃口再好也要吃腻了，当我们姐妹几个苦着脸向母亲抗议时，母亲无奈地笑着说："晚上给你们吃好吃的。"到了晚上，母亲没有像往常那样炒土豆片，而是把土豆切成了细丝，把蒜和干辣椒爆香，然后把清水淘洗过的土豆丝，翻炒几分钟后，再加点醋，酸辣土豆丝就炒好了。仅仅是闻着那浓香的味道，我们都忍不住要流口水了。有了酸辣土豆丝，我们姐妹几个又恢复了生龙活虎的吃饭状态，一整个冬天都胖了好几斤呢！

虽然很喜欢吃母亲做的酸辣土豆丝，但我从没认为这就是母亲的拿手菜，因为这似乎有点"拿不出手"。而且我一直以为酸辣土豆丝的做法很简单，但后来我又吃过不同人做的酸辣土豆丝，包括一些大饭店做的，都没有母亲做的好吃。原来，母亲做的菜可能不拿手，但她对子女们的爱却一点都不少！如此说来，母亲亲手做的每一道菜，都应该是最拿手的菜。

爷爷的旱烟袋

带孩子去市场闲逛，在我买东西的时候，女儿停在一个小摊子上，饶有兴致地看着摊子上的东西，我顺眼看去，摊子上居然摆放着一根根制作精美的旱烟袋，那黄灿灿的烟锅头在阳光下闪着若隐若现的光。猛然，一股久违的亲切感扑面而来——多年没有见到旱烟袋了！

我说的旱烟袋，其实就是烟杆子，我从小就觉得“袋”和“杆”是不一样的，但不知道为什么烟袋会和烟杆画上等号。不过不重要了，乡里人这里样喊，我也就这样写，反正知道我说的烟袋就是烟杆就是了。小时候，旱烟袋是爷爷随身携带的必备物品，爷爷常说，饭可以不吃，旱烟袋不能不带。与集市上卖的旱烟袋不同，爷爷的旱烟袋是自己做的，取材就是一根细竹管。村子里有一片竹林，到了春天，竹笋钻出地面开始拔节，爷爷就开始物色能做旱烟袋的竹子了。记得有一次，我跟着爷爷钻进竹林，看到一根青翠笔直的嫩竹子时，高兴地喊爷爷过来挖。可是爷爷只看了一眼，便摇着头说不行。为什么不行呢？竹竿笔直，粗细也合适，刚好比大拇指粗一点。“要找这种停止生长的死竹子。”爷爷指着一根失去光泽的嫩竹子说，“如果都像你这样随便乱挖，这片竹林怕是坚持不了多少年了。”

要做旱烟袋,必须要把竹子连根挖起来,竹子根部有一个鼓起的瘤节,刚好可以用来做装烟丝的烟袋锅,而不必专门安一个金属锅。竹管挖好后,截成一尺左右的长度,然后用一根烧红的铁条把中间的竹节捅开,和瘤节处钻开的小眼连通起来。如此,爷爷的旱烟袋就做好了。装上一小撮烟丝,立刻就能美滋滋地吸上几口。

平时,爷爷的手里总端着旱烟袋,忙的时候就别在裤腰带里。休息时,随手取出来,从拴在烟杆儿上的小布袋里捏出一撮烟丝填进烟锅,点着后,深吸几口,然后微闭着眼睛轻轻吐出烟圈,脸上的皱纹随之舒展开来,仿佛是一种极大的享受。

记得有段时间,由于贪玩,我的学习成绩下降了很多,对老师和父母的批评也全都听不进去。又一次因为没写作业而被请家长时,爷爷彻底生气了,他举起手里的旱烟袋朝我的头狠狠地敲下来,吓得我闭上眼睛双手抱住了头。等了很久,爷爷的旱烟袋却是没有落下来,他只是叹了口气说:“人呀,要听进去别人的劝告。就像这旱烟袋,得虚心,得通气儿。不然和一截无用的木头有啥区别呢!”

虽然那次没有挨打,但爷爷的话我牢记在了心里。我开始听从老师的教导,也不再抗拒父母的苦口婆心。后来,我的成绩一路追了上来。顺利地考上了城里的中学、大学,离家越来越远,也离爷爷越来越远。

如果不是今天偶然和旱烟袋重逢,我几乎要忘了这些尘封已久的往事。不过我知道,往事也许会忘怀,但埋藏在心底的情感却永远都不会忘。虽然眼前的旱烟袋制作更加讲究、更加精美,但我总觉得少了点什么。于是,在人来人往的市场上,我不可抑止地想起了爷爷和他的旱烟袋,眼睛像被风吹进了沙子,不自觉地掉下泪来。

小车牛肉

小车牛肉是怀庆府一道著名的特色小吃。怀庆府是明清的一个行政区域，位于现今的豫西北地区。据说，小车牛肉就起源于明朝，人们售卖时，会将加工好的牛肉捆绑在独轮小车上沿街叫卖，小车牛肉便因此而得名。因其形状是椭圆的一团，偶尔也称“坨子肉”。

相传，明嘉靖四年，焦作清化三街谢昭中了进士后，被明荷花公主招为驸马。回乡探亲时，欣赏完秀山密竹，又品尝了当地的小车牛肉，立即被其醇香可口、绵软鲜嫩的味道所吸引，感觉胜过宫中的佳肴百倍，便打算长期住下。嘉靖皇帝知道后，就在清化镇周围修了一座土城，共分五门五关，即北门、南门、西门、东北门、东南门，北关、南关、西关、东南关、东北关。又修造了荷花公主府，以便公主居住，随时享受到小车牛肉的美味。

如今，来到博爱，已找不到当年嘉靖皇帝修建的土城，但这些地名还都沿用至今。在博爱当地，西关的丁记小车牛肉最为有名，也最为正宗、好吃。西关人制作、售卖小车牛肉一般只是在秋冬和初春，主要是因为夏季卤肉的汤料无法凝固，也不宜存放。

小车牛肉之所以受到人们的喜爱，与其复杂、特殊的制作工艺是分不开的。从选材、制作，包括火候的把握都有严格的要求。选料时，要顺骨缝切成1～2千克的肉块，去净血污后，放入烧沸的清水锅内。加适量食盐、花椒、茴香、草果等调料，小火焖煮。然后将晾凉的肉块，放入大砂锅的老汤内，放肉时，底层先放前肘、后肘，中间放腱子，最后放牛蹄筋、牛头肉等杂肉，填满冷汤，焖煮至筋软肉烂。

冷却成形后，一大坨果冻般的小车牛肉便做好了。食用时，用大刀环切成薄片，精牛肉与胶原蛋白相间，晶莹剔透、酥香诱人。吃到口中，既有牛肉的软烂，又有汤汁和胶原蛋白凝固形成的Q弹，口感多样，种种味道如花蕾般在舌尖上层层绽放，可谓美哉。小车牛肉凝固成形后含水量低，便于冬春季节出远门旅途携带，除了大众在家食用外，也常与烧饼一起作为古代商帮马队出行的干粮。

如此美味的吃食自然有很多人想要模仿制作，曾有人向丁记牛肉的师傅请教秘诀。丁师傅也不含糊，每每倾囊相授，发扬光大嘛！众人得知秘诀后，如获至宝，可无论如何都做不出丁记小车牛肉的味道来。人们不免困惑，甚至质疑丁师傅有所保留。丁师傅淡然道，秘诀不仅表露在外，更存于心。你们知道了秘诀，可是，有没有用一颗虔诚、尊重的心，去一丝不苟地做到呢？只有做到，才是真正的知道呀！如此一番话，让众人心服口服。丁记小车牛肉也得到了更广泛的传播和赞誉。

如今，小车牛肉不再是百姓们茶余饭后的小吃，已经被频频端上了高档宴席。我们都说“饮食文化”，吃，从来不仅仅在于吃本身，更是一种文化的传播和传承。虔诚、认真、不掺假、踏踏实实，小车牛肉所承载的这种文化精神，大概也是它得以延续和发扬的根本原因之一吧！

一碗羊汤度寒冬

数九寒冬，早起，瑟瑟寒意席卷而来，尽管穿足了衣服，可还是觉得手脚无处安放。此时，心里和胃里都需要来一点滚烫的食物，好让整个身体暖和起来。米粥之类的总觉太过温和，刺激不了蜷缩的精神和身体，街角的羊杂汤绝对是不错的选择。

在豫西北地区，古怀庆府清化镇的羊杂汤很出名，经营者多为回族。取羊脸、羊肚、羊肝、羊蹄等杂碎煮成半熟碎切，锅内放老汤，小火慢炖。远远地，就能闻到丝丝缕缕的肉香，凌厉、干冷的空气中立时充盈了温暖的烟火气，让人不由得加快了脚步。

喝羊杂汤不讲究店面，大部分的羊杂汤店都位于街角一处，屋子小且简陋，只有几张破旧的木桌木椅，凹凸不平的桌面上还隐隐可见擦不掉的油污。不过，食客们哪还在意这些，越是破旧越证明是老店，羊杂汤的味道也越正宗越有味儿呢！毕竟，大家都是奔着美味来的。

随意拣一处坐下，伸出手臂一挥："老板，来一碗羊杂汤！"是的，来喝羊杂汤的人们就是这么豪爽，正如北方汉子的阳刚，北方姑娘的洒脱。"好嘞！"那边老板爽快应声的同时，一碗冒着热气的羊杂汤便端上了桌。

羊杂汤最重要的功夫在汤上，汤一定要呈白色，不可混浊。有经验的食客瞟一眼汤的颜色，便能大概知道老板的手艺如何。都说众口难调，老板便在桌子上放了3个小碟子。首先是晶莹洁白的食盐，食客可根据口味的咸淡添加，另外不能少的是一碟春意葱茏的香菜末和一碟红通通的辣椒面。食者坐下来，或爱清香爽口，或喜辛辣热麻，或好咸中得味。各种口味都可以得到满足，如此，便吃得更加舒心、畅快。

我个人是极嗜辣的，如此美味的羊杂汤如果不加一勺辣椒面，那简直就是暴殄天物。红艳艳的辣椒面和汤表面的浮油迅速融合，整碗汤看起来都变成了红色——这才叫过瘾哪！此时，再配上老板娘亲手烙的烧饼，或掰碎泡到汤里吃，或拿在手里就着汤吃，都是绝妙的享受。

随着身体里由内而外散发出的热气，一碗汤很快见了底，肉倒是还有不少。感觉意犹未尽，再添一碗汤呗！“来喽，汤管够！”老板热情的招呼让人身暖心也暖，不由得食欲大增。直到接连地打起饱嗝时，才心满意足地起身——一不小心又吃过了。不过，这有什么关系呢？还有什么能比得过此刻的饱腹感带来的幸福感吗？

喝过羊杂汤，忙碌的一天也要开启了，此时的我们浑身都充满了动力，满血奔赴五彩缤纷的俗世生活。如果你在某个寒冬的早晨，犹豫着、踟蹰着，不知道用什么来犒劳急需温暖的脾胃时，那还等什么？来一碗泛着油光、飘着浓香的羊杂汤吧！

一天长一线

小时候，每到冬至，总会听奶奶说：“吃了冬至饭，一天长一线。”那时候，我会奶声奶气地问奶奶：“一天长一线是什么意思呀？”奶奶拍着我冻得红扑扑的小脸，笑眯眯地说：“冬至是一年里白天最短的一天，过了冬至以后，白天会一天天变长，一天长一点，天气也会一天天地暖和起来。”

稍微大一点后，我才彻底明白这“一线”的含义。在古时候，人们没有钟表，于是就用手上的活计来衡量时间。妇女们围坐在一起缝衣服、纳鞋底，每次用一根线，不能太长，不然手拉不开；也不能太短，不然要频繁换线。所以，这一线的长度在1米上下，而缝完这一根线，时间在一刻钟左右。本来做完手上的活刚好天黑，可过了冬至后，人们突然发现，每天在天黑前都可以多缝一根线。这时才惊觉，哦，原来白天变长了！

这真是太有趣了！虽然说每天长十几分钟不一定准确，但这个用来观察天气变化的方法却让我很神往，这可比看日历生动形象多了！有情有景，而且还蕴含了很多微妙的感觉，每念及此，仿佛能听到妇女们做活计时的欢声笑语，感受到他们对于多出来的时间的惊喜和感恩，以及对即将到来的春天的向往。他们用手里的针线记录着一个个鲜活的日子，当他们估摸着一天用了多少根线时，大概也就知道当下处在什么时节了。

但对生活在城市里的我们来说呢？时节的变化大概只是吟唱在诗句里的一张张日历吧。在我们眼里，一年365天就是桌子上的日历，死气沉沉、毫无生趣。但其实，四季不该是春天枝头的嫩芽、夏天植物的繁茂、秋天地上的落叶，以及冬天飞舞的雪花吗？不该是从天空、云彩的明暗远近，大自然景物变化的端倪中，去观察、去感知的吗？

无奈的是，更多的时候，我们却是从忙乱的事务中抬起头，瞟一眼窗外日日相似的天色，然后在日历上寻找季节的轨迹。可是，这样的寻找又有何意义呢？是的，在日历上我们看到的只是一个个冰冷的、毫无内容的数字，它没有高山白云、落花流水的诗意，更没有微风拂面、杏雨沾衣的那种生动的画面感。

在这个美好本就越来越匮乏的世界上，我们多么需要偶尔从钢筋水泥构筑的空间里走出来，放下内心的喧嚣和压力，走到大自然中，亲自去感受季节的变化，体验“一天长一线”的情境。想象着，日出而作，日落而息，看着日头被手里的针线一点一点拉长，然后深吸一口气，感叹一声：生活真美好！

疙瘩汤

作为北方人，疙瘩汤应该是再熟悉不过的一道家常饭。尤其是20世纪六七十年代以前出生的人们，印象可能会更深。那时候，物质条件匮乏，疙瘩汤是少有的一种既省事又节约、既算汤菜又算主食的饭，因此经常出现在人们的餐桌上。

到我们小时候，物质生活已经得到了很大的改善，不过母亲还是喜欢给我们做疙瘩汤。母亲说，原汤化原食，疙瘩汤是连汤带面一起煮一起吃的，所有的营养都完好地保存在汤中，更有益于身体的吸收。而我们也喜欢面疙瘩筋道的口感以及面汤的醇香，对于母亲的安排自然只有双手赞同的份儿。

母亲常做的疙瘩汤分两种，一种甜的，另一种咸的。甜是区别于咸而言，其实就是原味的不添加任何佐料。做法很简单，在锅里添一些水，在等水开的时候，先做好面疙瘩备用。做面疙瘩时，水要一点点地倒入碗内，边倒水边不停地搅拌，而且一定要用凉水，这样面疙瘩才会做得又小又细，入锅即熟。水开后，把面疙瘩倒进锅内迅速搅拌，然后把鸡蛋打散，倒入锅内，之后迅速关火。疙瘩汤一定不能煮得时间太长,否则不但颜色不好看,吃起来口感也很差。

咸疙瘩汤就是在做好的疙瘩汤里放入盐、味精、酱油、醋、香油等调味品调味,这样的疙瘩汤最适合生病的人喝,既清淡又营养,而且还有促进食欲的作用。

有次全家在一起聊天时,母亲缓缓地向我们述说了她钟情于疙瘩汤的原因。母亲说,她刚嫁给父亲时,家里很穷,有一次外婆来这里办事,顺便来看望母亲。外婆好不容易来一次,母亲想要做点像样的饭菜招待外婆,可巧妇难为无米之炊,家里根本没有什么好吃的东西。后来,母亲就把家里现有的青菜、西红柿、萝卜,统统放到疙瘩汤里,再加上两个自家母鸡下的鸡蛋,这样一碗香喷喷的疙瘩汤就端到了外婆面前。外婆吃得赞不绝口,母亲也放心地笑了起来。

现在随着生活水平的提高,疙瘩汤的内容也更丰富多样了。不仅有西红柿、鸡蛋,还有香菇、油菜、鸡肉、虾仁、鱿鱼等比较“高级”的食材。里面的汤也不仅仅是白水,更多的是用排骨汤、鱼汤等代替,口感更加多样,营养也更加丰富。

现在,为人妻母的我也时常给孩子们做疙瘩汤。每次看孩子们吃得兴高采烈,我也会欣慰地跟着笑起来。对我来说,这不仅仅是一碗简单的面食,更是一份浓浓的怀念和回忆、是一份爱的寄托和传承。

第三辑

最质朴的哲学家

人要活得善良一点，大气一点。假如人生有三碗粥，一碗自己吃，一碗给家人亲友吃，剩下的那一碗要分给那些与你毫不相干的路人吃。父亲用他的善良和爱心，教会我剥去偏见的爱、温柔与怜悯，也教会我对心灵最质朴的坚守。

被光明掩盖的陷阱

那一年,我听从了朋友的建议,准备把工作几年积攒的积蓄全部用来做一项投资。据朋友介绍,这项投资回报率非常高,如果能做好,不出3年,我就能大赚一笔,而且完全不需要投入太多精力,我可以继续上班,到时候只需要"坐在家里数钱"就行了。

相比于我的兴奋,父母则显得非常忐忑,这不是天上掉馅饼吗?可是,怎么会有这么好的事情呀?被美好前景冲昏了头脑的我哪里听得进父母的话,我摆摆手,不耐烦地反驳道:"你们懂什么?现在的世界早不是你们认识的那个世界了,机遇一闪而过,抓住就成功了;一旦错过,可能一辈子都不会再有了。"父母似乎被我的话唬住了,也不敢再多说什么。

这天夜里,父亲让我陪他去田里看姜。我家在豫北地区,这里是怀姜的生产地,到了怀姜成熟的季节,为了避免丢失或者出现其他意外状况,大家会隔三岔五地去田里看一晚上。从小到大,上完学后我就参加了工作,倒没怎么下过田。

那晚,只有零星的几颗星星挂在天边,外面仍是一片漆黑。因为刚下过雨，崎岖不平的土路变得有些泥泞，坑洼处积满了雨水，形成了一个个小水坑。没走几步，我就踩进了一个小水坑，鞋子沾满了泥水。

父亲拉住我站定，好让我适应黑暗的环境。借着微弱的星光，我总算隐约看清了路面的状况。待我抬起脚，打算继续往前走时，父亲突然说："等一下，你分辨得出哪些地方能走哪些地方不能走吗？""大约能分得清。"我伸出手指着前面的小路说，"那些光亮平坦的路面能走，那些黑乎乎一片的应该不好走。"

父亲没有说话，拉着我走到我所指的一处"光亮平坦的"路面跟前，示意我蹲下身子仔细查看。这时，我才看清楚，这里竟然是一个小水坑！原来，小水坑因为蓄满了水，在星光下，反而看起来很平坦。"孩子，爸爸老了，确实不懂你说的什么机遇。我只是想提醒你一点，不要被表面的光明蒙蔽了，一定要仔细分辨清楚啊！"父亲叹了口气跟我说。

我冷静下来，仔细思考了整件事情，突然惊出一身冷汗：这个朋友我并不熟悉，只见过几次面而已，而且既然有如此高的回报为何他自己不做，却让给我做呢？后来，我多方打听，做了更多的了解，果断地放弃了投资的打算。

而事隔多年，我仍记得父亲当初对我的提醒。确实，有些看起来明亮平坦的地方往往可能是陷阱，只是它用光明来做掩盖，看起来更加诱人。反而是黑乎乎的看起来很难走的地方，往往会是平坦的道路。看来，人生来不得半点投机取巧，必须踏踏实实地走好哪怕看起来很艰难的每一步。

读懂了你的心，看不懂你的爱

1

我到外婆家小住，每天下午到后山玩的时候，总能看到一对老夫妻的身影。他们大概有60岁，沧桑的面容和花白的头发见证着岁月的痕迹。在山路上有坑洼的地方，他们便停下来，老伯伯用锄头仔细地把高凸地方的土掘开、敲碎，接着填到低洼的地方。老大娘则用力地在上面不停踩踏，把新填的土踩平踩实。有时，老大娘会从篮子里取出一瓶水，他们喝着水，指点着填平的坑洼，脸上溢满了满足和欢喜。

那天下午，下着蒙蒙细雨，我打着哆嗦往家里走。走到那条路上，却发现老伯伯和老大娘仍然在坑洼的山路上忙碌着。从他们身旁路过时，我忍不住问："老伯伯，你们急着填这些坑洼干什么？天晴了再干也不迟呀。""能快点填完最好，说不定闺女下周就回来了。"老大娘一脸的期盼，还有一丝掩饰不住的兴奋。我却更加迷茫了："闺女回来和你们填坑有什么关系？"老伯伯憨笑两声，脸上浮现出了小小的得意："闺女、女婿打电话说了，他们这次要开车回来，你看这山路坑坑洼洼的，别剐坏了孩子们新车的底盘。闺女嫁得远，我们也帮不了什么忙，别因这条路给孩子添乱就好。”听了老伯伯的“傻话”，我先是想笑，然后泪水却不由自主地流了下来。这条绵延3公里的山路，上面补缀的都是父母最深沉、最原始的爱呀！

2

那天下午，儿子的幼儿园要填一份表格，正在上班的我请了假往幼儿园赶去。到了幼儿园才发现，一份资料忘了拿，没办法，只好再坐公交车回去取。恰好来回坐的是同一辆公交车，一上车，我又看到了那个穿红色毛衣的老太太。老太太单独坐在门边的位置，眼睛望着窗外。我在老太太身边坐下，她友好地对我笑了一下，便又把头转向窗外。老太太不像是有事的样子，怎么也来回坐着公交车呢？不过这个疑问也只是一闪而过。

从幼儿园出来在站台等车时，我竟然又遇到了那个老太太。看到我，她不好意思地笑了：“姑娘，你心里一定很奇怪吧，我这么来来回回地坐车。”我点了点头，等待老太太的答案。“我和老伴退休在家，有时会很想孩子们，可是两个女儿都在摆摊做生意，平时很忙。没事的时候，我就会坐公交车去看看她们，说来也巧，大女儿在22路车的起点站，小女儿在终点站。”老太太满足地笑着说。我还是有些不解：“一下午去看好几次？”老太太接着说：“我一去肯定耽误她们做生意，就坐在车上悄悄看看她们，看到她们好好的，我就放心了。刚才那辆公交车我都坐了三个来回了，怕引起别人注意，我就换一辆坐。”看着老太太略带狡黠的笑,我的鼻子一酸,轻轻握住了她的手,感受着她掌心的温度就像握住了全世界母爱的温暖。

3

有次,我去菜市场买菜,路过鲜鱼的摊位时,突然想起女儿爱吃白鲳鱼,便想要买一条给女儿做清蒸白鲳鱼。卖鱼的摊位前,挤了很多人,我旁边有一位老大爷,晃动着不太灵便的老胳膊老腿,也挤进人群费力地弯下腰挑鱼。老大爷挑选得特别认真,翻翻这条,看看那条,似乎每一条都不能够让他满意。挑一会儿,老大爷就直起腰,呼哧呼哧地喘几口气接着挑。这老大爷真够难缠的,这么挑来挑去也不嫌累得慌。

注意到我在看他,老大爷抑制不住脸上的兴奋:"姑娘呀,俺儿子前两天打电话说今天要带着女朋友回来,这小子从小就爱吃鱼,所以呀,我要挑一条最大的让他妈做给他们吃。""嗯,他们吃了一定会很高兴的。"我被老大爷喜悦的心情感染了,微笑着回应。老大爷挑好了鱼准备付账时,电话突然响了,他开心地对我说:"一定是儿子快到家了。"说着,便迫不及待地接起了电话。"哦,突然有事情呀……改天做不行吗?好吧……"挂完电话,老大爷的神情突然暗淡下来,他默默弯下腰,把选好的大鱼换成了一条最小的鱼,淡淡地对我说:"儿子有事不回来了,我和老伴吃条小的就行了。"我的心突然一动,也许父爱,就是一条大鱼和一条小鱼的区别吧。老大爷慢慢地走了,他远去的背影却是那么落寞、那么孤单。

罗曼·罗兰说过,父母的爱是巨大的火焰。可是,有时候这火焰太过热烈、太过深沉,会耀花我们的双眼,让我们看不分明。其实,很多时候，我们读懂了父母的心，却看不懂他们的爱，在那些看似傻气、看似古怪的行为背后，却隐藏着那么多真挚的爱。身为子女，也许我们能做的，只是别忽略了这份爱，因为拥有了这些，无论在何时何地，我们都会不惧严寒、不畏风霜。

·姑妈的“铠甲”

第一次见到姑妈时，她正站在地头，一只手叉着腰，另一只手在空中挥舞着，随着语速的加快，她剧烈摆动的手指几乎快要戳到对面站着的一个男人的额头上。面对姑妈如机关枪似的密集的话语，对面的男人索性放弃争辩，末了，回了一句：“你先浇，你先浇地行了吧？”姑妈这才满意地“收兵”，转身把灌溉渠里的水引到自家地里。

远远地看到这一切，我不由得皱起了眉，对这个婆家的姑妈产生了一种天然的抗拒和厌恶。所以，当老公说要带我过去打个招呼时，我犹豫了半天。老公又说，碰见了不打个招呼说不过去，我只好被老公半推半拉地来到姑妈面前。

姑妈见了我们，脸上立刻堆满了笑，和刚才冷若冰霜的样子判若两人。她拉着我的手说：“常听华子提起你呢，又聪明又漂亮，华子找到你真是好福气啊！”然后，她又邀请我们去她家里吃饭，当时我们还有其他事情，而且姑妈似乎也很忙，就拒绝了。临走时，姑妈连连嘱咐：“过几天一定来啊！姑妈给你们做好吃的。”

再见到姑妈，就是到她家做客的时候了。从老公的讲述中，我对姑妈有了一些了解。姑妈30来岁的时候，姑父就因一次意外去世了，那时农村人结婚早，姑妈已经有了两个儿子。对于一个只会做家务的农村妇女来说，独自带着两个六七岁的孩子生活简直是一件难上天的事情！

当然，也有很多热心人给姑妈撮合，让她再找一个男人嫁了，不过后来都没有成。据说有的男方嫌姑妈带两个儿子负担太重，而姑妈又不愿把孩子丢给年迈的爷爷奶奶。还有一次都快要成了，姑妈却突然反悔了，可能是怕孩子受委屈吧。后来，姑妈便再也没有松过口，渐渐地，也不再有说媒的人登门。

来到姑妈家，我还真有点小意外，和我想象中的简陋的农村平房不同，姑妈家竟是一座漂亮的二层小洋楼。大表哥一家住在楼上，二表哥还未成家，不过也已经有了女朋友。我们进屋时，姑妈一家正在厨房里忙碌，看到我们，姑妈忙起身把我们迎进屋。餐桌上已经放着几道做好的凉菜，姑妈笑着说："就等你们来了炒热菜呢！咱一家人热热乎乎地吃顿饭。"很快，大表嫂就把炖好的鸡端了上来，还有红烧鱼、糖醋排骨等几道家常菜。——算是很丰盛的一顿饭了。

吃完饭，我们坐在沙发上聊天时，姑妈的孙子从外面哭着跑了回来，一边擦眼泪一边嘟囔："笑笑打我，笑笑打我头……"大表嫂安慰着孩子，说小孩子在一起打打闹闹的没事。"你的手用来干什么的？你不会打他？记住，谁敢欺负你，你就要还回去！"姑妈却立刻瞪起眼睛说。说实话，那样子很像一只奓毛的母鸡。发觉到我在看她，姑妈突然不好意思地笑了笑，叹了口气说："必须反抗才不会被人欺负呀！"随即姑妈便转移了话题，但那句轻飘飘的话却落进了我心里。

那一刻，我似乎突然理解了姑妈，至少消除了之前在潜意识中对她的反感。不得不承认，生活有时就像一场暴风骤雨，它来势汹汹，你还未及做好准备，就被扔到了风暴浪涛中，你无从退缩，只有奋力挣扎，然后磨炼出一副钢筋铁骨。没有谁天生一副"铠甲"，只是生活让人无坚不摧，姑妈的市井和粗暴其实何尝不是自己对子女最原始的保护和爱呢？只愿以后的岁月安宁祥和，能够让姑妈脱下"铠甲"，重归柔软和平静。

母亲的“小恩惠”

那年夏天，我到镇子里的一所中学读书。村子里只有小学，所以这所中学会聚了各个村子里来的学生，同学们彼此之间几乎都不认识。在陌生的环境里，人很容易产生“寻求同类”的需求，这样会有一种抱团取暖、互相依靠的安全感。理所当然地，我和同桌便迅速熟络起来。

他家就在学校附近，中午可以回家吃饭，我本来是要去学校食堂吃饭的，不过架不住他的热情邀请，于是在开学第一天就和他一起回家吃饭了。到了他家，我立刻局促起来，他家的条件太好了！屋内各种家具摆放整齐，光滑的地板亮得可以照出人影，更让我吃惊的是餐桌上的四菜一汤。——对于习惯了用一碗面条或者馒头、咸菜打发一餐饭的家庭来说，这样的菜肴简直就是“盛宴”了。

同桌家境很好，吃的、用的自然也很不错，而每次带了好吃的或者有什么新奇的小玩意儿时，他都会慷慨地与我分享。刚开始，我很不好意思，还有点自卑，不过他总是大方地说：“没事，不用也浪费了。”时间久了，我也就习惯了，反正人家也不在乎给我的这一点。

有一次，母亲问我书包里的文具盒哪来的，我扬扬得意地告诉她，我用的很多东西都是同桌买了新的后给我的。母亲没有说话，只是在我返校时，塞给我一瓶小萝卜让我带给同桌，小萝卜是母亲自己腌制的，脆爽可口非常好吃。我笑了笑，装进了书包。

此后，每次返校时，母亲都会让我带点东西给同桌，有时是几个野菜包子，有时是几条炸河鱼，有时是母亲亲手纳的鞋垫。有好几次，我都不想再带了，人家根本不缺这点东西嘛！母亲却一再坚持，并认真地说："人家缺不缺是人家的事，但咱们要做到礼尚往来，人家给了你东西，你就要回礼。"

后来，在毕业多年后的同学聚会上，酒过三巡后同桌告诉我，当年他的东西和很多人都分享过，别人都心安理得地接受了，只有我还记得送他东西。"我并不是计较这些礼物，只是我觉得，只有你把我当成了朋友。"同桌眯着眼睛似乎在回忆。

彼时再想起母亲的做法，我才突然明白，母亲的那些"小恩惠"，其实是在教我学会平等地、有尊严地去接受馈赠并回馈尊重。其实，就算再不计较的人，心里也有一杆秤，暗暗衡量某个人是否值得继续交往。如果一直是单方面的付出、单方面的索取，互惠的天平发生严重倾斜，友谊就会不知不觉地无疾而终。而平等的礼尚往来，才是最舒服也最长久的交往方式。

平安果

刘平从小就喜欢吃苹果。其实他也不知道自己到底是不是真的喜欢吃,或许是因为穷吧,小时候他能吃到的甜的东西,大概也只有苹果了。反正现在刘平每天至少要吃一个苹果,每次吃的时候,心里都会不自觉地默念一句:平安果,平平安安。

从记事时起,刘平就和母亲相依为命,母亲靠卖水果养活他、供他上学。刘平不知道自己为什么没有父亲,小时候他应该问过母亲,母亲没有回答,好像还大哭了一场。后来,刘平便再也没有问过,他觉得那好像是母亲的伤疤,一揭就会痛。

母亲卖的水果种类不少,但很多刘平都没有吃过,那都是花钱从水果市场批发来的,几个水果就抵得上他们一天的伙食费,如果吃个稀罕的水果,母亲一天就白干了。唯一能让刘平解馋的就只有苹果了。苹果价格相对便宜,主要是母亲很喜欢它的名字,苹果,平平安安,“平安果嘛!”母亲每天都要给刘平吃一个苹果,而且每次都会虔诚地念叨一句:平安果,平平安安。似乎有了这句话的加持,以后的日子就能够一直平安、顺利。这大概也是在她的能力和条件之内,给刘平的唯一的奢华。

知道母亲不容易，所以刘平很争气，学习成绩一直很优异，读高中的时候，还当上了学生会干部。可是高二那年，刘平犯了一次错。他在账目上作了假，把学生会组织活动剩下的钱装进了自己的口袋。钱不多，只有100多块，但这却足够刘平半个月的生活费了。那段时间，母亲进购的一大批苹果因为气候原因，坏掉了很多，母亲愁得直叹气。想到半个月不向家里要钱，母亲可以缓口气，一向懂事的他决定"冒个小险"。

不过母亲很快发现了异样，在她的逼问下，刘平坦白了。母亲哭了，眼泪哗哗地往下流，这是刘平第一次看到母亲哭，以前日子过得那么苦，她都没有流过一滴眼泪。最后，母亲带着刘平去学校，让他对老师说明了情况，并把钱补了回去。老师们念在刘平品性并不坏，只是口头教育一番，并没有记过。

这天返校时，刘平在屋子里磨磨蹭蹭不愿出来，他不知道怎么面对老师和同学们。母亲在院子里挑拣坏掉的苹果，用刀把坏掉的部分削掉，剩下的部分放在小盆里。然后装了一袋大小不一的苹果块让刘平带去学校吃。看到刘平脸上为难的表情，母亲脸上带着笑，却认真地说："孩子，这不丢人。只要没全坏，就还有救，削去坏掉的，剩下的和完好的苹果不是一样的吗？"良久，刘平郑重地点了点头。

几年后，刘平大学毕业，考上了家乡的公务员。刘平在城里租了房子，把母亲也接了过来，他想让母亲好好歇歇，不要再每天风吹日晒地卖水果。母亲笑着说自己干了多年，如果突然停下来，反而会不习惯。

刘平却很快习惯了城里轻松安逸的生活。以前下班刘平总是早早地回家，陪母亲散散步、聊聊天，然后和母亲一起亲亲热热地吃顿饭。渐渐地，刘平回家越来越晚，每次从送他回来的轿车上下来时，刘平都醉醺醺的，路都走不直。刘平还时不时地跟母亲说谁刚买了房，谁又买了车等等，语气中满是羡慕。

这天，刘平从外面回来，坐在沙发上看电视。母亲照例要给他削一个苹果，刘平摆摆手说不想吃。母亲坚持要削，刘平脱口而出："吃苹果干啥？穷人才吃那玩意儿吧。"察觉到自己声音大了点，刘平又缓和了语气说："今天吃得太饱了。"

母亲没说话，在刘平对面坐下来，低头默默地削着苹果。这个苹果格外大、格外红，刘平的目光不自觉地被吸引过去，也默默地盯着母亲手上的动作。只剩下最后一块皮的时候，母亲手上一个用力不稳，锋利的水果刀削掉了一块果肉，却也让刘平瞪大了眼睛——这个苹果是空的，里面黑洞洞的，全部坏掉了！

"苹果从外面坏没事，削去坏掉的，剩下的和完好的苹果还是一样的。可如果从里面坏掉，那就彻底没救了。"母亲显得很平静，同时毫不犹豫地把手里的苹果扔进了垃圾桶。刘平对着躺在垃圾桶里的那个坏苹果，愣愣地看了许久。

后来，刘平又恢复了之前的状态，下班早早地回家，陪母亲散散步、聊聊天，然后叫上女朋友，一家人亲亲热热地吃顿饭。

刘平没有和任何人说起那天晚上的事情。那天晚上，母亲第一次主动提起了父亲，她告诉刘平，父亲就是那个从里面坏掉的苹果，而她含辛茹苦这么多年，只是希望刘平不要重蹈覆辙。刘平郑重地点点头，只对母亲说了一句话：平安果，平平安安。

不要怕麻烦

高二那年夏天，我到乡下的姨妈家小住，刚好赶上她家割麦子。姨妈家属于城乡接合部，很多田地都被征用，每家所剩的地都不多，因此大部分都是靠人工收割。

十几岁的男孩子，算是半个劳力了，而且我平日很少干农活，也挺好奇的，所以一大早就踊跃地跟着表哥来到地头。第一次下田，自然不能干割麦子这种需要技术的活，我就负责把姨父和表哥割下来的麦子一捆捆地码好，等待最后装车运走。

麦子快要割完时，姨妈拉来一辆平车，说要把麦子先运到打麦场，马上要轮到我们打麦了。装好一平车麦子后，小姨又匆忙拿起镰刀去帮姨父割麦子，得在打麦前全部割完。于是，运送麦子的任务就交到了我手上。姨妈一边往田里走，一边转头嘱咐我："记得用车上的绳子把麦子固定一下，省得掉下来。"

我暗自咂舌，那么多捆麦子，在车上垛得那么高，想要固定就得用绳子把麦捆前后左右全部揽起来——太麻烦了！再说打麦场距这里并不远，路上只要小心一点，应该不会掉下来的。这样想着，我便直接拉着平车上路了。

没想到，拉车看起来简单，走起来却各种问题不断，要控制用力，要掌握平衡，而且田间小路坑坑洼洼，车走得颤颤悠悠，有好几次差点翻车。快要走到打麦场时，更糟糕的事情发生了——因为太过颠簸，没有经过固定的麦捆从车上掉下来，有的麦捆甚至全部散开，横七竖八散落一地。

我一下子蒙了！这可怎么办？手忙脚乱地连捡带抱，可这边刚装上车，那边的就又掉了下来。而且因为我堵在路中央，后面运送麦子的车辆都无法通过，急得我差点哭起来。最后，还是割完麦子的姨妈和姨父赶来，帮忙把麦子装回车上，并用绳子固定好，才把麦子运送到打麦场。

帮了倒忙让我感觉非常羞愧，姨妈安慰了我一番，最后又说了一句："做任何事情，都不要怕麻烦，怕麻烦只会给你带来更多的麻烦。"也许当时太过尴尬，我并没有想太多。但在后来的成长过程中，我无数次想起姨妈的话。在学习上、在生活中，包括在多年后的职场上，姨妈的那句话在很多事情上都得到了印证。也正是有了姨妈那句话的提醒，让我避免了很多弯路。

是的，不要怕麻烦。怕麻烦而偷懒只会给你带来更多的麻烦，积极面对遇到的小麻烦，才能避免之后更大的麻烦。

鞋子再破也要穿袜

父亲十来岁时，做生意的祖父被人骗了个底朝天，原本还算殷实的家庭一下子变得一贫如洗，一家人的吃穿都成了问题。还好祖母早先存下了一点钱，精打细算下，也能勉强度过一些时日。

生活水平确是和从前完全不能比了。父亲弟兄几个不再有新衣服穿，一件衣服老大穿完老二穿，老二穿完再给老三穿，在这个过程中，衣服早破了很多次。像当时大多数主妇一样，祖母也会拿起针线在衣服的破洞上打补丁。不过，和大多数主妇不一样的是，祖母从来不随便找一块布打补丁，把衣服弄得花花绿绿、千疮百孔。她会细心地比对原有衣服的花色，然后尽量找来一块和衣服颜色相近的布条，整整齐齐地补在破洞处。她的针线活做得很好，如果不仔细看，根本看不出来衣服打了补丁。

十几岁的孩子，正是精力旺盛的时期，尤其是男孩子，格外调皮、好动，不仅衣服磨损得快，鞋子也经常坏。有一次，祖母带父亲出门走亲戚时，发现父亲脚上的鞋子“张了嘴”，那是父亲唯一的一双鞋子，祖母尽力修补了一番，也还是没能完全修好，往前走动的时候，两个脚趾就露在外面。

祖母无奈地说就这样吧，然后照例拿来一双袜子让父亲穿上。父亲当即大笑起来："鞋子都破成什么样子了，还穿袜子干什么？"祖母却强调，鞋子再破也要穿袜子的。为什么？父亲对祖母的坚持很不解。祖母认真地回答："为了人的一点体面。"

这件事是父亲跟我讲的，而且不止讲过一次。父亲说，当时他的年龄还不足以理解这句话的含义，但奇怪的是，这句话却记在了他的心里，并在之后成长的过程中，慢慢地理解、消化，直至成为影响自己一生的处世准则。

"后来，不管生活里遇到什么样的状况，挫折或者贫穷，包括面临的诸多诱惑，我都会提醒自己，不要忘了做人的那一点体面。而也许正是这点体面的鞭策，让我成就了现在的事业。"父亲语重心长地对我说，其实我知道，他是想让我把这份"体面"延续下去。我郑重地点点头，似乎和父亲完成了某种交接。

母亲教我学会洗碗

刚参加工作那段时间，我在公司外面租了一间房子。后来因为房租太贵，便开始与人合租。当然，为了安全，合租的都是同事或者朋友介绍的熟人。然而遗憾的是，每次合租对象待的时间都很短，合租最久的一个朋友也才住了3个月。

有一年暑假，哥哥带着母亲出门旅游，路过我所在的城市时，母亲非要来看我。当时，我新找到的一个合租者刚好出差，想着招待母亲也挺方便的，便欣然答应。我买了一大堆食材，花了将近一天的时间做出了一顿丰盛的饭菜。看到我能照顾好自己，这顿饭，母亲吃得非常开心。

饭后，我去厨房洗碗，几分钟后，就回到母亲身边陪她一起看电视。母亲很吃惊，这么快就洗好碗了？我点点头，对呀，我做事一向很快的。母亲狐疑地起身，来到厨房转了一圈之后，轻轻摇头道："你只做了十分之一。"

见我不解，母亲系上围裙忙碌起来。她用抹布细致地擦拭了料理台和砧板，把锅铲、勺子等小物件都整理归位，然后又拿起另外一块抹布，抹掉燃气灶上的水和油污，把抽油烟机的外壳擦拭干净，接着归置了厨房垃圾，最后又拖了一下厨房地板。在母亲的一番收拾之后，厨房干净整洁，仿佛一下子焕然一新。

母亲走出厨房，看着我说："孩子，洗碗并不只是简单地把碗洗掉就行了。剩余这么多事情，你都没做。这还只是明面上的东西，也许其他地方还有更多你做得不周全的地方，你不做势必留给了其他人，人家能乐意吗？"

我一直找不到稳定的合租者，这母亲是知道的，可是没想到，母亲简单的几句话就帮我找出了问题的原因！

后来，我试着用母亲教我的办法洗碗，当然，也用同样的道理做生活中其他的事情，包括工作也是如此。现在，我在公司里得到了好几次升职加薪的机会，而且我再也不用为找合租者发愁了——自母亲走后，我还没有换过合租者。我很庆幸几年前，母亲教我学会了洗碗，教会了我一个足以受用一生的道理。

有没有长错地方

父亲随我们到城里居住后，每隔一段时间仍会回老宅看看，一来念旧，毕竟生活了大半辈子，有着很深的感情；二来顺手收拾收拾，免得呈现出破败的样子。父亲很忌讳这一点，他说，家就是一个人的精神风貌，如果老宅荒芜了，“会让人以为我不在了”。

有空的时候，我会陪父亲一起回老宅看看。由于久不住人，老宅院子里落满了灰尘，门前的小路上也堆积了一些被风吹来的树叶。我们拿来扫帚清扫了一番之后，看起来干净整洁了许多。

走到门外时，我看到院墙四周的土地上，零星地长了一些野草，这些野草从碎砖头、瓦片缝中钻出来，许是用尽了力气，恹恹地长着，并不旺盛。我看着父亲，等他示意是否需要清除，父亲看了一眼野草，对我摆摆手说：“罢了，别管它们了。”

半个多月后，一个亲戚家办喜事，我和父亲便又回去。到了老宅门口，我不由得吃了一惊。可能是前段时间接连下了几场雨，院墙根的野草得了令似的疯长，如今蓬蓬勃勃竟有半人多高，老宅一下变成了荒地一般，颇有“城春草木深”的感觉。

不用问，父亲找来两把镰刀，带着我清理。镰刀挥向野草的时候，父亲自言自语地说："本来长错了地方，还偏偏这么张狂，我只好不留情了。"我突然一震，愣了片刻。想起半个月前，父亲其实已经觉得野草碍眼了，只是影响不大，就没打算清理，如今长成这样，不清理都不行了。

能怪谁呢？只怪野草长错了地方，还一点都不知道收敛，越旺盛越是错，也越碍眼！此后，每次我在面对人生中的一些欲望和事情时，总会莫名想到父亲的那句话，我会忍不住问自己：有没有长错了地方？——我怕暗处的镰刀会在不经意间挥来啊！

有钱人家里有十八缸香油

10年前，我遇到了人生中第一个艰难的抉择。我厌烦了当时似乎一眼能望到头、毫无发展前途的工作，想要辞职做自己喜欢的事情。可是，我不知道这一步走下去会是什么结果，毕竟这可能是关乎我后半生的一个选择。

而这还只是艰难的一部分，更大的艰难来自父母的“干扰”。他们告诉我：一定不能辞职！父母说，这是他们通过大半辈子的人生经验得出来的结论，一份稳定的工作对于一个人来说是很难得、很宝贵的，一定要珍惜！否则像他们一样，在黄土地里刨食，旱涝不保收，完全没有保障。

父母不容置疑的口气让我本就不坚定的内心更加彷徨起来，也让我更加犹疑和痛苦。其实，我更倾向于跟随自己的内心走，可父母大半辈子的经验也不能无视啊！

那天独自去爬山，坐在山顶，我又纠结起了这件事。村里的一位长辈刚好也在此，他早年外出闯荡，如今回到村子里安享晚年。得知情况后，他问我有没有听过这样一个故事。说以前有一个陕北老农，一辈子待在大山里劳作，最大的喜好就是吃饭时滴几滴香油，简直是神仙般的享受。确实，在那个年代，对于一个农民来说，香油绝对是奢侈品。有一次，一个走出大山的年轻人跟老农说起外面的世界，讲外面有钱人的生活。老农立即打断年轻人的话说："我知道，有钱人家的院子里一定摆了十八缸香油，想吃多少就吃多少！"

这个故事让我大笑起来，长辈却收敛了神色继续说："老农活了一辈子，'有钱人家里有十八缸香油'就是他对有钱人的全部认知。有时候阅历并不是仅仅靠时间累积的，在认识受到局限的情况下，即使有再多的所谓'经验'也无法做出正确的指导，更无从对未来做出预判。"

长辈的这个故事以及这番话一下子点醒了我！后来，我不顾父母反对，毅然从单位辞职，开始做自己感兴趣的事情。幸运的是，我成功了！

直到现在，我仍很庆幸当初的那个决定，当然，这和我现在的成功与否并无直接关系。最关键的是，一个人要敢于跳出固有的局限，不要被落后的观念和认知束缚了手脚。很多事情，只有你去做了，才会得出结果。在没做之前，一切猜想都毫无根据。

无事以当贵

周末，我回去看望父母，就着母亲腌的咸菜，我喝了一大碗小米粥——很久没有这种胃里舒坦、妥帖的感觉了。平日里应酬多，难免吃多了油腻食物，如今这清爽的咸菜和软糯的小米粥倒是养胃的好食材。听了我的感慨，母亲笑着说："人这一辈子能有碗小米粥喝就知足了。"

这是从小到大，我听母亲说得最多的一句话。父母生于斯长于斯，一辈子在大山里劳作，很少到外面去。有时我会替他们感到遗憾，外面那么多美好的东西，他们都不曾享受过，甚至没有听说过，这样活一辈子是不是有点不值？父亲点上旱烟，慢悠悠地抽上一口回答："那要看怎么理解了。我和你妈把你们姐弟二人平平安安地养大，我们一辈子有吃有穿，也没犯什么难。这不就够了吗？还有啥不值的？"

父母都是很普通的农民，在广袤的土地上日出而作、日落而息。闲暇时，就在山里转转，看山泉流淌，看树木花草，偶尔打几只野兔，给家人改善伙食。大部分的时间，一家人都在一起，父母说，他们就喜欢儿孙绕膝的感觉，热热闹闹的，多好！父母一辈子虽然没遇到过大的惊喜，但也没遭遇什么大风大浪，平平淡淡却欢欢喜喜。

母亲很喜欢去后山的一座寺庙里闲坐，她说：“也许真的有神灵庇佑，每次我坐在那里，都感觉心里特别舒坦。”我笑了笑，哪有什么神灵庇佑，山里环境清幽，重要的是心无闲事、宁静祥和，这样静坐下来，想不舒坦都难呢！

苏东坡曾给好友张鹗写了一服养生长寿古方：一曰无事以当贵，二曰早寝以当富，三曰安步以当车，四曰晚食以当肉。父母没什么文化，说不出“无事以当贵”之类的话，但他们知道，人不要把功名利禄、荣辱过失考虑得太多，淡然处世、随遇而安、无事以求，这便是一个人一辈子最大的福气。

望山跑死马

小时候父母工作忙，把我送到了山里的爷爷奶奶家。第一次来到爷爷家时，我惊奇得都快合不上嘴巴了——这里的山好雄伟啊，连绵起伏，一座挨着一座，仿佛全世界只剩下了山，永远走不到尽头。

此后，我就成了爷爷的小尾巴，跟在爷爷身后在大山里“寻宝”。大山里好玩的东西太多了，有好吃的野菜和蘑菇，还有能治病的草药，那些见首不见尾的松鼠、野兔、猫头鹰等小动物更让我兴奋不已。

有一次，大雨过后，爷爷带我到山里采蘑菇。我最喜欢吃蘑菇，且不提它鲜香的味道，单是那粗壮的菌柄顶着厚厚的菌盖如同小伞一般可爱的样子就叫人欢喜不已。我背着一个爷爷专门为我做的小竹篓走在湿润松软的草丛中，聚精会神地搜索蘑菇的影子，发现目标后，再小心翼翼地采下来，放进我身后的竹篓里。

起身后，我指着不远处的山腰说：“爷爷快看，那里有一大片蘑菇，我们去采吧！”“时间不早了，我们该回家了。”爷爷看了一眼回答。我很纳闷儿，那片蘑菇离我们很近，顶多几分钟就可以把它们收入囊中，为什么爷爷说时间来不及了呢？爷爷笑了笑说：“孩子，望山跑死马，看起来那片蘑菇离我们不远，但如果我们真要走过去，恐怕至少要一个小时。马都要累死喽！”

爷爷的话让我更加困惑，明明离我们不太远，怎么可能要走一个小时呢？我偏不信！最后，在我的坚持下，爷爷答应陪我走一趟。我迈开脚步，奔着那片蘑菇而去，然而走了好大一会儿，我们与蘑菇之间的距离似乎和原来并没有变化。走到我气喘吁吁、额头冒汗之时，终于感觉蘑菇近在眼前了，但即便如此，我们还是又走了20分钟才走到那片蘑菇跟前。

“因为山路曲折，所以看起来很近，但其实很远。”看着我疑惑不解的样子，爷爷轻轻摸着我的头说，“孩子，你记住，其实很多事情都是这样，看起来容易做起来却很难呀！”当时的我自然不太懂爷爷话里的意思，只是似懂非懂地点了点头。

如今，经历了很多世事之后，我很庆幸爷爷当初教给我的道理：望山跑死马。它让我不轻易被不切实际的目标所诱惑，也让我在确定目标后，能够义无反顾、坚定不移地走下去。

·对母亲撒谎

小时候，父母在县城里做生意，家里的条件比班里大多数同学都好一点。这我一直都知道，所以跟父母要钱时我一点都不客气，别的同学想买一个玩具纠结很久都不敢向父母开口，我只管伸手要钱，甚至连借口都懒得说。

读中学后，我和大部分同学一样选择了住校，周末两天回家住。但那时青春年少，感觉满世界好玩的东西太多了，一心只想往外面跑，所以往往拿了生活费就走。有时候，因为贪玩花光了生活费，就编各种借口问母亲要钱，在电话里一开口就是：“妈，老师让交资料费，我没钱了，给我打点钱呗！”“花费怎么这么大，不会是在骗妈吧？”母亲每次都会唠叨几句，但最后钱一分不少都打了过来。

初三下半学期，我看中了一款新出的手机，但我知道手里的这部手机没坏之前，母亲是不会同意给我买新手机的，看来只能再找个借口了。这可不是一笔小数目，思来想去之后，我策划了“一出戏”，谎称自己不小心弄伤了同学，需要一笔钱支付同学的医药费。母亲立刻急了，在电话那头嚷嚷起来，听到我说同学并无大碍后，母亲才松了口气。不过让我意外的是,母亲并没有像以往那样立刻打钱过来,也没有赶来学校看我——我甚至做好了要同学装腿伤的打算。3天后,我才收到母亲打来的钱,她在电话里交代我,要我跟同学道歉,还说如果钱不够,她再打来。

之后的好几个月,因为快要中考了,我每次回家都匆匆忙忙,吃了饭拿了生活费就走,没有留意到母亲憔悴的样子,甚至没有留意到很久都没有见到父亲了。直到中考过后,我才知道父母早就离婚了,其实在我问母亲要钱买手机的时候,父亲已经带着家里全部的钱和别的女人跑了。怕我接受不了这个现实,也怕影响我学习,母亲一个人默默承担了打击和痛苦,而为了满足我的要求,一向不肯向别人求助的母亲,找了三个亲戚才借到了那笔钱。

当我得知这一切时,母亲已经把店里的生意又做了起来,我想要安慰母亲,想要给她一个拥抱,但母亲的脸上早已恢复了自信的笑容,一如我从小到大看到的那样。

如今,我刚刚参加工作,每次一拿到工资,我总会在母亲面前嘚瑟:"妈,你看我多有钱!够养活你了吧。"母亲的眉梢眼角满满的都是笑。有时,母亲会给我打电话:"儿子,钱够花吗?我给你打点钱吧!""不用,我刚得了一笔奖金,正发愁怎么花掉呢!"我在电话这头一边吃泡面,一边咯咯地笑着回答。

小时候,我总骗母亲,让她跟着担心。而现在,我仍然要撒谎,不过,这回是为了让母亲放心。我告诉自己,一定要努力,让自己真正地好起来,哪怕只是为了不再对母亲撒谎,能够拍着鼓鼓的钱包,理直气壮地告诉母亲:放心吧妈,我养你!

父亲还是那个父亲

父亲老了，他无法像以前那样起早贪黑地在大山里劳作，无法在得到大山的馈赠后得意地跟我们说“靠山吃山，靠水吃水”。父亲生于斯，长于斯，在山里这个近乎封闭的环境里用自己的勤劳养育了我们兄妹几个。以前，我以为父亲可以一直用自己坚实的脚步丈量土地，像一个被时间遗忘的永远不会老去的巡山员。

但是，父亲还是老了，如其他年迈的老人一样，每日坐在温暖的阳光下，靠着墙角眯着眼睛打盹儿，一副岁月静好的样子。我笑了笑，既欣慰，又有莫名的心酸，父亲再不是从前那个父亲了。

那天，我要到山里去采一些草药。前些日子，小女儿偶感风寒，病愈后，却留下了咳嗽的隐疾，白天无事，半夜却咳嗽不止，吃药后并无明显好转。后来，有朋友给出了一个偏方，其中一味药是新鲜的半夏。这种草药山上倒很常见，不过因为许久没有进山，对山路陌生了许多。父亲便自告奋勇，要给我带路，不等我回应，他已经收拾妥当，走在了前面。

时值夏初，山里的各种植物蓬蓬勃勃地疯长着，把本来就狭窄的小路遮去了大半，父亲一边走，一边用随身带着的镰刀割去阻路的藤蔓。

走了不多远，父亲就发出了粗重的喘息声，脚步也不似之前稳健，甚至显出了一丝踉跄。我忙走上前，接过镰刀，走在父亲身前，挥舞起了镰刀。看着我虽不太娴熟但却有力的动作，父亲擦了把汗，咧嘴笑了笑，迈开脚步跟上了我。

一路上，我都在专心致志地和伸到路中间的藤蔓做斗争，等我察觉到眼角余光里的异样，低头看脚下时，已经离一条两三米长的花蛇只有一尺左右的距离了。此时，花蛇正吐着长长的信子转过头来。我啊的一声尖叫起来，从小我就最怕蛇，即便是偶尔想起都会毛骨悚然，此刻亲眼见到更是吓得魂飞魄散、不知所措。

怎么办？据说打蛇打七寸，可是这条蛇的七寸在哪儿？如果打草惊蛇，它来攻击我怎么办？还是跑吧，那我该慢慢往后退还是转头就跑？……一瞬间，我的脑子里乱七八糟地想了很多，可是双手双腿却像失去了知觉一般动弹不得。

就在我愣神的工夫，父亲已经跨步上前，手里不知何时握了一根粗壮的木枝，花蛇也许发现了危险，卷曲了身体，张开嘴巴像弹簧一样射了出来。父亲沉着地弯下腰，迎着扑过来的花蛇，手里的木枝快速而准确地击打过去，花蛇应声而落，父亲又乘胜追击，连续敲击了几下，花蛇便躺在地上一动不动了。

我愣愣地看着眼前的这一幕，除了吃惊外，更多的是震撼。父亲的身手依然那么灵活机敏，与之前在墙角晒太阳时那个老迈的身影完全不同！也许，父亲的老只是表象，而一旦进入某种情境中，潜藏在他身体里的某种力量就会爆发。——因为那对他太过熟悉，一辈子在大山里劳作，这种与蛇对峙的经历可能有无数次；更因为在子女遇到危险时，挺身而出几乎成了一个父亲的本能。

下山的路上，我捧着满满的一袋子草药，看着父亲在我前面缓步行走，夕阳将父亲佝偻的身影拉得老长。我突然觉得，父亲没老，父亲还是那个父亲。

· 人生如蒸馍

小时候，因为父母工作忙，我是在乡下跟着奶奶长大的。奶奶做了一辈子小学老师，退休后刚好有时间照顾我。跟在奶奶身边的日子，是轻松快乐的，没有繁重的学业，没有喋喋不休的唠叨，也没有上不完的补习班。我每天有大把的时间看天上的云彩、捉花丛间的蝴蝶、研究蚂蚁搬家、听知了鸣叫，当然更能随心所欲地做自己感兴趣的事情。

有一段时间，我喜欢上了画画，嚷嚷着让奶奶给我买像邻居家大姐姐一样的画具。对于我的要求，奶奶一向是有求必应的，一是源于对孙女的爱，另一个原因是奶奶觉得多学一点东西总是好的。刚开始，我总是跟在邻居大姐姐身后，认真地看她画画，然后一笔一画地模仿，大姐姐看我很认真，也乐意教我。不过没过多久我就厌烦了，每天长时间坐着一动不动，未免也太枯燥了，远不如在草地上撒欢打滚好玩。于是便把画具扔到一旁，像之前央求奶奶给我买的舞蹈鞋、电子琴等曾经的“最爱”一样不再问津。奶奶照例没有说什么，只是轻轻摇了摇头。

这天，奶奶在灶上蒸馍时，把我叫到身边，掀开了正冒热气的蒸笼。“为什么要揭开锅盖呀？馍不是还没蒸好吗？”我不解地问。奶奶没说话，过了几分钟后又盖上了盖子，继续往灶里添柴。等到热腾腾的馒头出锅时，奶奶递给我一个，我像以往一样吹了几口气，就张大嘴咬了一口。

“呀，中间怎么是生的呢？没蒸熟呀。”我皱着眉头说，“要不再蒸一会儿吧！”奶奶摇摇头说：“没用了，已经蒸不熟了。”为什么？我很好奇。奶奶告诉我，蒸馍靠的是热水变成的水蒸气来加热，锅盖掀开后，热气全跑掉了，要再达到原来的热度，则需要较长的时间。而在这个等待加热的时间里，馒头里的淀粉就彻底发生了变化，即使蒸时间再长也改变不了了。

“馍蒸到一半，揭开盖子，气一放，就蒸不熟了。那学习呢？学到一半就停下，前面的时间和精力不是都白费了吗？人当然可以跟着自己的兴趣走，但如果每一件事情都半途而废，那注定会一辈子碌碌无为。”最后，奶奶摸着我的头语重心长地对我说。

后来，随着年龄越来越大，我对奶奶这番话的感悟越来越深，奶奶用一锅馒头的代价教会了我一个深刻的道理。其实，不只是学习，我们的整个人生不也是这样吗？如果确定一个目标，就一鼓作气把它做好，中间不要有任何的犹豫和停顿，否则造成的损失很可能永远无法弥补。人生如蒸馍，万事万物皆如此。

乡下待客的荷包蛋

客人来访，先奉上一杯开水似乎是待客的惯例。但在豫北乡下，主人是断然不会端出一杯开水来的——荷包蛋才是乡亲们待客的首选。

以前交通不便，乡亲们走亲访友，一般都要舟车劳顿。而距离不算远的，基本靠步行，到达目的地时，也是疲惫不堪。此时，一碗荷包蛋恐怕是解决乏累的“及时雨”了，用老辈人的说法就是“既垫饥又解渴”。况且，旧时物质条件匮乏，鸡蛋算是最现成而又拿得上台面的东西。虽然现在各方面条件比以前好了数倍，但用荷包蛋待客的规矩却一直保留着。

乡亲们用来待客的荷包蛋一般有两种做法：一种是“硬荷包蛋”；另一种是“软荷包蛋”。“硬荷包蛋”就是等锅里水将开而未全开时，把鸡蛋囫囵打进去，然后火要关小一点，这样煮出来的荷包蛋才比较完整，不会被翻滚的水冲碎。而“软荷包蛋”的做法相对来说简单一点，把鸡蛋打在碗里并用筷子搅拌均匀，然后将烧开的热水沿碗边倒进去就行了。两种做法的荷包蛋口味不同，侧重点也有区别。“硬荷包蛋”口味清淡，和煮鸡蛋类似，特别能饱腹；“软荷包蛋”则鸡蛋的味道更浓郁，也更解渴。如果偏爱甜味的话，还可以在荷包蛋里面加入红糖，这样不仅口感更好，营养也更高。

那一年，同村李婶的丈夫有了外遇，并撇下妻儿离家出走了。平日里李婶刻薄难缠，得罪了不少人，也曾因耕田的问题，对母亲大打出手。李婶遭遇变故后，迅速消瘦下去，整个人像一下子衰老了十几岁。那天母亲在街上遇见李婶，把她拉到家里，二话没说去厨房煮了一碗荷包蛋递给了李婶，满满的一碗，整整10个鸡蛋！李婶开口想要说什么，母亲摆了摆手说："别说话，先吃饱了再说。"李婶满含热泪吃完了那碗荷包蛋。后来，李婶抱着母亲痛哭了一场，回去后竟恢复了正常的生活，更让人意外的是，此后李婶对待邻居也变得友好起来。

后来说起这件事，母亲总说是荷包蛋的功劳。但其实我知道，慰藉和改变李婶的其实是母亲那颗如荷包蛋一样温和、包容、善良的心。

是的，在乡亲们的观念里，一杯开水，他们总觉太过寡淡，承载不了满心的热情和关怀；他们也没有泡茶的雅兴和习惯；更不会像港台剧里那样，客套地问你一句"饿不饿？我煮碗面给你吃"；他们只会一边热情地招呼你坐下，随后立刻钻进厨房，三两分钟端出一碗荷包蛋来。白嫩的蛋清包裹着圆胖的蛋黄，泡在乳白色的蛋汤里，热气翻滚、清香扑鼻，只一口下肚，便能瞬时把一颗风尘仆仆、疲惫劳碌的心熨烫得服服帖帖、温暖如春。

凉皮老大爷的秘诀

公园旁边有几个卖凉皮的小摊位,有时傍晚带孩子去公园里散步,我会顺便吃上一碗。

刚开始时,我没有刻意挑选吃哪家的凉皮,因为在我看来,调拌凉皮并没有什么诀窍,无非就那几种调料,混到一起搅拌一下就行了。可吃了几次之后,我却发现吃过的几家中,其中一家特别好吃。

这家摊位在最靠里的位置,摊主是一对60岁左右的老人,老大爷负责调拌,老太太负责端送、收钱,两人配合得很默契。我比较喜欢吃辣,每次都要求"多放辣椒",老大爷总是爽快地回答"行"。凉皮端上桌,仅仅看着就很诱人,雪白的凉皮切成宽窄均匀的长条,黄瓜丝碧绿细长,上面盖着红艳艳的辣椒油和深灰色的麻酱。凉皮还未入口,蒜汁和麻酱的浓香就扑鼻而来,让人忍不住胃口大开。每次吃完凉皮,就一个感觉,就是"味道很足"。

吃过几次,我发现,虽然他们的位置不太好,但每次吃的人都很多。和摊主慢慢熟识后,我好奇地询问原因,为什么他家的生意这么好,难道有什么特殊的秘诀吗?"要说秘诀,倒还真有。大家吃了我的凉皮,都说味道足，原因就是我的用料足。”老大爷坦诚地笑着回答，“做凉皮要用高筋面粉，一道道工序都马虎不得，更不能偷懒。接下来就是调拌，蒜汁、麻酱都要浓一点，兑多了水味道自然就会淡。顾客爱吃黄瓜，就多放一些；爱吃辣，就给人家放足。当然，辣椒油一定得用好油，那种坏良心的地沟油不能用。”

确实是这道理，可是我随即又想，难道其他摊贩都不知道这个道理吗？听了我的疑问，老大爷轻轻叹了口气说：“问题就出在这里。虽然我刚才说这是秘诀，但这哪算什么秘诀呀？用料足味道就足，谁不知道这个道理？但仅仅知道就行了吗？很多人都知道，但就是做不到，或者不愿意去做。于是，差别就出现了。”

是呀，知道然后做到，这也许才是调拌出“味道足”的凉皮的真正秘诀。我不知道老大爷为何要叹气，其他摊贩领悟不到不正好成就了他的好生意吗？但看到老大爷眼神里流露出的淡淡的忧虑，我想，他也许是在为人们偷工减料、以次充好而惋惜、担忧。

想想在我们的生活中，有多少“知道但做不到”的人或事，如果我们每个人对待每一件事，都能有卖凉皮的老大爷的“秘诀”，那我们的生活也许会变得更美好。

难得在乎

侄女对着镜子左看右看，一遍遍地问我“头发梳整齐了没有”“粉底涂得均匀吗”“这个口红的颜色会不会太亮”……我被侄女认真的样子逗乐了，笑着回答：“很好，一切都很好，已经很完美了。”侄女的脸一下子红起来，一直红到耳根，耳朵也像一朵雕刻的红得透明的胡萝卜花。她不好意思地解释：“这次演出对我们很重要，如果能够拿到名次，那我们班就能评上优秀班级了！”

我连连点头，心小小地激荡了一下——多么难得的青春，多么难得的在乎呀！年少时，恐怕我们都曾这样在乎过。在乎一次小小的比赛，在乎一件心爱的玩具，在乎老师随口说的一句话，在乎同桌的一个眼神，在乎喜欢的人不经意的一举一动……那时的我们很天真，却也很大胆，我们会为了在乎的事情，不计后果地投入全部的精力和热情。成功了，我们肆意地欢呼雀跃，失败了又何妨？收拾收拾重头来过。

读中学时，班里有一个很喜欢打篮球的男生，长得高高帅帅，很多女生都暗地里喜欢他。每次他在球场上潇洒地奔跑，都能赢得阵阵尖叫声和掌声。有一次篮球联赛，他带领的球队输了，当天晚上，几个少年坐在操场上彻夜未眠。他们真的在乎啊！当时，他对着星空，认真地许下承诺：将来我一定要成为无人能敌的篮球高手！所有人都鼓掌欢呼，见证那一刻的豪情。

后来，时间流逝，少年们慢慢长大。有一天，我们突然发现，很多事情我们都不在乎了。在一次比赛中失败，不在乎；错失了珍贵的机会，不在乎；丢失心爱的东西，不在乎；失去了最爱的人，也不在乎……我们就这样变得刀枪不入，坚强无比。当年那个说要成为篮球高手的男生如今已变成了一个大腹便便的中年男子，提及往事，他笑着连连摆手："有这回事吗？一次小比赛而已，我早就忘记了。"人们大笑，颇为感慨：到底是长大了，成熟了。

可是，也许我们都误解了成熟这个词，很多事情其实并不如我们想象的那样。你以为理智，其实是丧失了热忱；你以为冷静，其实是变得冷漠；你以为洒脱，其实是输不起；你以为摆脱了幼稚，其实却走向了世故；你以为看遍人间风景已经波澜不惊，其实是筑起了铜墙铁壁将心封住。以至于我们对身边的任何事物都不敢表现出哪怕一丁点的在乎。

今天看到侄女因为在乎而表现出的那份小心翼翼、那份投入、那份认真，我突然受到了莫名的鼓舞和感动。也许，在逐渐变得平淡无奇的岁月中，我也该重新感受并践行那份难得的在乎，重新燃起对生活的热情和希望。

珍惜多得的“半个童年”

周末，老师在班级群里布置了一项作业：让父母陪伴孩子到外面看看风景，感受一下冬天的气息。在群里，家长们都唯唯诺诺地答应了，可私底下，大家却炸开了锅：工作这么忙，哪有时间带孩子去看风景？而且天气这么冷，好不容易休息一回也想窝在家里，根本懒得出门。

果然，老师让大家“交作业”时，大部分家长提供的都是在附近公园里匆忙拍下的照片，有些明显是在小区里拍的。当然，其中也不乏景致优美的风景，但总让人觉得呆板、冷清，似乎缺少一点什么东西。直到看到王涵宇的爸爸发的照片，大家都忍不住称赞：好美啊！在这些照片中，大家可以看到，爸爸带着王涵宇走了不少地方，他们拍下了冬日的晴空，拍下了树木干枯却更显风骨的枝丫，拍下了路边在寒风中瑟瑟发抖的小草……当然，还有王涵宇小朋友开心地在草地上奔跑，从石阶上跃下，和爸爸一起齐步走的画面。有了这些，原本普通的冬日风景也立刻变得活泼、生动起来。

大家在羡慕的同时，也不禁感叹王涵宇爸爸的时间真多，而且如此有耐心，肯陪孩子到处玩。他发来一个吃惊的表情说：“这用得着耐心吗？这是多么好的玩耍放松的机会呀！和孩子在一起玩，我感觉自己也回到了童年呢！”

王涵宇爸爸的话倒让我想起了一个朋友。这个朋友被大家誉为“爱娃狂魔”，自从结婚生子后，他的生活重心就转移到了孩子身上，每天一下班就往家里赶，孩子七八个月大的时候，就每天带着孩子去公园里散步，跟孩子“讲解”周围的各种事物，当然也许在别人眼里他是“自言自语”。他教孩子学说话、教孩子走路、教孩子用筷子吃饭……孩子的每一步成长他都亲自参与、陪伴。最让大家受不了的是他和孩子说话的语气，嗲嗲的，比孩子还要奶声奶气。为此，大家笑过他很多次，他却从来不以为然。

有一次，又有朋友说起这些，问他这样做不觉得烦吗？他连连摇头，笑着说：“怎么会烦呢？你想想，还有什么时候，我们可以肆无忌惮地又跑又跳，可以放风筝、滑滑梯，学各种动物的叫声，做各种滑稽的动作？在陪孩子玩的时候，那一刻我们也变回了孩子呀！好好享受还来不及呢，哪有什么不耐烦！”

对呀，台湾作家余光中曾在一篇文章里写道：人的一生有一个半童年，一个童年在自己小时候，而半个童年在自己孩子的小时候。这么一说，陪伴孩子幼年的成长时光简直就是上天给我们的恩赐了呢！那我们就不要辜负这份恩赐，陪着孩子，好好珍惜人生多得的这“半个童年”吧！

偶尔放飞“孩子气”

公园里的跷跷板一上一下地晃动着，坐在上面的两个人眉开眼笑，动作一下比一下更快、更迅猛，引得围观众人的心脏时不时地跟着收紧。尽兴之后，两个人颤巍巍地从跷跷板上下来，相扶着回家。

是的，这是一对年逾七十的老夫妻。每隔一段时间，他们就会来玩一下跷跷板，有时候还会专门跑到游乐场里去玩，在一群孩子中间，他们的白发特别显眼，但竟莫名地毫无违和感，他们脸上的笑容和孩子一样天真、烂漫。

我们常说“老还小”，其实就是说我们每个人的身体里，仍有一个“孩子气”的东西存在，这大概就是人们所说的“童心”。它能够让我们保持孩童的美好与柔弱，同时也拥有如孩童一样旺盛的生命力，更重要的是，它能够让我们如孩子般快乐和开心。

钱锺书在创作《围城》期间，没有灵感的时候，会到院子里走一走、看一看。钱先生是爱猫之人，家里喂养着一只猫。一日，自家的猫与前来串门的邻居家的猫打了起来，几个回合之后，眼看自家的猫居于弱势，钱先生忍不住上前出手相助，弯腰弓背，两猫一人纠缠半天，最后自然以自家猫得胜为果。于是,钱先生心满意足地回去继续创作。

作家苏曼殊一日去朋友家做客。一般来说,主人为显诚意周到,要再三给客人加饭劝客人多吃;而客人要遵循所谓的“餐桌礼仪”,礼貌地回绝。但苏曼殊却不管什么客气,主人劝吃便吃,一顿饭吃了一碗炒面,两盘虾,十个春卷,两大把糖。主人以为苏曼殊过得困难,就请他明天再来吃。苏曼殊摆手道:“不行了,今天吃多了,明天会生病的,后天肯定起不来,所以,大后天我再来。”一句话,宾主皆欢——他不是不知道后果,但就是想任性而为!

人生为什么不快乐?答案也许有很多种,但有一种答案也许能得到大部分人的共鸣,那就是我们太把自己当个大人了。成人世界里有太多的规则、压力、责任,等等,让人不开心的东西。所以,我们需要做的是,偶尔放飞自己的“孩子气”,放任自己去做一些快乐、有趣甚至犯傻(当然,这要和一些恶趣味区分开来)的事情,让自己享受最纯粹的简单和快乐。

我家的节俭之道

花钱容易赚钱难，居家过日子，处处都需要打点，自然要精打细算、省吃俭用。这节俭不仅是老祖宗给我们留下来的传统美德，其实更是一门学问呢！

对于生活在20世纪六七十年代以前的人来说，对“节衣缩食”这个词应该有深刻的体会。我出生在豫北地区的乡下，生活条件很艰苦，吃饱穿暖就是人们最大的愿望了。到了秋冬季节，人们吃的就更加有限，尤其是蔬菜，咸菜几乎占据了整个冬季的餐桌。我们家人口多，就连咸菜有时候也不够吃。奶奶想了个妙招，腌咸菜的时候，多放了很多盐，这样腌出来的腌菜奇咸无比，每顿饭吃上两三根就够了——吃多了嘴巴渍得生疼！我们兄弟几个穿的衣服都是奶奶亲手做的，那时候自然没有闲钱买新扯的布料，多亏奶奶有一双巧手，那些大人们的破得不能再穿的衣服，经过奶奶一番改动，就变成了我们身上的“新衣”。别看用料不讲究，却一穿就是很多年，老大穿完老二穿，老二穿完老三穿。穿到最后也不会一扔了之，能当抹布的当抹布，能改作椅垫的做椅垫，总之一定要物尽其用，绝不浪费一分一毫。

母亲没有奶奶这么高的手艺，但在“省吃”方面，很有自己的一套办法。“半大小子，吃穷老子”，十几岁的男孩子胃口好得要命，两大碗捞面条下肚，去外面疯跑两圈，肚子就又咕咕叫了起来。母亲便想办法给我们“加餐”，田里的灰灰菜、荠菜、云苋菜采来洗净之后，拌上盐和香油，就成了配馒头的可口小菜；树上的榆钱、杨树叶、槐花，裹上玉米面粉上屉蒸，也是能饱腹的零食；有时候，母亲还会带我们去河里抓鱼，下锅用清水一炖，不用加任何多余的调料，就能让我们垂涎欲滴。这些大自然里的天然美食让母亲弥补了不少家里粮仓的亏空。

如今轮到妻子管家，因为生活条件有了翻天覆地的变化，妻子自不必像长辈们那样节衣缩食，但妻子仍将节俭之风传承了下来，不过她有自己的节俭之道。什么东西该买，什么东西不该买，她心里都有一本明账。妻子说：“那些建议把不穿的衣服改成各种家居品的人，大多都是纸上谈兵，除非有专业技术、有时间，否则还不如努力赚钱去买一个呢！”

那天妻子素面朝天出去逛街，我惊奇地问：“出门怎么不化妆了？”妻子狡黠一笑：“这种状态下穿起来还好看的衣服才是值得买的衣服，不过数量估计不多，给你省钱了吧！”——果然是节俭高手啊！

浅薄的快乐

朋友在微信上给我发来一个链接，要我帮忙“砍价”。这是一家餐厅搞的促销活动，参与者把商家链接发给朋友，朋友点开“砍价”后，套餐价格可以减少一些。经过我“砍价”之后，朋友报名的套餐已经砍到了最低价，她发来几个胜利的表情说：“好了，我可以去享用美食喽！”

我的内心突然一阵触动，情不自禁地笑出了声，在手机这端的我似乎也感受到了朋友的快乐和满足——一种简单的、极易于满足的快乐。她平时就是这样的人，简单、透明，似乎永远充满了阳光和活力。不过，我知道，有很多人在说起这些时，都会露出满不在乎的表情，甚至还有人不屑地从嘴里吐出两个字：浅薄。

是的，我承认，这种快乐很浅、很薄，但我却反对把这两个字连在一起，此“浅薄”非彼“浅薄”。这种“浅”和“薄”是山涧里的小溪，虽只有涓涓细流，却清澈见底；是蝴蝶翅膀上彩色的纹路，轻薄、透明，闪烁着光芒；是花季少女的脸庞，素面朝天，却自有美感，令人赏心悦目。

电影《罗马假日》中，奥黛丽·赫本饰演一个叫安妮的公主。安妮公主作为王位继承人出访欧洲时，在最后一站罗马，公主很想尽情饱览罗马的优美风光，被侍从以各种不便的理由拒绝。安妮公主便在半夜偷偷溜走，偶遇一名美国新闻社记者，并在他的带领下骑着摩托车游览了整个罗马城。在安妮公主看来，眼前的一切都是那么美好，都能给她带来无穷的乐趣，路边摊上的小零食就让她乐不可支。

安妮公主的快乐是“浅薄”的，但在这种“浅薄”的背后其实更是一种不设防的、纯净的心灵。在这份简单和纯净面前，原本别有企图的记者最终也放弃了功成名就的机会，将千方百计偷拍来的照片送予安妮公主留念。

我喜欢“浅薄”的快乐，也喜欢与拥有“浅薄快乐”的人相处。世界上纵然需要殚精竭虑、思前想后的人，我总觉得那样猜疑着、算计着，脑子里总有一根弦紧绷着，要追求名利，要平衡得失，未免太累！不如活得“浅薄”一点，开心就笑，不开心就等一会儿再笑，快乐那么简单，不怕它不会来。如此，就能少了很多纷扰和纠缠，自然活得豁达、从容，快乐会变得更简单、更易得。

一个眼神的邂逅

我是在一个小县城里读的中学。初一刚入学不久，学校就组织了一次掰玉米的社会体验活动，既让学生体验了生活，又能通过合作劳动让大家迅速熟悉起来，而且学校后面的山区就有大片的庄稼，条件可以说是得天独厚。

既然名为“体验”，老师分配的任务自然不多，临近中午时，大家就都完成了任务。老师给每人发了一个小背篓，让我们根据自己的能力背一些玉米下山，帮运送玉米的农人减轻点负担。老师话音还没落，一帮争强好胜的少年便开始抢着往自己的背篓里装玉米——谁愿意在老师和新同学面前示弱呀！我个子小，但也装了大半篓，背在身上试了试，感觉不算太重。

看得出来，这次活动确有成效，经过一上午的交流合作，下山时，很多同学都熟悉了彼此，三三两两地结伴而行，有的甚至已经成了好朋友，热火朝天地讨论起各自的偶像。相较之下，形单影只的我就显得有点落寞和尴尬了。我的性格内向，还很慢热，熟了之后可以畅所欲言，陌生的时候简直就是个哑巴！可想而知，让我开口跟陌生的同学说话有多么难，而面对同学主动的招呼，我又会因为不习惯而紧张，只能笑笑作为回应。

慢慢地，我拖到了队尾，我背上的那只背篓似乎越来越重，真是千里无轻物，看来书上说得一点都不假！而此刻同学们的欢声笑语让我在羡慕之余更倍感孤单，脚底的力气像被抽走了一样，每一步都迈得很艰难。

听到后面的脚步声时，我才发现身后还有一名同学。他个子不高，但看起来很敦实，更重要的是，也像我一样独自一人默默走着。发觉到我在看他时，他下意识地抬头，却在与我的目光相遇的瞬间慌张地躲开，黝黑的脸也红了起来。我突然有了一种熟悉与亲切的感觉——这是一个和我一样内向害羞的同学呀！我情不自禁地笑了，看到我笑，他竟也回应了一个腼腆的笑，大概他也有一种遇到“同类”的感觉吧！

不过我们之间的“交流”也仅限于此。后来，我们仍像之前一样默默地各自走路，有时我在他前面，有时他会略略地超过我。我们默契地保持着这段距离，不是太疏远，但也绝不会再近。也许是感觉有了伴儿，剩下的路程我走得很轻松。

到达山脚，我们融入了“大部队”，在取下背篓往外倒玉米时，原本大半篓的玉米只剩下了一少半！愣了片刻，我便明白了，怪不得在路上时，他会故意放慢脚步落在我后面，原来是在偷偷为我“减轻负担”呢。我忙转头搜寻他的身影，想要对他说一声“谢谢”，但哪还有他的影子呀！

后来，我没有再见过那个男孩，也许我也曾和他擦肩而过，却没有认出他的面容——一路的相伴，我们有的只是一个眼神交流而已。但那次邂逅，却让我有了一些改变，我开始试着主动和周围的人说话，因为我觉得与一个陌生人交流其实也并没有那么难。

如今，我仍很感激那次偶然的邂逅。也许我们每一个人都该拥有这样一次邂逅，或是人或是物，或者是一段时光、一处风景，然后在电光火石间，突然认识自己、改变自己，然后遇到更好的自己。

不愿做胜利的乌龟

饭后，被10岁的侄子缠着讲故事。搜肠刮肚地想了一圈之后，我拎出了小时候最熟悉的龟兔赛跑的故事。

“你看，骄傲的兔子因为马虎大意输了比赛，而一直坚持不放弃的乌龟赢得了最后的胜利。”故事讲完后，我把这个重复了无数次的道理讲给侄子，然后启发道，“所以，如果是你，你会选择做兔子还是乌龟呢？”

侄子歪着头想了一会儿说：“我都不要做。”

什么？这也太不按常理出牌了吧！我都引导到这一步了，侄子竟然还没听明白。

我又试着讲解：“乌龟虽然跑得慢，但人家一直坚持不懈地努力，最终取得了成功……”

“可是，如果兔子不睡觉呢？乌龟还能赢得比赛吗？”侄子反问道。

“这……”我一时语结，“可是兔子就是睡觉了呀！”

侄子点点头说：“对呀，所以说乌龟之所以赢得胜利，最关键的原因是兔子睡了觉，而不是它的坚持不懈。如果兔子不睡觉，乌龟再坚持一百年也未必能赢得胜利。所以，乌龟并不值得学习。”

我简直听得目瞪口呆，说不出话来。

侄子接着说："如果非要选择一个的话，我宁愿选择做这次失败的兔子。我相信经过这次失败之后，兔子会吸取教训、戒骄戒躁，以后肯定能取得更好的成绩。因为主动权掌握在它手里，它只需要努力就行了，而不用像乌龟那样，把成功的希望寄托在别人的疏忽上。"

虽然我觉得侄子的话有些偏激，但细细一想，确实有几分道理。很多时候，被动的等待，只能换来侥幸的成功，而只有掌握主动权，才能赢得真正的成功。

父亲的"三碗粥"

父亲是一个地地道道的农民，一年四季，春耕秋收，在土地上辛勤地劳作。正是因为深知一切来之不易，父亲对待庄稼表现出了超乎寻常的珍惜和敬畏，仿佛每一株稻谷都是他心爱的宝贝。

但是有一件事我很不理解，每次收完庄稼后，地里总会留下一些干瘪的稻谷。刚开始，我以为是父亲不小心遗漏的，听了我的提醒后，父亲却说："别管了，让它们留在那儿吧。"后来我才明白，那些干瘪的稻谷是特意给鸟雀们留下的。秋收过后，天气转凉，那些栖息于枝头的鸟雀们觅食会越来越艰难，这时，那些干瘪的稻谷就成了它们安全过冬的保障。

"人啊，不能太贪心。这些粮食是大自然的馈赠，所以鸟雀也理应得到属于它们的那一份。"父亲凝视着广袤的大地，意味深长地说。

父亲精于劳作，庄稼常常能获得大丰收。有一年，邻省因天灾粮食歉收，一些人不得不外出谋生计。那段时间，父亲总会在院子的篱笆外面挂一个小竹篮，篮子里面有时放着两个馒头，有时是两块红薯，或者是几个窝窝头。

“把食物放到外面不怕别人偷了去吗？”我疑惑地问。父亲摇摇头，笑着说：“为了填饱肚子而伸手的，那不算偷。我们把食物放在外面，就是为了能让过路的外乡人填一填肚子，如果能吃饱饭，谁愿意背井离乡呀！”有一次，我透过窗户看到一个衣衫褴褛、风尘仆仆的路人拿出了篮子里的馒头，狼吞虎咽地吃完之后，朝着我们的房子深深地鞠了一个躬。

父亲总是会力所能及地去帮助需要帮助的乡亲们，却从来没有跟我们说过他这样做的初衷和目的。如今，父亲年事已高，我们有次回家，和他坐在院子里喝茶聊天时，父亲严肃地对我们说：“人要活得善良一点，大气一点。假如人生有三碗粥，一碗自己吃，一碗给家人亲友吃，剩下的那一碗要分给那些与你毫不相干的路人吃。”

那一刻，我突然明白了父亲一辈子的人生哲学。父亲的“三碗粥”，不仅仅是出于善良和爱心，更是一种人生境界。有了这种豁达悲悯的人生境界，种地的农民心中也有天地广阔、也有坦荡无私。

第四辑

愿每一个生命都柔软如初

出走半生，归来仍是少年。不管我们在俗世中经过多少世事，依然能在亲友们的呵护下，保留着少年般的赤子之心，参悟了人生真意，但未随岁月变老，依然柔软、温润，永远充满好奇和希望。愿每一个生命都柔软如初，愿每一个人都永葆纯真。

不喜做饭却爱下厨

一提起做饭，我的脑子里就会自动出现这样一幅景象：一个蓬头垢面的女人站在灶台前，一边弯腰往灶台里添火，一边起身不断翻炒锅内的饭菜，忙得焦头烂额，一顿饭做下来，烟熏火燎，满身都是油烟味，毫无优雅可言。

虽然现在的条件较之从前好了太多，但我仍不喜欢做饭。都说民以食为天，既是做饭，那就一天三顿，一顿都少不了。早起料理早餐，中午要做午饭，晚餐自然更少不了，且不说要合理搭配营养、兼顾一家人的口味，还要想办法改善花样，给家人一点新鲜的东西，总不能一道菜吃上一个月吧。——想想就让人感觉头疼！

可是“下厨”就不一样了！“下厨”，一个“下”字似乎有“屈尊”的意思，至少不是每天待在厨房，只是偶尔心血来潮，或者有此爱好，挑得一日有闲暇、有闲情，系上围裙，挽起袖口，施施然来到厨房。做什么，此时想必是早有打算，或在某席间吃到一味美食，或在美食节目中学到了一招，或翻朋友圈时看到赏心悦目之美味，于是连连咂舌，胃里蠢蠢欲动，想要亲自做来大快朵颐。或独品，或与家人共享，都皆大欢喜。

对于做饭，我算是个经验丰富的“新手”，理论知识掌握得很丰富，但实践操作能力不敢恭维。曾经有朋友问我会不会做某菜，我迟疑片刻笑着回答：不知道。朋友自是纳闷，会就会，不会就不会，何为不知道呢？答曰：因为暂未做过，得试了才知道。

有一次朋友聚会，“大厨”在灶火前做“雪花豆腐”，我在一旁指手画脚，“豆腐太老”“油太多”“火候不对”，“大厨”听得直点头，把锅铲一推：你来做？我连连摆手，换我来恐怕连豆腐都切不成。

闲暇时，我喜欢翻看介绍美食的书籍，然后按图索骥，亲手试验一番。我以为一个人只爱吃还不够，要会吃，吃出讲究、吃出学问来才有意思。清代才子袁枚在《随园食单》中罗列了人间百味，让人看了忍不住口舌生津，据说他本人是个“只会说不会做的”主儿，看来“理论家”还是大有人在的。

总之，按时按点地做一日三餐，我恐怕无法胜任，但隔三岔五“下厨”给家人改改口味还是蛮有意思的。所以，每逢周末或者休息的时候，我会从超市拎回来各色食材，进厨房大显一番身手，然后陪着家人慢慢享用，听听他们的意见。当然，只接受赞美，不接受批评。最后，酒足饭饱，看全家人心满意足地窝在沙发上，真是人生之幸事！

·有　约

一大早，一向爱睡懒觉的侄子就洗漱完毕，坐在阳台上反复擦着一双洁白的运动鞋，一边擦一边轻声地哼着歌，一点都没有被人扰了觉后的不悦。太阳难道打西边出来了？听到我的打趣，侄子笑了，满脸的兴奋和期待："我和几个同学商量好了去郊游，这是老妈第一次放我独自出去呢。"

哦，原来是有约呀！

一直觉得与人有约是一件很美好、很浪漫的事情。原本可以互不干扰、各行其是的两个人或者几个人，因为同一个由头而自发地在同一时间联系到了一起，然后做着一件大家都感兴趣的事情。还有什么比这个更让人快乐的呢？

最早接触到"约定"这个概念应该是在小学课本上。课文内容讲的是宋庆龄儿时的一个小故事，父亲要带全家去伯伯家里玩，但宋庆龄和一个朋友约好要在家里教朋友叠花篮，便坚持独自留在家里等朋友，最后朋友似乎有事没有来，不过宋庆龄说自己并不难过，更没有后悔，于是大家都称赞和表扬宋庆龄守信。

可能在大家看来,这种守信的本身似乎带着一点牺牲的意味,毕竟因为等朋友而错过了去伯伯家玩耍的机会。但我觉得这样的猜度太过一厢情愿,也许在等待朋友来的时间里,她不止一次地想象着朋友如约而至的快乐,心情自是雀跃的、期盼的。这种喜悦以及守约的充实感足以抵消朋友未至的失落。

"月上柳梢头,人约黄昏后",在新月初升的傍晚,在绿丝飘摇的树下,单是想起有人与你相约这件事就会让人忍不住沉醉;"有约不来过夜半,闲敲棋子落灯花",约定的友人过了半夜还没来,信手拈起棋子独自推敲,不知不觉灯花都落了。你看,等待也可以这样气定神闲,没有丝毫的焦躁和不耐烦,甚至沉浸在自己的思绪中忘记了自己在等待,心里只是充盈着与友人"有约"的那一份惦念和欣喜。

在电影《了不起的盖茨比》中,盖茨比通过朋友与初恋女友约见。为了这次相约,盖茨比前一天就让人修剪了朋友家的草坪,用鲜花把朋友家装扮成了一个花房,简直恨不得把全世界的花都搬到这里来。这种对"有约"的期待和紧张在初恋女友快要到来时达到了顶峰:本来早早就在等候了,却在初恋女友推门时逃脱,然后淋着雨从外面进来装作自己也刚刚到。真的见了面倒也未必太紧张,最让人五味杂陈、柔肠百转的是得知"有约",却又"未约"前的那一段时光,那是独属于自己的,也只能自己去品味。

读过杨槐写的一首诗:如果你下午4点来看我,我早上7点就起床,半个小时用来洗脸、刷牙、洗头发,半个小时用来剃须、擦鞋、整理着装……这一天我就什么都不干,虚度光阴,静静地等你。——这种"有约"的甜蜜和喜悦只有经历过的人才能有如此深刻的体会。

认真生活的美

一直认为生活是一件很不简单的事情，方方面面需要顾及的东西太多，理所当然地就觉得很多事情没必要太认真，如果事事都细致，岂不是累得要死？所以我一贯奉行“差不多”的原则，马马虎虎过得去就行，还美其名曰“豪放”。

一次周末，同事李姐路过我家楼下，正好上来取一份文件。看到我的电脑前插座上的各种电源线时，李姐微微皱了皱眉头说：“不觉得有点乱吗？怎么不整理一下？”我无奈地解释，整理过几次，但过不了几天就又恢复了乱七八糟的状态，索性不管了，反正也不影响正常使用。

“确实不影响使用，可也许会影响心情呀！”李姐一边说，一边动手帮我整理起来。我无所谓地笑笑，继续忙着整理李姐要的文件。等我做完手头的工作抬起头时，不禁呆住了——这还是我家的一角吗？也太好看了吧！电脑前的各类电线都分门别类地理清，更惊艳的是，这一根根原本卷在一起的电线都被李姐固定在了墙上，组成了一个个图案。电视的电源线变成了可爱的兔子，空调的电源线变成了一根胡萝卜，音响的电源线最长，被李姐弄成了高楼的图案……

我忍不住称赞，太厉害了，简直化腐朽为神奇呀！李姐摆摆手说：“厉害算不上，只需要认真一点，花一点心思就可以了。”

见我很感兴趣，李姐指着我桌子上一袋吃了一半的薯片说，这样放着再吃时口感会差很多哦。我也知道呀，可是有什么办法呢？有时候用橡皮筋扎起来还是会变软。李姐笑了笑，随手拿起一个矿泉水瓶，用剪刀从中间剪开，把有瓶口的半截套在薯片袋子上，然后把塑料袋从瓶口翻下来，在瓶口拧上盖子。如此，简直比密封的都要严实呢！

看到这个，我对李姐佩服得要五体投地了。我第一次觉得，对生活认真一点，能换来很多惊喜呢！李姐点点头说：“是的，其实认真一点并不需要花费多少时间，却能给我们带来很多便利，更能让我们的心情充实快乐起来。”

后来，我也开始对生活认真起来。遥控器太多，用时经常找不到，我便试着把它们绑在一起，按键朝外绑成一个正方体，想用哪一个就用哪一个；小发卡太多却时常弄丢，我便想了一个办法，在梳妆台的抽屉里固定一个磁铁，用完的小发卡都牢牢地吸在上面，用时再也不会手忙脚乱了……

看看，仅仅花费了一点小心思，就能省去很多麻烦，带来这么多便利，轻易地换来内心的成就感。这就是认真生活的美呀！

在乡下集市上感受幸福

有段时间，我的腰病加重，不仅无法做任何事情，哪怕只是站几分钟，腰部就会疲乏不堪。仿佛支撑我整个身体的不是坚硬的骨头，而是脆弱的不堪一击的薄纸片。为了配合医生静心休养的建议，我搬到了乡下的老家居住。

休养，听起来似乎是一个不错的词，这也是曾经被工作压得忙乱不堪时的憧憬，可真到了休息调养的时候，却发现一切并不简单。因为随着琐事一起放下的，还有内心的欲望和热情，再加上病痛的折磨，以及对未来的忧虑和不确定，整个人变得越来越消沉，对任何事都提不起精神，像是一块在风中逐渐萎缩干枯、毫无生气的腊肉。

去集市上走走吧！伯母拍了拍我的肩膀说。乡下的集市有什么好看的呢？我本能地想拒绝，但一天到晚窝在床上也实在难受，便不自觉地随着提着菜篮的行人来到了集市上。

乡下的集市多是露天的，刚下过雨，地上湿漉漉的，有些地方泥泞不堪。在集市口，有一个浆面条的摊子，煤火烧得正旺，大锅里的水欢快地翻腾着，煮断的碎面条不断地翻滚上来。旁边摆了一张破旧的长条桌，上面挨个放着几个小塑料盆，煮熟的花生、黄豆、芹菜、芝麻、辣椒面一溜排开。一个系着围裙的女人把面条捞上来后，舀入浆水汤，再依次放入配菜，最后高高地扬起香油壶，洒下几滴香油。顿时，一碗泛着油光的浆面条就上桌了，翠生生的芹菜、红艳艳的辣椒，配在一起，煞是好看。

另一边，支放着一辆小推车。一个土炉子上正在烙火烧，一旁一个小一点的炉子上用瓦罐煨着肉。一个粗壮的男人用舀子捞出一块黄澄澄的肉，肥厚的脂肪闪着诱人的油光，男人把肉放在一个又厚又圆的木墩上，手起刀落剁了起来。这个木墩一定用了很久了，中间的部分凹了进去，不知道菜刀在它上面舞蹈了多少次。剁好之后，男人又从瓦罐里舀了一勺香浓的汤汁浇在肉泥上面，然后用刀把火烧从中间破开，将肉泥塞进去，满脸红光地递给对面的食客。

再往里走，有炒凉粉的、煮丸子的、卖煎饼的，还有各种各样的小吃。这些食物绝对算不上精致，食客们吃得也毫不优雅，他们从摊贩手里接过碗筷，有的摊贩为了省事，直接在碗上套了塑料袋，食客们也不在意，一屁股坐在早已看不出颜色的凳子上，就着大蒜和辣椒，大口大口地往嘴里扒拉，还不断发出吧唧嘴的声音，直吃得头上冒汗，嘴里呼呼吐气。

我却突然被眼前的情景触动了！是的，我在看来，这是一种享受，这场面简直可以用“活色生香”四个字来形容。自生病以来，一直毫无胃口的我突然有了强烈的食欲，也感受到了一股莫名的幸福。我想，一个胃口好的人几乎就是热爱生活的人了！

我转身，在一个摊位前蹲下，认真地挑选母鸡，同时心里也在盘算，再买一些党参、枸杞，对，还要有红枣和香菇。——我已经迫不及待地想要喝一碗美味的鸡汤了。

十块钱的善良

深秋的季节，下午五六点钟时天就已经暗下来。秋风吹来，道路两旁梧桐树上的树叶顺势落下，在空中打个旋儿，成群结队地落在地上。我下了班，脚步匆忙地往家走，早上出门只穿了一件薄外套，此时觉得寒凉无比。

走到小区门口时，看到拐角处的路灯下，仍摆着一个卖菜的小摊。时常有一些郊区的菜农带着自家种植的蔬菜来这里贩卖，价格便宜菜又新鲜，很受大妈大伯们的欢迎。不过，因为大多是“纯天然”长成，有些卖相不是太好，到最后难免会被剩下。

想着也许有自己需要的蔬菜，我便走了过去。铺在地上的方布上，只剩下一小把青菜和几个小茄子，很显然这些蔬菜已经放了一天，青菜叶子有些泛黄，茄子也失了水分，瘪了下去。我摇摇头，转身离开时，留意到坐在摊位后面的人——一个瘦弱的老太太。看年纪，她大概有60岁，花白的头发、满脸的皱纹以及驼着的背，似乎彰显了她生活的不易。是呀，如果不是过得艰辛，谁会在这样深秋的晚上，仍瑟瑟发抖地守着所剩无几的小菜摊呢？

我叹了口气，停下脚步，在菜摊前蹲下问："这些菜多少钱？我全要了。"老太太原本已经失望的脸上突然又焕发出神采，她努力地挤出讨好似的笑容说："只剩这么多了，你全要的话就给两块钱吧！"我的钱包里没零钱，只找到一张10块钱的递给了老太太，她摸索着在一个布包里找钱，我摆摆手说："不用找了，赶紧收摊回家吧，天黑路不好走。"老太太忙不迭地对我连连感谢。我突然感觉有些不屑，不过几块钱而已，就跟捡了大便宜一样。

回到家，我忙着洗手做饭，一会儿练书法回来的儿子该喊饿了。书法班在小区里，每次放学后他爷爷从学校接回直接送去书法班，上完课后儿子自己回来，倒省了我接送。

做好饭后，儿子也回来了，他一边吃饭一边给我讲在学校发生的事情。"对了，昨天的那支笔我找到了，落在书法班，老师帮我收起来了，所以我没有再买，你给我的10块钱还给你吧。"儿子说着，从上衣口袋里掏钱。我原本打算让儿子留着零花，但在儿子掏出钱的时候，我愣了一下，把钱接了过来。

"你在哪儿弄的钱？这是我中午给你的那一张吗？"我举着钱问儿子。"这就是你给我的呀！"儿子回答，声音却小了很多。最后，在我的追问下，儿子承认他不小心把钱弄丢了。"但这张就是你给我的那张呢！有人捡到还给我了。"儿子补充道。

儿子告诉我，因为弄丢了钱，他怕我骂他，从书法班回来时越想越担心，愁得直嘟囔。有一位老奶奶骑着三轮车路过，听到儿子的话，便停了下来。问明原因后，老奶奶说自己刚好捡到10块钱，然后从布包里掏出钱给了儿子，还嘱咐他要好好学习，做个有出息的人。

"这不是我给你的那张。"我对儿子说。是的，我很肯定，因为那张

10块钱正是我买菜时付给老太太的，上面还有儿子随手写下的名字。没想到，这张10块钱竟然以这种方式重新回到了我手里！

我以为，我用十块钱给了一个老人一份温暖，老人却又把这份温暖给了儿子。不同的是，我是高高在上的施与，而老人却是不动声色的关怀。一张十块钱，让我看到了自己的浅薄和老人的宽厚，也让我看到了朴素的外衣下包裹着的最真挚的善良。

有钱的简单生活

刷朋友圈时，看到一位友人更新了动态：一个茶杯、一间茅屋，一亩良田，1亿元存款，假如可以选择生活，我宁愿简简单单。我忍不住笑了起来，身边的同事看了也都哈哈大笑，谁不愿意过这样“简单”的生活呀！

“有了一亿元存款，当然可以选择自己想过的任何生活。哪像我们，每天为了生活不得不努力奔波。”华子叹了口气说。确实，对于我们这些普通人来说，整日算计着柴米油盐，为各种琐事烦心，似乎很难做到简简单单地生活。

说到这些，大家突然想起了李姐。李姐是单位的清洁工，她的老公在别的公司当保安，两个人的工资都不高，还要供养两个孩子上学，可想而知压力应该不小。但在李姐身上，我们从未看到过邋遢和倦怠。李姐衣着朴素，但总是洁净整齐；虽然人微言轻，但待人接物有礼有节、不卑不亢。她身上自带着一种从容和安定，每个和她接触的人都能从她脸上的笑容中感受到一种舒服温暖的力量。李姐的生活虽然清贫，但过得很简单，而且一点都不促狭。

“过日子能做到李姐这样也算厉害。可我更羡慕有钱人，想要什么就买什么,环游世界,疯狂购物,多爽!”华子开玩笑地说。有同事打趣道:“那即使给你一亿存款,你也简单不起来呀,恨不得全世界的好东西都归你呢!”

大家顿时安静下来。对呀，其实对于有钱人来说，过刚才所说的“一个茶杯、一间茅屋、一亩良田”的简单日子其实算是一件难事呢！尤其是在华子那样的心态下,简单更是不可能实现的事情。

而我这个朋友,他是一家公司的老总,虽然家产没有上亿,但几千万元应该是有的。按照常人的想象,朋友的生活应该很繁忙、很丰富。但他却是我认识的人里,生活过得最简单的那种人。除了工作,他大部分的时间都和家人在一起,难得的是,他和妻子都喜欢读书。空闲时,两个人隔着一壶茶相对而坐，各自沉浸在书卷中，啜口茶时眼神的交汇,就胜过千言万语。

是的,安贫乐道不容易,但有了很多钱还能淡然处之更不容易,因为金钱带来的诱惑远比安逸多得多,抵挡住这些诱惑要有更为坚强的意志和强大的心理。所以说到底,能否把生活过得简单,最关键的其实在于心境。心态从容、宠辱不惊,没钱时能耐得住清贫,有钱时能守得住欲望,如此,再复杂的生活也能过得平和、简单。

那些收留眼泪的角落

那晚加班回来时，在楼下路灯的背光处看到一团黑黑的影子，走得近一些时，才看清楚是一个年轻的女子。她把头埋在双膝，双肩不时地抖动，应该是在抽泣。我远远地站住，不知道该不该走过去，怕打扰她，也怕她尴尬。好在没一会儿，女子站起身，对着手机屏幕，擦了擦眼泪，理了理头发，然后努力地挤出一丝笑，大步地走上楼去。

第二天一早，我竟然在楼道里遇见那名女子，她正和身边的同伴说话，满脸的笑容，与昨晚那个柔弱感伤的女子判若两人。

女子脸上的笑容突然间触动了我的心。我不知道昨晚她为何哭泣，但她一定不愿意让别人看到她的眼泪，或许是无人可以依靠，或许她需要在人前故作坚强，于是那个路灯的拐角处就成了她最后的港湾，这片小小的空间可以尽数收留她的眼泪。

朋友媛媛说，她每天最喜欢的时刻就是晚上洗澡的时候。关上浴室的门，老公和孩子都被隔离在外，整个世界就只剩下她一个人。她可以躺在浴缸里听着音乐想着心事，也可以什么都不想，彻底放空自己。

她说有一次工作上遇到了一些问题，她不想让家人知道，因为他们帮不上忙还会跟着担心一场。可那段时间她压力大到整晚整晚地失眠，怕家人看出异样，她一直辛苦地掩饰、伪装。直到那天她进入浴室，再也忍不住流出眼泪，借着淋浴水流的声音，她肆无忌惮地哭着。不用担心别人笑话，不用害怕家人忧心，哭完后，她感觉自己一下子轻松了很多。

前段时间，网上的一个中年男子坐在路边一边吃饼一边崩溃大哭的图片可能触动了很多人。看起来，他似乎是一个民工，也许在他的老家，老母亲生病急着用钱治疗，孩子上学需要学费，一家人吃喝拉撒需要开销，而他的工资却一直被拖欠着。他着急却又无奈，他省吃俭用却依然无能为力，于是再也忍不住痛哭起来，马路边的那个小角落收留了他心酸的眼泪。现在有越来越多的人，下班开车到楼下时，总会在车里发一会儿呆，或者默默地抽一支烟。也许，在那样的时刻，在车里有限的空间内，他可以抛开所有的社会角色，只是他自己，也可以放松地只做自己。

其实，我相信很多人都曾有过这样的时刻，工作的压力让我们喘不过气，生活的艰难让我们无处遁形。于是，在某些忍不住的时刻，我们需要一个小小的只有自己的角落，把所有的负面情绪通过眼泪释放出来，然后鼓足勇气，面对新的生活。这可能也是这样一个角落存在的意义。

你的自由在哪个层次

朋友在群里发了一张图片，竟一下引起了所有人热烈的讨论。图片是金字塔状的所谓“中国人财务自由的九个阶段”，从低到高依次是菜场自由、饭店自由、旅游自由、汽车自由、学校自由、工作自由、看病自由、房子自由、国籍自由。

大家纷纷对号入座，看自己到了哪个层次。花钱一向大手大脚的华子说自己勉强可以达到“旅游自由”，但代价是常常入不敷出。连朋友圈里有名的“富二代”说自己顶多只达到了“汽车自由”，当然，太高端的汽车品牌也是不敢考虑的。而我们一众普通人则连连感叹，连第一阶段的自由都达不到，去菜场买个菜还得货比三家、讨价还价。再看看其他几个阶段，顿觉悲催不已，简直觉得人生无望了呢！

这时，有人问一直没发言的文轩到了哪个层次？文轩开口道：“我达到的层次这上面都没有。”嚯！这口气太大了吧？文轩的情况我们都了解，生活在最普通的家庭里，虽不至穷困潦倒，但也绝非大富大贵之人，怎么可能超出图片上所有的层次呢？面对大家的不解，文轩发了一个大笑的表情说：“我想大家可能误会了。我所说的不是图片上这些物质的层次，而是心灵上的层次。最重要的是，我很享受。”

文轩说，他和妻子都是普通职员，收入很有限，要还房贷，还要养孩子，日子过得自然不宽裕。他们也会在菜场上讨价还价，也会遇到很多生活里的小麻烦，也会因一些琐碎的小事争吵，但他们从来不曾觉得人生无望。

除了偶尔和各自的朋友聚聚，每天晚上，文轩一家人都会聚在一起说说话，他和妻子讲述各自工作里的趣事，也有压力和烦恼，孩子讲自己在学校里发生的事情。在每天的倾诉和倾听中，他们都获得了一份温暖、依靠，以及心灵上的宁静。周末的时候，他们还会一起出游，当然因为条件有限，他们的选择很少，有时去公园散散步，有时去郊外走走，有时则干脆去图书馆看书，去哪里并不重要，去干什么也不重要，重要的是那份陪伴的感觉。

“我最喜欢的歌手许巍在歌里这样唱，生活不只眼前的苟且，还有诗和远方的田野。其实，诗和远方就是我们内心的一片净土。是的，我也觉得必要的物质基础很重要，但仅有物质是远远不够的，哪怕物质达到最高的层次。我们应该有更好的精神追求，来缓解俗世中的不快。我觉得这种心灵的自由必不可少，而且层次更高。”看到文轩打出的这段话，众人都沉默了，似乎每个人都觉得自己也需要达到心灵自由的层次，来抵抗生活中的诸多压力和疲惫，获得难得的欢愉和宁静，从而学会好好享受生活。

被辜负的“父母心”

又到一年开学季，这两天几乎每个学校门口都停满了送孩子来报到的车辆。学校里自然是很多人，不过放眼望去，大部分都是陪送的家长，甚至比学生还要多。

因为刚开学，学生们需要带的东西很多，被褥、衣物、生活用品，吃的、用的，大包小包，简直像搬家一样。尤其是初入学的新生，携带的物品更多。也因此，每个学生都至少有一位家长“护送”，有的甚至全家出动，每个人都拿着行李，人手少的则要手提肩扛。有一位父亲更加夸张，除了两肩扛着两个大包外，怀里还抱着脸盆、碗筷等用品。

看着看着，我突然发现了一个现象：拿行李的都是家长，而学生们却两手空空，那个恨不得长出三头六臂的父亲身边的孩子，也只在胸前背着一个小包。同行的朋友笑着感慨：真是可怜天下父母心啊！我也跟着点了点头，确实，父母对孩子的爱永远都不嫌多。但是，我却一点都感动不起来。——如果说这些都是幼儿园的小朋友或者小学生也就算了，可他们都是十五六岁的中学生了呀！一个身高快要赶上父母的大孩子，难道连一件行李都提不动吗？

答案显然是否定的，他们完全有能力做。那么是什么原因让他们心安理得地看父母扛着所有的行李，而自己却甩手不管呢？因为他们从来没有想过要去提，甚至觉得那本来就是父母应该做的事情。有的父母可能会说，我们愿意为孩子扛行李。可是我想问，我们要为孩子扛到什么时候呢？我们总有扛不动的那一天。更重要的是，等到那时候，孩子会不会因习惯成自然，对我们的无能为力而恼怒甚至迁怒于我们呢？

儿子自从上幼儿园开始，我就没有帮他提过书包，那是他自己能做到的事情，我为什么要越俎代庖呢？包括生活里其他的事情，只要是在他能力范围内的，我都会让他自己做。因为我知道，对孩子的呵护和历练都是爱，两者缺一不可。

是的，疼爱孩子是每一个为人父母者的本能，我们心甘情愿地为孩子做任何事情，如果有必要甚至可以付出一切。但是，这并不意味父母要一直盲目地付出，更不意味孩子可以一直理所当然地享受这一切。这样只会让孩子失去感恩之心以及成长中本应获得的能力。如此，珍贵的“父母心”便失去了意义，硬生生地被父母和孩子联手辜负了。

孩子不会永远待在父母的庇佑之下，他们迟早要奔向更广阔的远方。而在此之前，让孩子具备搏击风浪的能力是父母的义务和责任。那么，为了实现这一切，就从放手让孩子扛起一件行李开始吧！

别对生活不公平

前几天下班时,朋友约我去吃饭,说折磨了她半个多月的一项工作终于完工了,而且在今天的收尾阶段进展得格外顺利,简直像开了挂一样,所以一定要庆贺一下。

朋友最爱吃麻辣小龙虾,于是我们直奔常吃的那家店而去。但到了那里才发现,老板因回老家暂停营业了。无奈之下,我们只好去了相近的其他店,小龙虾上桌后,朋友却显得意兴阑珊,她拿起一只小龙虾闷闷不乐地说:"这味道简直差太远了!"整顿饭吃下来,我们似乎都感觉不太尽兴。回去时,朋友还叹了口气说:"今天真是扫兴的一天。"

因为项目提前完工,公司临时放了一天假,好不容易偷得一日闲,大家决定出去郊游。刚好这天风轻气朗,虽然太阳很好,但初秋的凉风吹着,一点都没感觉燥热,简直就是出游的好天气。车行在路上,每到路口都是绿灯,大家的心情也格外爽,一路欢声笑语。

到了目的地,同事们有的戏水、钓鱼,有的对着美景拍照,有的钻进树丛摘野果子,有的干脆舒服地躺在草地上看天上流云。玩累了,大家坐在一起,吃着带来的美食,轻松地聊着天。美中不足的是,到了下午的时候，天色突变，接着下起了大雨，大家躲闪不及，都淋成了落汤鸡。

坐在车上，小媛一边擦着头发，一边打着冷战抱怨：“今天真倒霉呀！”“可是刚才你还在说今天是快乐的一天呀！”李姐笑着说，“从早上出来到现在，我们经历的都是美好的事情，只有淋雨这一件不算顺心的事情。可是因为这一件事我们就否定了这一天的快乐，是不是有点不公平呀！”对呀！李姐云淡风轻的几句话让众人都恍然大悟般地连连点头，情不自禁地露出了笑容。

你看，只要有一件不好的事情发生，我们就觉得这一天是糟糕的。然而，至少需要有一系列的好事情才能让我们觉得这一天是美好的。——我们对待生活的态度是不是太不公平了？好事情总想要更多，还不一定会满足，而偶尔发生一件坏事情就怨声连连，觉得生活亏待了自己，甚至抹灭了之前所有的快乐。对于生活，我们简直就是一个暴君呢！

所以，当我们抱怨生活对我们不公平时，有没有想过，也许是我们对生活不公平呢？如果我们可以调整心态，对生活多一点宽容、多一点感恩，我相信，生活也会赐予我们更多的快乐和满足。

给生活换一种打开方式

闲来无事，看了一段相声。一人抱怨生意难做，商品卖不动。另一人说那是你吆喝的方式不对，换一种打开方式保准好使。接着，这个人便用迈克尔·杰克逊的一首歌的曲调改编了吆喝声。还别说，同样意思的吆喝用这种方式表现出来效果确实不错，轻松有趣，让人忍俊不禁。如果现实生活里真听到这样的吆喝声，我一定会被吸引去并且照顾一下老板的生意的。

因为本来就有腰疼的毛病，前段时间又不小心闪了腰，旧病加上新伤，结果一下子躺在床上起不来了。医生说需要慢慢休养，少则也要一个月。于是，我的日常活动就只剩下了吃饭和睡觉。躺了三天我就受不了了，躺着实在太无聊，尤其是看到朋友圈里大家都在各处游玩，可自己却连房门都出不了，心里像猫抓一样着急难受，觉得每一分每一秒都那么难熬。再加上疼痛和无法确定准确的康复日期，简直是想死的心都有了。

那天，朋友来看我，我正躺在床上愁眉苦脸地唉声叹气。听了我的抱怨，朋友连连摇头："你这是有福不会享呀！"有福？我都开始怀疑自己的耳朵了，这算什么福呀，简直倒霉透了。朋友竟哈哈大笑起来："这大热的天，你却不用上班，也不用外出。每天舒舒服服地躺在床上，吹着空调，玩着手机，再吃几块冰西瓜，这是多少人向往的日子呀！"

可是，我是被动的呀，想出去也去不了。朋友继续说："对呀，所以我说你不会享福嘛！既然必须躺着养病，你就不要焦虑和急躁，不要把它当成养病，而要当成一个给自己的难得的假期。这样就能保持从容快乐的心态，静下心来看看电影、看看书，还可以写点自己喜欢的文字，这段时间是完全属于你的。这是多难得的机会呀！"

朋友的话让我豁然开朗，同样一件事，你对待的方式不同，效果就完全不一样了！以至于后来我得以康复，生活恢复正常，还有点舍不得呢！突然想起诗人拜伦的一个小故事。有一次拜伦看见一位盲人身边挂着的一个牌子写道："自幼失明，沿街乞讨。"可是他面前的盒子里空空如也。于是，拜伦在他的牌子上写了一句话：春天来了，可是我却看不见。过路之人一时间纷纷解囊。

你看，换了一种打开方式，结果是不是就完全不同了呢？其实，我们每个人都是如此，不可能总是顺风顺水。如果你的生活也有一些不顺心、不如意，不要急着抱怨，更不要失望泄气，不妨试着换一种打开方式，也许就会给你带来意想不到的惊喜呢！

愿每一个生命都柔软如初

朋友家有一个小小的院子，喜欢侍弄花草的她把小院打理成了一个小花园，偶尔来这里小坐一会儿，喝喝茶聊聊天，真是一种不错的享受。朋友一边仔细地给花草浇水，一边给我讲解每种花的习性，看着这些娇嫩的花草，心也会不自觉地跟着柔软起来呢！

来猜猜看，这是什么？朋友指着一棵绿植问我。这棵绿植刚刚伸展出几根整齐对应的枝条，每根枝条上的线形小叶一个个向内卷起，像羽翼未丰的羽毛。我忍不住轻轻触摸了一下，稚嫩而柔软，但我对花草知之甚少，和脑海中仅有的印象都对不上。这是铁树，想不到吧？朋友说出了答案。

铁树？我吃惊地瞪大了眼睛。我所了解的铁树完全不是这样的啊！它们坚硬、锐利，一点都不像眼前这个软软的如蜷缩着身体的婴儿一般的植物呀。朋友笑了，出神地望着眼前的铁树，良久，幽幽地说："哪个生命的最初不是这般柔软呢？只是，随着慢慢地长大，它要历经雪雨风霜，它要抗击严寒酷暑，只有让自己坚硬起来，才能够更好地保护自己。"

我知道，朋友这半辈子过得一直不太顺利，十来岁时父母离异并分别组成了家庭，她便成了一个多余的孩子，从小学会了看人脸色。好在学习成绩不错，原本以为可以考个好大学，却因考场发挥失利落了榜。父母不愿出钱让她复读，她也没再坚持，默默地收拾东西选择去远方打工，逃离了那个让她窒息的家。后来遇到了一个男人，满怀期盼地走进了婚姻，却在几年后因老公的背叛而黯然退场。

这样一个女人该是冷漠、灰暗，充满了抱怨和戾气的吧？不，她完全没有。她的脸上依然带着最纯真的微笑，她对生活依然充满了憧憬和希望，她身上那种积极向上的力量甚至还感染了身边无数个朋友。

“如果不是历尽沧桑，谁愿意将皱纹刻在脸上？如果不是饱受磨难，谁愿意草木皆兵？如果不是遭受过太多的打击和失败，谁愿意丧失对生活的希望？所以，我特别理解有些人的坚硬和戒备，甚至觉得这是人之常情，并没有什么不对。只是，我更愿意让自己有另外一种选择，我希望自己能一直保持生命最初的柔软，就像从未遭受过任何伤害。这样我会更轻松、更快乐。”朋友笑着说，脸上的表情淡然、恬静，如未经世事的少年。

前段时间网上流行着这么一句话：愿你出走半生，归来仍是少年。这是一个多么美的愿景啊！不管我们在俗世中经过多少世事，依然能在亲友们的呵护下，保留着少年般的赤子之心，参悟了人生真意，但未随岁月变老，依然柔软、温润，永远充满好奇和希望。——愿每一个生命都柔软如初，愿每一个人都永葆纯真。

一起吃路边摊的朋友

在食欲不佳的炎热夏季里，最让人精神为之一振的莫过于晚上去街边的烧烤摊上撸串了。叫上三五个朋友，往街边的小马扎上一坐，点几个开胃小凉菜，水煮“花毛”（花生、毛豆）必不可少，肉串、鸡翅、大腰子各来几串，最后再来一筐冰啤，完美！

有人说，能一起去路边摊吃东西的人，必定是亲密无间至少是互相熟悉的老朋友。确实，有谁见过初次约会的男女在路边摊吃东西呢？也没有人会在路边摊谈工作。他们大多会选择带点冷感的高级餐厅，身着得体的服装，脸上带着礼貌的微笑，有一搭没一搭地谈话。只有关系进展到一定程度，才会无所顾忌地跑到路边摊上来。从这个角度来说，能否一起去路边摊吃东西，也是验证朋友关系的一个标尺。

去路边摊就简单随意多了。自然不必“锦衣华服”，甚至不用“衣冠楚楚”，穿着松垮的睡衣，脚上趿拉着拖鞋，完全不必担心朋友笑你——他自己还穿着大裤衩呢！都说女性朋友出门前要花很多时间，但如果是去路边摊吃饭，就不存在这个问题了，随便套一件衣服，凉快舒适就好，妆是不必化了，即使化了妆一烟熏火燎之后，也变成花脸猫了。

在路边摊吃饭的人们一般没什么正事，就是无聊打发时间，或者单纯就是嘴馋了，想和贴心老友一起大口吃肉，顺便轻松地聊一聊。不过，聊着聊着，就可能激动起来，或大骂某个“周扒皮”领导，或抱怨某个“不通人情”的同事。放心，声音再大也不会有人侧目。路边摊本来就是个热闹的地方，一桌桌或猜拳，或大笑，或畅饮，看似互相交融，却又完全独立，每一桌就是一个小江湖，没有人会去注意别人的事情。

刚开始实习那段时间，我几乎每天都会和几个同学到单位不远处的一个路边小摊吃饭。只是往椅子上一坐，就有一种无比放松的感觉，不用再顾忌什么形象，也不用再想业务考核，专心地对付面前的美食就行了。老板娘是一个身材高大、动作麻利的中年妇女，她最拿手的主食是担担面，色泽红亮、鲜而不腻，简直让人百吃不厌。有次晚上加班，从单位出来时已经快12点了。当我走到摊位前时，老板娘端出一碗刚做好的担担面说：“特意给你留的，快吃吧，吃完我就收摊了。”我想说些什么，可最终什么也没说，只是低头把面吃得干干净净，心和胃一下子都填得满满的。

现在，我还是很喜欢和朋友一起去路边摊吃东西。每当我们围着不太干净的桌子，举着啤酒就着烤串，吃得大快朵颐时，我就会发自内心地觉得，拥有几个能一起吃路边摊的朋友，真是人生之幸事。

摔倒时的那双手

上午伸手取高处的东西时，突然感觉腰部一阵刺痛，接着活动竟然也不能自如了。想着大概是扭了腰，就乖乖地在床上躺了一上午，但是疼痛一点也没减轻，在床上坐起来都疼得我龇牙咧嘴。无奈之下，只好让老公陪着我先去诊所看看到底是什么情况。

去诊所的路上，腰部持续传来的刺痛让我如坐针毡，到了诊所，刚和医生讲明了情况，我突然感觉脑子一阵眩晕，同时眼前一片模糊。在即将失去意识的那一刻，我隐约觉得有一双手稳稳地托住了我的后腰，虽然随即我就失去意识，晕了过去，但最后出现在我心里的没有惊恐，而是一种强大的安稳和依靠。

可能过了几秒钟，我在一声声焦急的呼唤中醒来，第一眼入目的就是老公那张关切的脸。医生说，因为之前我的腰椎就有问题，再加上这次扭伤，所以痛感会比较强，也导致刚才的疼痛性休克。不过问题不是太大，只需要卧床静养十来天，就能慢慢恢复。“幸好晕倒时没摔倒在地，否则造成二次伤害可就麻烦了。”医生颇为庆幸地告诉我。

我笑了笑，望向身边的老公，问：“你怎么知道我要晕倒？那么及时地伸手扶住了我。”“其实我也不知道，只是觉得你很难受，我的双手就一直拢在你身后，然后看到你微微向后一仰，就下意识地揽住了你。”我以为老公要说出什么“心有灵犀”之类的话，没想到是这么一句听起来朴实却让人异常踏实和温暖的一句话。

是的，谁能预知到不期而遇的危险呢？但难得的是在知道危险来临的那一刻，在你即将摔倒的那一瞬间，有人能够及时地伸出一双有力的大手，让你避免也许下一秒就会到来的伤害。

高考落榜的那一年，不服输的我一心想要做出点成绩向大家证明我的实力。刚好一个久未联系的小学同学打电话要我去他所在的城市“创业”，于是我不顾家人劝阻，带着跟父母要来的钱，义无反顾地直奔他而去。到了那里我才发现，同学口中说得天花乱坠的事业竟是传销。可那时我已经被限制了自由，想走也走不了了。不过，就在我着急绝望之时，警察及时赶来解救了我们，这个传销窝点也一并被捣毁了。直到看到满脸关切的父亲，我才解开了所有的疑惑，原来父亲不放心我却又苦劝不下，只好悄悄地跟着我，然后在我遇到困境的时候，及时出手帮助了我。

其实，仔细想想，我们每个人的一生中都不可避免地会遇到一些不可预知的“摔倒”。幸运的是，每次摔倒时总会有爱我们的人用他们有力的双手紧紧地抱着我们，给我们鼓励和安慰、关怀和温暖，陪我们一起度过生命中的一段段旅程。

生活里的“小迷信”

室友娟子失业半年后终于又找到了一份新工作，这份工作并不是娟子之前擅长的领域，但好在待遇好而且很有发展前景，所以娟子决定努力搏一次。

正式上班的前一天晚上，本来坐在沙发上看电视，娟子却突然起身开始翻箱倒柜地找东西。找了半天寻而不得，娟子转头问我：“记不记得我有一双系鞋带的黑色高跟鞋？知道放哪儿了吗？”和娟子在一起合租快两年了，印象中她确实有那么一双皮鞋，我还嘲笑那是“大妈皮鞋”，不过娟子似乎没怎么穿过。最后，我们终于在床底下的一个鞋盒里找到了。

“急着找这双鞋干啥？不会是明天打算穿这双鞋子去上班吧？”我半打趣半询问道。“对呀，明天我一定要穿这双鞋。”娟子毫不犹豫地回答。我吃惊起来，这鞋子样式有点土，而且现在穿未免太热……娟子笑了：“你不懂，它是我的幸运鞋。”

娟子说，这双鞋是她考上大学时小姨买给她的，当时花了小姨半个月的工资呢！穿着这双鞋娟子去了大学报到，其他新生还在家人的陪伴下茫然无措时，娟子已经独自顺利地完成了报名程序，并铺好床铺，躺在宿舍里休息了。娟子觉得，这一切都是小姨送她的这双鞋子带来的好运。此后，娟子就把这双鞋子收了起来，每次要去做重要的事情时才会穿上，而只要穿着这双鞋，事情总会很顺利。包括参加毕业答辩、第一次去面试工作，甚至还有和初恋男友的相遇。

“亏你还是‘90后’呢，没想到这么迷信。”听了娟子的讲述，我忍不住笑了起来。娟子跟着笑了，却又摆摆手说：“其实我也觉得有点可笑，但还是忍不住这样做。因为在我心里，这已经成为一种仪式，也算一种对自己的心理暗示，穿上这双鞋子后，我会莫名生出几分自信和动力，如此一来，事情真的更容易成功了。”

听娟子这么一说，我突然想起了我的母亲。母亲虽然读过不少书，但生活在北方乡下的她却很信奉民间流传的一些迷信说法。比如，“七不出门，八不回家，九走才潇洒”“出门饺子回家面”“不要与佛像合影”，等等。

上大学时，每次放假回家或者返校，母亲都会让我们避开农历上带七和八的日子，认为那不吉利，最好在带九的日子出发，然后出发前一定要包饺子给我们吃，“饺子”“交子”，寓意能交到好朋友，而且一切顺利。回到家来，自然要煮上一碗面，说是吃了能把所有不顺心都留在外面。

有一次我准备到外地工作，都和朋友约好了出发的时间，母亲却因当天是初八而阻拦着不让我走。我急了，就对母亲嚷嚷，说她太迷信。母亲叹了口气，无奈地说：“我何尝不知道这种说法当不得真，可你们出门在外，我又够不着，甚至都不知道你们过得是好是坏，只能通过这些让心里得到一些安慰，总归没什么坏处吧。”看着母亲脸上的心酸和无奈，那一刻，我突然理解了母亲所有迷信的行为。

其实，在我们的生活里，很多人都有如娟子母亲一般的属于自己的一些“小迷信”。我们当然知道事情的顺利并不能靠这些，但这些“小迷信”就像一服没有什么坏处的安慰剂，看起来有点傻，却让人莫名感动。它是每个人给自己力量的特别的方式，在某些重要的时刻，它能给我们带来自信和安慰，让我们有更充足的动力走下去，有更大的力量去爱和被爱。

有希望地活着

闲暇时,我和朋友在网上看了一部伊朗电影《小鞋子》。影片讲述的是一对兄妹和一双小鞋子的故事,哥哥阿里帮妹妹取回修补好的鞋子时,不慎将这双妹妹仅有的鞋子弄丢,为了免除父母的惩罚,也为了不再增添本就困顿不堪的父母的忧虑,哥哥央求妹妹达成了一个协议:妹妹上学时穿他的鞋子,然后放学后再换给他去上学。就这样兄妹两人合穿一双鞋子,忍受着各种不便,以及对找回鞋子和拥有一双新鞋子的向往,经历了很多次也许是徒劳的努力,不过,最后终于得到了父亲为他们兄妹买的新鞋子。

"阿里以后一定会出人头地的,他和妹妹一定会幸福的。"看完电影,我感慨地说。"是的,他们会幸福的。"朋友点点头,又摇了摇头,"可是,这和出人头地有什么关系呢?而且,为什么非要出人头地呢?难道出人头地是衡量一个人幸福与否的唯一标准吗?"

阿里和妹妹之间有着深厚的亲情,他一直如小大人般心疼、关爱着妹妹,在学校用好成绩获得了一支新铅笔,自己不舍得用而是给了妹妹。在得知参加全市长跑比赛,冠军可以赢得一双鞋子时,阿里努力地去争取，虽然最终并没有如愿。阿里一直在寻找妹妹丢失的鞋子，终于找到鞋子的去向，可是，当他们看到那家人的生活更为窘迫和艰难后，善良的他们默默地放弃了要回鞋子的打算。为了增加收入，阿里还试图和父亲到城里打工挣钱。虽然生活贫穷，但他们却拥有最难得的单纯、天真、善良、快乐以及对美好生活的向往和努力。

“能够出人头地当然好，但是，我不希望这成为衡量阿里幸福的标准，更不希望阿里以此当作自己的目标。只要保持着那份善良和希望，生活就会充满劲头和快乐，而这不正是生活的意义吗？”朋友平静地笑了笑，接着说，“为什么影片最后没有展现阿里兄妹看到新鞋子的情景呢？也许导演就是想告诉我们，阿里就是一辈子这样生活下去，也会是一个最快乐的人，因为有希望地活着，才最重要。”

思索片刻，我不禁连连点头。其实，我们身边有很多人，都把世俗的成功作为衡量幸福的标准。可是，当我们的人生一旦被这种标准所绑架、所胁迫，就会失去原本单纯的快乐，生活会变成一潭死水。而如果我们最终又没有达成预想中的成功，也许会感觉失去了生活全部的意义。

所以，为什么要给自己强加一个所谓的“出人头地”的结果呢？有爱、有希望，并快乐而努力地生活着，这就够了。

何必匆匆看海棠

因为治疗腰痛，我做了一个小手术。术后第二天，感觉头痛欲裂，躺着时症状会缓解，一站起来就头疼不止。医生说，这是腰麻时造成了脑脊液漏，引发了颅内低压头痛，除了要输液治疗之外，还要卧床静养至少半个月。

我只好乖乖地躺到了床上，除了躺着，也做不了其他任何事情——即使坐起来喝一口水，头都会爆炸似的疼。无聊地躺在床上，一眼瞥到了在微风吹动下轻轻摆动的长满了嫩绿叶子的柳条！是的，春天来了！此刻，窗外叽喳的鸟鸣越发热闹，远处孩子们的欢笑嬉闹也声声入耳，看着眼前的花红柳绿，想象着大自然中随着春风勃发的迎春花、樱花、桃花、杏花……我突然莫名地烦躁起来，如此待在屋里，真是辜负了大好春光！等到我能起床去赏花的时候，恐怕早已经花事荼蘼了。

护士来换药的时候，我不停地追问"我还要再躺几天"；医生来查房的时候，我急切地要求"能不能早点出院"；亲友们来看望我的时候，我忍不住抱怨"春光这么好，我却要闷在屋子里"……我是那么想要出去赏花，融入大好的春光中，这样想着想着，我的头却越发疼了，头越疼我越烦躁，简直一刻也不想待在病床上了。

“不知道什么时候才能痊愈，如果再待下去，连海棠花恐怕都要谢了。”我焦躁不安地嘟囔。“干吗非要急着去看海棠呢？”刚刚走进病房的李姐朗声笑着说，“放心吧，好好养病。海棠花谢了，还有樱花、桃花、玉兰、杜鹃、牡丹，等等，好看的花多着呢！”

李姐在床边坐下，握住我的手轻轻说：“听话，别急，越急越慢。不急了，反而一样东西都不会错过。”李姐告诉我，她年轻的时候争强好胜，特别心急，还在大学读书时，就赶趟儿似的报考了各种资格考试，生怕落下哪一样。可是，也许因为报得太多无法兼顾，也许是赶得太急太过疲累，李姐最终有很多没有坚持下来。后来，李姐便决定改变，沉心静气地好好调整一番。在此期间，仍有很多同学在拼命报各种考试，但李姐却不再羡慕，只是心平气和地做自己手头的事情。

“你看现在，除了工作需要的资格考试之外，我还拿下了自己喜欢的导游、律师等资格证，一样都没落下吧。”李姐柔声对我说，笑容里充满了自信。

听了李姐的开导，我终于不再急躁，沉下心来躺在床上静养——这是多么难得的可以心安理得休息的机会呀！也是给自己一个暂停键，可以好好规划、调整自己的一个机会。也许是心情平静了下来，我恢复得很快，十天后，就康复出院了。

出院后，我信步来到郊外，各种鲜花竞相开放，各类植株肆意勃发，此时春意正浓。——躺了半个多月，以为差点错过了整个春天，其实，美好竟都不曾错失。突然想起了那天李姐临走时，对我说的一句话：别有艳丽好时光，何必匆匆看海棠？

两个孩子的游戏

看到他又一次把碗打翻，饭撒了一地，甚至头发上、衣服上都沾满了饭粒时，压抑许久的担忧、疲惫和烦躁终于爆发出来，她忍不住朝他嚷嚷起来：“你到底怎么了？认不出我就算了，怎么连饭也不会吃了呢？”面对突如其来的大吼，他吓得一哆嗦，脸上露出了惊恐的表情，像个犯错的孩子那样，不知所措地低头不停地捏着衣角。

她出生的时候，母亲因为难产去世了，她甚至没有来得及看母亲一眼。从小，就是父亲把她拉扯大的，这个高大魁梧的男人刚刚将一个粉粉的小肉团举在胸前时，完全不知道该如何去照顾。但仅仅几天过后，原先稍微用力一抱就会箍得她哭起来的父亲就能够娴熟地照顾她的吃喝拉撒了。听着她的哭声就能判断出她想干什么，如果饿了，冲得温度刚刚好的奶粉会马上喂到嘴边；换尿布的时候，父亲能在半分钟的时间内，把脏尿布抽出来，同时把干爽的尿布换进去，快得她都来不及哭闹。

懂事后，她也曾哭着问父亲“妈妈去哪儿了”，只有在这个时候，父亲总是充满笑容的脸上才会闪过一丝阴郁。后来，父亲带回来了一个年轻漂亮的阿姨，笑着告诉她这就是妈妈。可是，她觉得眼前的这个阿姨很陌生，和她想象中的妈妈完全不一样，尤其是父亲不在身边时，阿姨看她时冷漠的眼神，让她很害怕。整整一天，她都没有说一句话，也不肯吃一口饭，最后，父亲无奈地叹了口气，而此后，再没有带任何女人回来过。

虽然没有妈妈，但她看起来和任何有妈妈的孩子一模一样。每天上学时，她都穿着干净整洁的衣裙，梳着漂亮的辫子，甚至让班里的很多女生都羡慕不已——自己的妈妈都不会梳如此漂亮的辫子。在同学们羡慕的眼神中，她自豪地笑着，不过只有她知道，为了练习编辫子，笨手笨脚的父亲跟着电视学了多少遍，才练成了如今灵巧的双手。她喜欢吃面食，父亲就隔三岔五地给她改善伙食，手擀面、包子、饺子、油条、炸丸子……这些在女人眼里都有一定难度的技能，父亲却都能手到擒来。

在父亲的照顾下，她一天天地长大，上学、工作，并且结婚生子。她早就计划好了，等父亲退休后，每个月都要陪着父亲去外面旅游，让父亲好好地放松一下。可是，她的计划才刚刚开始，父亲却突然变得迷糊起来，先是健忘、丢三落四，后来竟然傻呵呵地问她“你是谁”，而现在却连饭都不会吃了，一顿饭的工夫已经打翻了三次碗。

“你是谁？”

“我是轩轩，你是谁呀？”

“我是小妮呀！”

“我们比赛吃饭好吗？看谁吃得多。”

“好呀，好呀。”

两岁半的儿子立刻搬了一把椅子，和父亲并排坐好，等着她来喂饭。听到父亲说出自己的乳名时，她的眼泪忍不住奔涌而出，父亲什么都不记得了，甚至不知道眼前站着的人就是他最疼爱的女儿，但他仍记得她的名字，也许这个名字早就刻进了他的心底，一直与他血脉相连。

她擦了一把眼泪，转身回厨房盛了两碗炖好的鲫鱼豆腐汤，在父亲和儿子面前坐下来，舀一勺汤，小心翼翼地吹凉，喂儿子一口，再喂父亲一口，然后故意瞪大眼睛说："刚才谁把我的饭偷吃了？"看着他俩开心而且得意的笑容，她想，以后可能要多来几次两个孩子的游戏了。

·外俗内雅真市场

离家不远的广场上，有一个大集市。每逢周六周日，各路摊贩们都会聚到此，形成一个庞杂的自由市场，称之为“星期天市场”。

用“庞杂”二字形容确实再合适不过，1000多平方米的广场布满了摊位，以广场为中心向四周辐射二三百米的范围内，也都散落着各类小摊位。说到种类，真可谓包罗万象。有锅碗瓢盆、衣服鞋帽等生活用品，有各类时令蔬菜、面粉粮油，有花鸟鱼虫，有二手书摊，有玛瑙玉器、老木珠子等文玩，还有会聚了各类猫狗的宠物市场。当然，臭豆腐、煎饼果子、炒凉粉等小吃也充斥其间，为本就混合了汗味、鱼腥味、花草香味、动物粪便味等各种味道的空气中再增添一份气味。

起初，对于“星期天市场”我是不屑一顾的：太俗！挤挤挨挨的露天市场，尘土飞扬，人声嘈杂，面对面说句话都要大声吼，能有什么好的购物体验？况且摊位上的大多数物品都粗制滥造，在那种鱼龙混杂的地方恐怕很难淘得到好东西。

第一次去“星期天市场”是被朋友硬拉着去的。路上，我极不情愿地嘟囔：“想买啥直接去超市不就行了？环境优雅、干净卫生，还省时省力！”朋友笑笑说，没打算买什么，但也不一定不买。这叫什么话？难道闲着没事散心去了？“别说，还真算是散心呢！”朋友露出了意味深长的笑容。

未到市场，就感受到了浓浓的烟火气。开车的、骑电瓶车的，或者和我们一样步行而来的人们，四面八方地朝市场聚拢过来。其间，还有拉着货物急匆匆赶去摆摊的摊贩们。人来车往，一片繁忙的景象。

路边，几个大爷大妈正围着一个卖花的摊位。一个大爷把一盆吊兰左右翻腾，自语道：“这边叶子发黄了，怕不好养活。”随即搬起另外一盆看了半天，不知何因也未能如意。如此，一盆盆接着看过去，细细地查看着、比较着，像花草专家一样充满了兴趣和耐心。一旁的摊贩看大爷实在纠结，笑着来一句：“老爷子，吊兰最好养活，只要有水，想让它死都死不了。”大爷却并不理会，依然认真地挑选着，摊贩便也不再言语，往椅子上一靠，又眯起眼睛晒起了太阳。

继续往前走，就是卖各类衣服鞋帽的地方。这里的衣服样式老旧、质量自然也不敢恭维，但价格实在“亲民”得很，一般都是几十块钱，十几块钱的也有，甚至还有几块钱的。因为便宜，也不乏顾客，不过也正因为太便宜，很多人都没真心买。有人抓起一件衣服，问了价格，再习惯性地问能不能再便宜一点。不过最终还是放下衣服离开，小贩似乎早已习以为常，麻利地整理着翻乱的衣服。

“电影版的结尾更温暖更让人心生希望。”“我不太喜欢，感觉缺少了小说里的那种沉重和深刻，其实，在这场人与命运的抗争中，没有最后的赢家……”路过旧书摊时，看到相邻两个书摊的摊主在讨论着什么。我瞟了一眼，看见摊主手里拿的是余华的小说《活着》。我充满兴趣地在旧书摊前蹲下来，翻拣着满地的书，大多是一些过期的流行杂志，当然也不乏文学性极强的书籍。等我起身离开时，两个小摊贩仍在津津有味地谈论着，一脸的认真和陶醉。

“这手串太贵了，50元行吗？”我拿起一串标价500元的木头珠子手串讨价还价。没等摊主回答，朋友一把把我拉到一旁，小声说：“那是太行山的崖柏手串，少说也值三四百，你出50元连工钱都不够！”我一脸歉意地看了一眼摊主，摊主大笑着摆摆手：“买卖不成仁义在，您再去别处转转吧！”我的尴尬也在爽朗的笑声中烟消云散。

就这么漫无目的地四处逛着、看着，虽然什么都没买，但却感觉收获了很多。临近中午，朋友笑着问：“一起吃点东西？”我摸着早已饥肠辘辘的肚子，一边点头，一边迫不及待地捧起一份臭豆腐，咬一口下去，边吐气边含混不清地说：“辣椒好辣，香！”

“下周再来！”还没等走出“星期天市场”，我已经对朋友发起了邀约。如此外俗内雅的烟火之地，乃真市场也！

越免费越无价

一大早，好友就拉我到公园，让我帮她拍照。她一边摆动作一边指挥我找拍照的角度。不就是穿了一条新裙子吗？至于这么兴奋吗？好友忙着挑选手机里拍好的照片，头也不抬地回答："不是，我是用来发买家秀的。"

一大早喊我出来拍照，就为了发个买家秀？难道卖家是她的好友？或者卖家承诺给一笔好评返现？要知道，好友一向对拍照不感兴趣，更别提发买家秀的照片了。"我不认识卖家，也没返现。"好友回答。我更难以理解了，既不是认识的卖家，而且一分钱报酬都没有，白忙活这么大半天图啥？"还真不图啥。"好友笑了笑说："这是一家刚开业的小店，为了招揽人气，他们做了一次优惠活动，几乎是没有利润的。收到裙子后，我相当意外，没想到这么便宜就能买到这么好的东西。所以我要证明一下，这裙子确实是物美价廉。"

"如果是因为好评返现，我一定不会做的。正因为是自觉免费的行为，我才觉得很值得，有一种做好事的快感。"好友在说这些话的时候，带着满满的开心和满足。

前几天，哥哥突然在微信刷起屏来，打开朋友圈，一条接一条全是哥哥发的动态。仔细一看，是转发一个叫王联的男子的求助。王联刚刚1岁的儿子突然患了特发性血小板减少症，从乡里的医院转到县里的医院又转到省城医院，短短几天的治疗，高额的医药费就花光了他们所有的积蓄，万般无奈之下，只好向社会发起了求助。很多网友都积极地转发、捐助。而哥哥在朋友圈里转发过后，很多朋友都献出了自己的爱心，让他代为转交给王联。哥哥便把网友的捐款和转交给王联的截图发到朋友圈里，让朋友们放心。

看着哥哥不厌其烦地发着一张张捐款截图，我忍不住问："那是你的朋友吗？你们的关系是不是很好？"言下之意很明显，如果不是好朋友何至于如此费心尽力呢？"王联是我很早以前的一个同事，并不是太熟。"哥哥回答，"但我知道他所说的情况绝对属实，所以我要替他证实、帮他求助，我觉得这是不可推卸的责任。"

哥哥认真的样子深深地感染了我，我不由得为之前的想法而赧颜，而当我也献上了一份爱心时，才更真实地感受到那种做好事的充实和快乐。我似乎明白了哥哥所说的责任感和使命感，说矫情一点，这可能就是所谓的情怀。它是免费的，但却更真实、更动人。

在当下的社会，大部分人张口闭口就在谈钱，任何事情似乎都要和利益挂上关系，否则就做不下去。但在我们身边，总有那么一些时刻，总有那么一些人，会让我们忘记利益，单纯地从内心出发，心甘情愿地去付出。最重要的是，在这个过程中，我们带给了别人快乐，也体会到了发自内心的充实。这些珍贵的东西都是免费的，但却是用再多的钱也换不来的，越免费越无价！

所有的乡愁都是馋

刚上大学时，一群第一次远离家门的同学躺在床上睡不着觉。嘴上说是不习惯陌生的环境，其实心里是实实在在地想家了。几番辗转反侧之后，最小的老六叹了口气说："好想吃我们天津的狗不理包子啊！每个包子都是精准的18个褶，皮薄馅儿大，咬一口，油水汪汪，香而不腻，那滋味，真是甭提了！"

老六说完，吸溜了一下嘴，咽了口唾沫。不知道她的馋虫咽下了没有，我们的馋虫可是一个个都被勾了出来。寝室长忍不住说："我们陕西的腊汁肉夹馍才叫好吃，馍是外焦里嫩，肉是鲜香肥嫩，一边吃汤汁一边顺着手指流入掌心，都恨不得想要舔手指呢！"这么一番形象生动的描述，自然引来同学们的"啧啧"之声。接下来，大家都说起了自己家乡的美食，以及母亲最拿手的"私家菜"。说到最后，每个人的肚子都咕咕直叫，最后寝室长一挥手，趁着学校食堂还未关门，带着大家胡吃海喝了一顿。尽管没有吃到家乡的美味，但肚子填饱后，因为思乡而引起的忧郁和低沉倒是减轻了很多，回到寝室，大家很快就安然进入了梦乡。

其实，我是个骨子里不太恋家的人，总是笑言“好男儿志在四方”。所以，工作中，很多同事极力抗拒的出差，在我看来毫无压力，甚至觉得充满了未知的乐趣和挑战。于是，后来当我决定嫁给老公，亲朋好友都持反对意见，列举远嫁千里的种种劣势的时候，我表现得满不在乎：“不就是换个地方生活吗？这对适应能力超强的我来说根本不是问题。”

事实也确是如此，婚后，尽管南北的气候、生活习惯等差别很大，但我没有一点不适应。我还跟朋友们炫耀，说自己就是“打不死的小强”，顽强得不得了。可是，我的得意还是太早了。怀孕后，整个人昏昏沉沉，一点食欲都没有，强迫着吃点东西，也会吐得一干二净。一天早上醒来，我突然很想吃烩面，是的，就是家乡的羊肉烩面。由上等的嫩羊肉和羊骨煲出来的汤白白亮亮，下面时，锅内放原汁肉汤，将面拉成薄条入锅，上桌时外带香菜、辣椒油、糖蒜等小碟。喝一口汤，吃一口筋道的面条，口腔里充斥的全都是浓郁的羊肉香味。

想吃羊肉烩面的欲望越来越强烈，以至于我忘记了身体的不适，脑子里只剩下这一个念头。然后，由羊肉烩面，我发疯般地想起了疼爱我的亲人，想起了曾与我朝夕相伴的朋友，想起了我从小到大生长的那一方天地。想着想着，我不由得泪流满面。此刻，我是那么地想念家乡，恨不得立刻踏上我熟悉的那一片土地。也就是那一刻，我突然明白了所谓的“乡愁”的滋味。

后来，老公跑了很多家餐馆，才帮我买回了并不那么正宗的烩面，缓解了我的相思之情。再后来，从来未下过厨的老公，竟然买来了羊肉，照着食谱笨手笨脚地做起了羊肉烩面。第一口烩面入口，我竟恍惚吃到了家乡的味道。

不记得在哪里看到过这么一句话:所有的肥胖都是懒,所有的乡愁都是馋。话虽然有点绝对,但却不无道理。无论何时、无论何地,提到家乡,我们首先想到的一定是家乡的美食。家乡的美食入口,填饱了脾胃,同时填满的还有那颗空虚寂寞的思乡之心。

有些美好无须分享

自从有了微信朋友圈，许多人都开始热衷于分享，把自己对生活细节的热情展现得淋漓尽致。买了一件新衣服，一定要来一张自拍，再认真修图半个小时，美美地发到朋友圈；吃饭时，如果没有咔咔咔地拍几张照片，那这顿饭简直像白吃了一样，哪怕是一盘西红柿炒蛋，也要360度无死角地全方位展示；去听演唱会，必须要一首歌一个小视频，自己嗨怎么行？一定带动朋友圈的好友一起嗨；有些爱子心切的父母，自家孩子拉屉屉也要全程直播……

的确，在最初，这对分享者来说是一种很独特、很新鲜的体验，也会得到大家的关注和点赞。但是如果过度分享，不仅会让亲友们厌烦，还会冲淡自身对事件的感受。到最后，分享只剩下了“分”，而没有了“享”，因为你只是在不断地向人展示，完全没有了享受的时间，更少了静下心来慢慢体会的氛围。于是，原本美好的一切，都变成了一场疲于奔命的虚荣心的满足。

其实，相比于这些晒出来的东西，有些无法分享的感受才是真的美好。

晨起跑步，朝阳在薄雾中慢慢升起，天色一点点明亮绚丽起来。跑过湖边时，无意中瞥到水中的身影，在阳光的映衬下是那么挺拔、那么充满活力。那一瞬间，简直要被人与自然的和谐与美好感动到哭！但此刻根本想不起来拍照，体内每一个细胞都活跃得让人停不下脚步。

劳累了一天，终于卸下负累。当花洒喷出温度正好的热水，当水流从身体的每一寸肌肤滑过，放松舒爽的感觉顿时席卷而来。应该怎样享受这种绝顶的美好呢？放声高歌似乎马上化身成了歌神；在水雾缭绕的镜子上涂鸦，就有一种梵·高的幻觉；凝视镜子中的美肌秀发，感觉颜值简直爆表。我们唯一没有做的是拍照分享——自己跟自己分享，才能体会到最原汁原味的美好。

吃完苹果，随手一记远射，竟稳稳命中垃圾桶；幸运地把车完美地停进最后一个车位；只用一枚游戏币抓到一个娃娃；反应机敏地接到差点掉进水里的手机……这些让我们无比兴奋和陶醉的瞬间是那么美好。在那一刻我们感受到的是巨大的满足和欣喜，这种感觉无法道与外人知，那是独属于我们的细微的美好。

所以，有些时候，完全不必手忙脚乱地在朋友圈里进行各种“分享”，那其实只是带着目的的展示和炫耀。与其对着食物咔咔咔地狂拍，不如细细品味各种食材在舌尖上的层层绽放。那种独特的美好，无法分享，也无须分享。

为父母做点简单的事

阳春三月，春光融融，院子里的各色花儿姹紫嫣红地开了一大片，淡淡的香气在暖暖的空气中流淌。搬来两把椅子，一高一矮，就像小时候那样，在温暖的阳光里，挖耳朵。只不过，坐在高椅子上的人换成了我，母亲坐在了矮的那把椅子上。我轻轻拨动母亲的头，她也顺势把头靠在我的大腿上，小小的挖耳勺就在母亲的耳朵里划拉来划拉去。忽地，我挖出一颗小米粒般大的耳屎，便举到母亲面前，母亲孩子似的惊呼一声："这么大呀！"然后，捧在手心里仔细地看。笑意在母亲脸上的皱纹里一圈圈地荡漾开来，我仿佛看到了多年前的自己，笑得也是这般幸福和满足。

每逢周末，我会围上围裙，走进厨房，缠着母亲教我做菜。酸辣土豆丝是我从小到大吃得最多也最喜欢吃的一道菜，看起来这道菜很简单，可我吃过很多地方的酸辣土豆丝，感觉都没有母亲做的好吃。我的称赞让母亲很受用，她一边指挥我削土豆皮，一边眉开眼笑地传授我"秘诀"：土豆丝一定要切得均匀、细致，要在清水里淘三遍，醋不能放得太早，太晚了也不行……我认真地点头，虔诚地按照母亲的指示一步步照做。我知道，也许我现在还烧不出母亲的味道。但我希望能把这道菜作为我们的“传家菜”，将来教给女儿、儿媳，让亲情在这种熟悉的味道中传递。

也许是上了年纪的缘故，父母越来越喜欢翻看相册了。每次只要碰见，我就会凑过去，像小时候那样，挤到父母中间坐下。“这是我几岁的时候？怎么一点印象都没有呢？”我指着照片问。父亲戴着老花镜，笑眯眯地讲述照片背后的故事，一桩桩、一件件，如数家珍，仿佛那些只是昨天发生的事情。“这个帅小伙是你吗？你也有这么挺拔帅气的时候呀！”我的惊叹让父亲大笑起来，那笑容里竟还有一丝羞涩和甜蜜。

“妞，接电话是往左划还是往右划？”父亲拿着我刚给他买的智能手机又走了过来。“往右划，怎么还是记不住？”我耐着性子笑着说，“对了，你就记住，红灯停绿灯行，红色的是挂掉，绿色的是接起。”“红灯停，绿灯行，这次肯定记住了。”父亲像发现新大陆一样，得意地笑起来。其实，接打电话、发短信，这些还都只是第一步。我还要教他们用QQ、微信，教他们学会用淘宝购物。我知道，这绝对是一件“任重而道远”的事情，需要一遍遍枯燥的重复。但我喜欢看见他们接触到新奇的世界时欣喜的样子，喜欢他们一步步地跟上年轻人的步伐时自信的神情。小时候，父母教我们学走路、吃饭、穿衣，不也是如此一次次地重复吗？

接下来，我还准备带父母去旅游，陪他们慢慢地欣赏一处处秀丽的河山，不用太远，哪怕只是身边的风景。陪着母亲去洗澡，给她细细地搓澡、剪指甲；在风和日丽的日子，陪父亲去钓鱼，哪怕坐上一天也一无所获……

是的，这些确实都是很简单，甚至很微不足道的小事，远不如为父母一掷千金来得豪爽、大气。可是,父母越来越老,他们哪需要那么多惊天动地的大事呢?他们更需要的是贴心、细致的陪伴。况且,越是简单重复的事情,不是越考验耐心吗?而这些点点滴滴的小事却正如一泓清泉,悄无声息地、润物无声地融入父母的心田,陪伴他们度过一个个日渐衰老却倍加幸福的日子。

等父母把话说完

和大多数上了年纪的老人一样，年迈的母亲越来越喜欢唠叨。只要我一回家，母亲就围着我说话，各种“询问”，各种“关心”，各种“嘱托”……再加上母亲毕竟年纪大了，思维跟不上，反应也很慢，有时接一句话常常要思考一两分钟，我们的聊天也就时常中断，很多时候，说着说着就不知道聊到哪儿了。所以，我根本没有耐心听母亲把话说完，反正说来说去也就那么几句话。

有一次，朋友小洁来家里找我玩。我一边换鞋子，一边对在客厅里看电视的母亲说：“妈，我和小洁出去玩了。”母亲缓慢地抬起头，目光从老花镜上方探出来，张了张嘴似乎想说什么，可我已经等不及，拉着小洁便走出门去。

一路上，小洁都没怎么说话，似乎有什么心事。到达目的地时，小洁说：“燕子，我跟你讲一个故事吧。”小洁严肃认真的表情让我有些疑惑，我好奇地点了点头。

小洁说，三年前，她正处在热恋中。一天下班后，她刚到家没多久，就接到了男友打来的电话，约她一起去看电影。小洁开心地洗漱、化妆，并麻利地换了衣服。这时候，男友又接连打了好几个电话，小洁一边应声，一边和母亲道别。“洁儿，早点回来，别玩太晚。”母亲在身后嘱咐。小洁对母亲点点头，急急忙忙打开门出去，这时母亲似乎又在身后说着什么，小洁正在接男友电话，没听清楚母亲的话，后来想想肯定还是交代自己注意安全之类，也就打消了回去再问一下的念头。

和男友开心地吃着爆米花、看着电影时，小洁听到包里手机震动的声音。刚开始她没太在意，直到后来又震动了好几次，小洁才不情愿地接起了电话。接完电话，小洁整个人脸色都变了！电话是姐姐打来的，姐姐说，母亲突发脑出血，正在医院抢救。原来，小洁走后不久，母亲就犯病了。恰好姐姐来看母亲，才赶紧把母亲送往医院。医生说，幸好他们送来得及时，如果再晚几分钟，可能就会有生命危险！

而此时，冷静下来的小洁仔细回忆了她出门时母亲说的话，才猛然意识到，母亲当时说的正是“我好像感觉有点不舒服”。那一刻，小洁懊悔极了，恨不得打自己几个耳光。和朋友出去约会就那么重要吗？以至于争分夺秒，甚至不肯等母亲一分钟，让母亲把想说的话说完。幸好母亲已无大碍，如果真有什么后果，她一辈子都无法原谅自己！

“老天还算仁慈，给我留下了赎罪的机会。现在每天我都会陪母亲聊天，即使有再重要、再急切的事情要办，我也会等母亲把话说完。有时候，我们等他们一分钟，换来的可能是他们的健康和生命，更是一份如果错过、一辈子都弥补不了的孝心呀！”说到此处，小洁忍不住哽咽了。

是呀！我们已经长大，有了更广阔的天地，而父母却日渐衰老，慢慢地跟不上我们的节奏。所以，我们要像小时候父母对我们那样，多一点爱心、多一点耐心，多给父母一点时间，哪怕只是等他们把话说完。也许那短短的几分钟，就是我们对他们所做的一点点回报，更能给他们带来最大的满足和幸福！

小善如花

小区外面的街道拐角处有一家早餐店，店面很小，但收拾得干净整洁。每天早上上班时，总会看见一对中年夫妇忙碌的身影。老板身材魁梧，不苟言笑的黑红脸庞常常给人一种凶悍的感觉。老板娘则截然相反，不仅喜欢说话，而且脸上常常带着热情的笑容，似乎每天都有开心的事情发生。

有时路过早餐店，我会顺手买两个包子，老板娘一边麻利地递包子，一边笑盈盈地跟我打招呼，那种自然亲切的感觉完全像是自己的家里人。她做的包子皮薄馅儿多，味道也好，可能是位置比较偏僻，买的人并不多。不过附近工地上的工人们很喜欢吃，生意也还不错。

有次下雨天，我早上起得晚，来不及做饭，便到那家早餐店买包子。赶到单位坐下时，我才突然发现，由于走得匆忙，把钱包落在了早餐店。包里没装多少现金，不过身份证、银行卡都在里面呢！如果真找不到，补办、挂失都够我忙的了。可是，且不说早餐店人来人往，钱包不一定被谁捡了去，就算是老板捡到，他会还给我吗？

我抱着试试看的心态回到了早餐店，看见我来，老板站起身，扯了扯老板娘的衣服。还没等我开口，反应过来的老板娘立即从收钱的盒子里拿出一个钱包，笑着对我说："钱包找不到了吧，早上你走得太急，我也在忙，没看到。后来停下手时才发现，幸好没人捡走。"接过钱包，我感动得连连道谢，老板娘不好意思地摆起手来。倒是站在一旁的老板闷声说："下次要注意了，再丢可就不一定能找到了。"看着老板依旧毫无表情的脸庞，我反而第一次对他笑了起来。

后来，由于物价飞涨，很多早餐店的包子都涨了价。而那家早餐店却没有涨价，依然是一块钱一个。自从钱包失而复得后，我和老板娘渐渐熟了起来，有时买完包子，也会闲聊几句。"别处的包子都涨价了呀，一块二一个，一天下来，能多赚不少呢！"我好心地提醒道，"你们怎么不涨价呢？""老板不让涨呗。"老板娘斜睨了老板一眼笑着说。

"为什么呀？"我把目光转向老板。老板低头不语，过了几秒钟，说："多两毛不好算账。"听到这个理由，我忍不住大笑，老板娘也跟着笑起来。笑过之后，老板娘嗔怪着说："他这人就这样，心好，但说出来的话不好听。谁不知道多赚点钱好呀，可他说，农民工们也不容易，能少收两毛就少收两毛吧……"老板娘话里似乎带着责怪，但看向老板的眼里却满是欣赏和柔情。

是的，早餐店的夫妇只是极其普通的两个人，他们不伟大，甚至还很平庸，但他们却用自己的小善良、小爱心，为我们的生活增添了很多温暖和美好。这些小小的善，犹如一朵朵不起眼的野花，点缀出了一个繁花似锦的春天。

第五辑

只取温暖不记寒

“继父对我是不太好，但最起码他给了我和母亲一个安稳的家，给我提供了上学的机会。何必要记住那么多不好的事情呢？这样多累呀！只选取那些快乐和开心的，留在心里，就会很温暖、很满足了。”

游戏中的“捷径”

小时候,最喜欢和小伙伴们玩一个叫“摸瞎”的游戏。游戏规则很简单,“石头剪刀布”,输了的那个人把眼睛蒙起来,在划定的区域内“摸”其他小朋友,摸到后还要再通过触摸对方的脸、发型、身材等来判断你摸到的是谁。

蒙着眼睛抓来回跑动躲避的小朋友本身就不是一件容易的事情,还要再猜测对方是谁就更难了。所以,每次轮到我来“摸”的时候,总是好久都过不了关。但每次根据小伙伴的脚步声或者嬉笑声判断出位置,然后快速敏捷地出手抓到对方继而猜出对方的名字时,我总会兴奋地跳起来,瞬间觉得自己就是福尔摩斯,特别有成就感。

有一次蒙眼睛的时候,我无意中发现,在两条布的中间透了一条缝,而通过这条缝我能隐约看到眼前的一切,包括每一个小伙伴的位置。于是,我轻易地就能躲开小伙伴们的“攻击”,轻易地就能抓到身边的小伙伴,轻易地就能“猜”出对方是谁。

此后,我掌握住了这个“捷径”,每次都能在最短的时间内过关。但是,我却发现,这个游戏变得毫无趣味,一点乐趣和挑战性都没有了。

于是，我尝试着丢弃所谓的“捷径”，老老实实地闭着眼睛“摸”，一趟趟地来回走，费尽力气抓住如泥鳅般灵活的小伙伴，接着用手一点点地分辨对方，最后猜出来的名字却是错的。很快，我就失去了耐心，再次蒙眼睛的时候，又开始故意留下一条缝……

没多久，我再也不玩这个游戏了。不是不想玩，而是根本没有办法好好玩了——我的心态再也回不到那种纯粹、简单的状态中去了。这个我曾经最喜欢的游戏就这么被我自己给毁了。

长大后，我又经历了很多世事，回想起这件往事时，我的感觉竟然是庆幸。是的，我很庆幸，这只是一个游戏。而因为这个游戏，在我此后的人生中，每次想要走一些什么“捷径”时，总会有一个声音在我心头响起：“你确定要毁掉它吗？”我不敢！

把日子过得柔软一点

周日，和朋友小宁一起去野外散心。一连数日阴霾，这天天终于放晴了。在阳光的照耀下，天空湛蓝高远，一派秋高气爽的景象。可能是大家都想趁着周日出来逛逛，公路上车很多，一开始还基本上可以畅通行驶，后来，车速渐渐慢下来，最后干脆停下来不动了。

“堵车了。”我皱了皱眉，无奈地对小宁说。小宁笑着安慰我：“别急，说不定一会儿就好了。”可时间一分一秒过去，我们等了将近半个小时，车子还是没有丝毫松动的迹象。我的性格本就急躁，这时更是坐不住了，情不自禁地抱怨道：“真破坏心情，本打算好好游玩一下的。”

小宁却仍是一脸微笑，她伸手打开车里的音乐。当安静舒缓的音乐流淌出来时，小宁微闭双目，跟着轻轻唱了起来，还打着手势，要我跟着一起唱。一曲唱完，小宁很陶醉地问：“怎么样？还行吧，我很喜欢这种舒缓的音乐，会让人的心灵变得安静柔软。”跟着小宁的节奏以及音乐营造出来的氛围，我焦躁的心慢慢安静下来，暂时忘却了外面拥堵的车流。不知不觉中，前面的车子缓缓移动起来，道路又畅通无阻了。

时值深秋，野外山脚下的草全部变得枯黄。但再往里走，却是别有洞天——山坡一层层的树林经过霜打，叶子呈现出了不同的红色，颇有一种“看万山红遍，层林尽染”的感觉。我和小宁跟着人群走进山中，打算好好欣赏一下“霜叶红于二月花”的美景，当然也要美美地拍几张照片。

“来，小宁，看我这个造型如何？”我在一丛茂盛的红叶前站定，摆出了一个“大”字形的高难度动作，“快来帮我拍张照。”小宁举起相机，还没等按下快门，一个中年妇女带着两个孩子挡在了我前面，同时伸手大声招呼不远处的一个男子：“快来快来，帮我们在这里拍张照。”

中年妇女不礼貌的行为让我的火气一下子蹿了上来，怎么也要讲个先来后到吧？如果你真着急拍，最起码跟我打个招呼呀，我站了半天腿都酸了。我正打算上前和她理论，小宁却走过来，拉着我走开，路过中年妇女身旁时，还微笑着对她点了点头。

我有点生气地问小宁：“我们为什么要走开？明明是她不对。”小宁淡然笑着说：“又不是什么大事，我们再另找一处就行了，何必要坚硬地去针锋相对呢？柔软一点多好。既没有为难那位大姐，也没有破坏掉我们的好心情呀！”

小宁的一番话一下子让我释然了，回想一路来小宁的表现，我对她简直生出了莫名的崇拜。是呀，我们何不把日子过得柔软一些呢？面对生活里不如意、不顺心的人或事，完全不必针锋相对，那样坚硬的应对不仅会伤害他人，更会硌到自己。倒不如让自己的心灵柔软一些，让自己的举动柔软一些，用自己的柔软换来世界的温柔相待，多好！

甜面片里的人生

周末，天气晴好，好友馨儿系着素花围裙在厨房里做饭。我进去的时候，阳光正穿过透明的玻璃在馨儿身上洒下点点金光，为馨儿专注揉面的身影镀上了金边。明明带着浓重烟火气的厨房却似乎一下子变得诗情画意起来。

“做什么好吃的呀？”我笑着问。馨儿抬头，轻声回答：“甜面片。”甜面片对我来说并不陌生，小时候，奶奶常常做给我们吃。不过，那时我们都不怎么喜欢。甜面片虽然有个“甜”字，但里面并没有放糖，它的“甜”是相对于加了卤子的面而言，所以这里的“甜”其实是“淡”的意思。

甜面片的制作过程很简单。首先是和面，面要和得硬一点，和好后先放着“醒”一会儿，接着再揉，揉得越久，面越筋道。然后就可以开始擀面了，擀面绝对是一个技术活，手上的轻重不易掌握，用力重了，面容易粘到一起，轻了，面片则擀不开，厚厚的，口感很不好。擀好面后，用切面刀切成宽窄均匀的面片，下到沸水锅里。等水再次滚开，把面捞到碗里，再舀上两勺面汤，就可以开吃了。也可以配着酸辣爽口的榨菜丝或者蘸着蒜泥醋吃，那就别有一番滋味了。

馨儿把做好的甜面片端上桌，招呼我一同吃。很久没有吃甜面片了，我饶有兴致地吃了一口，慢慢咀嚼，竟有一丝甜味在舌尖上扩散，淡淡的，还带着一缕清香。“甜面片真的有甜味儿呀。”我惊喜地说。馨儿笑着点点头，说：“是呀，面粉本身就含有糖分。”“可我平时怎么没有感觉到甜味呢？”我慢慢品着面片的滋味，仍是感觉很不可思议，竟然一下子爱上了以前不喜欢的甜面片。

“或许平时太过丰富的菜肴和太复杂的制作方法掩盖了面片本身的味道，使得原汁原味的东西逐渐被人们忽略和遗忘。但其实，这种面片本来的味道才是最原始、最纯粹，也是最美好的。”馨儿注视着碗里的面片认真地说。

馨儿告诉我，不管平时有多忙，每个月她总会抽出一天时间，静心地打扫卫生，把家里拾掇得干净利索后，再沉下心来认真地做一碗甜面片。什么佐料也不要，什么配菜也不加，就是最单纯的一碗面片。然后，品着面片里纯粹的香甜时，整个人会觉得室外的喧嚣一下子远去，内心一片澄澈宁静，平日里的紧张和压力也都消失不见了，一切仿佛都回到了最原始的宁静和纯真。

“这大概也是人生的一种境界吧。抛却繁杂和喧嚣，回归清爽、简单和自然。有这么一个闲适淡然的时刻，再忙碌的生活也不会让人感到倦怠和疲惫。”馨儿微微笑着，说出了如禅理般美妙的句子。

是呀，简单、纯粹，这不就是人生的一种境界吗？当我们被世俗的繁杂和劳碌迷蒙了双眼，确实需要静下心来，感受一下最原始的纯粹。此时，你才能真正感受到人生最美的甜意。

愿回首初心仍在

陪同朋友办事,我回到了阔别已久的母校。在去的路上,我的心情忐忑而激动,高中三年的青葱岁月都是在那里度过的呀。可到了学校,我却大失所望,这里早已不是10年前的样子了。整个校园焕然一新,教学楼、实验楼、宿舍楼都是后来兴建的,完全找不到一点当年的影子。

办完事,我怅然若失地在校园里漫步。走到一幢新建的教学楼后面时,一棵老槐树突然闯入了我的视线,粗壮的树干、繁茂的枝叶,以及老槐树下那块被磨得光滑圆润的大石头,都与记忆中的完全吻合。下课铃响后,三三两两的学生走过来,坐在树下或看书或说笑,宛若学生时代的我们。一瞬间,如潮的往事汹涌而来,我仿佛一下子回到了当年,回到了坐在大树下读书的时光里。

朋友轻声提醒我该走时,我还恍惚地问:“上课了吗?”朋友咯咯地笑起来,我也不好意思地笑了。走出校园时,我莫名地感觉很轻松、很愉悦,步伐也变得轻快,内心的喧嚣和繁杂都消失不见了,取而代之的是学生时代的那种简单和纯粹。

听了我的感受,朋友微笑着连连点头。然后,她给我讲了一个自己的故事。

那年，她在一个偏僻的小山村支教。刚到时，她差点被那里贫穷落后的状况吓坏，好在孩子们都很懂事、很听话，她也学着去适应艰苦的条件。她每天带着孩子们一起学习、一起玩耍，在苦日子里品咂出了甜蜜和幸福的滋味。

一晃两年过去，她要离开小山村，离开那里的孩子们了。她告诉孩子们，如果有机会，她一定会再回来的，会再带着他们学习、玩耍。临走前，孩子们都来送她，道别的话说了一遍又一遍，最后在孩子们不舍的目光中，她转身离去。快要走到小路的拐角时，突然听到有人喊她，她转头，看到胖丫在原地跳起舞来。她的眼泪一下子涌了出来，因为害羞和自卑，胖丫从来没有在众人面前跳过舞，尽管她想尽了办法鼓励她。可现在，胖丫跳得是那么认真，每一个动作、每一个姿势都无比投入、无比到位。

这一幕深深地印在了她的脑海中，也更坚定了她回来的想法。但是，回到城里后，她很快就融入了现代化的生活中，每日为生活奔波、劳累，也享受生活的赐予，着华服、品佳肴，渐渐忘记了当初的那个小小的承诺。

直到一次偶然的机会，她又路过当年支教的那个小村庄。没想到，那些当年的孩子们竟然一下子就认出了她！简单的寒暄过后，她要告辞了，刚走几步，突然听到有人喊她。转头的一刹那，她的泪水再一次肆无忌惮地漫上眼眶——十几年前的一幕重现眼前，已经是两个孩子的母亲的胖丫又跳起了当年她教的那支舞蹈，旋转、跳跃，一招一式都无比认真、无比投入。

“当时的感觉真的是恍如隔日，十几年的时光仿佛只是一眨眼。在那一瞬间,当年的快乐和幸福立刻将我包围,我终于知道自己内心到底想要什么,也终于明白自己平日不快乐的原因了。”朋友动情地说道。后来,朋友便毅然辞掉了工作,回到了那个小山村,带着当年那些孩子的孩子们一起生活、一起学习。她又感受到了当年那种满满的充实和快乐。

我们在红尘俗世中走得太久、走得太累,难免会感觉疲惫、感觉压抑、感觉不到一点点快乐,甚至失去了走下去的勇气和动力。可总有一些人、一些事,永远停留在我们内心最原始、最纯净的角落。无论多久,无论你去了哪里,他们都在原地等着你。每一回首,总能唤起最初的纯粹和感动,总能让我们看清继续前行的方向。愿每一个人回首,初心仍在!

现在是最好的样子

一个天气晴好的日子，我和女友相约去爬山。身着休闲运动服的女友看起来神清气爽，没有了平素裹在职业套装里的那种严肃和干练，倒多了几分少女般的灵动和可爱。

爬到半山腰时，我们停下来休息。在我们身后，有一条碎石铺成的小径，沿着小径往前走，尽头是一座石头砌成的房子，房子的四周生长着青翠的竹子，形成了一道天然的围墙，围起来的空地便是一个大大的院子了。院子的一角被主人精心地开垦出来，种上了各种时令蔬菜，还有几只散养的鸡、鸭悠闲地走来走去。院子中间的摇椅上，一位头发花白的阿婆正眯着眼睛晒太阳，放在手边的一本书，在微风的吹拂下，哗啦啦地兀自翻着页。

“天呀，这简直就是我梦里想象了无数次的样子！”眼前的这一切让女友忍不住尖叫起来，也难怪，女友一直自诩文艺女青年，眼前如此舒适、自然的场景怎能不勾起她的文艺情怀呢？

女友说，她心底一直有一个遗憾。女友骨子里带着散漫和自由，从小就很向往无拘无束的生活,不喜欢被束缚在一处,最理想的日子就是一边工作一边行走,等到老时,就在某一处安顿下来,过着悠闲自在的田园生活。这个近乎痴人说梦般的所谓理想自然是遭到了父母强烈的反对,最后在父母的逼迫和安排下,女友上完大学,找了一份稳定的工作,直至后来结婚、生子,安安分分地过起了循规蹈矩的生活。有很多次,女友的内心被“世界那么大,我想去看看”的念头鼓动着,想要来一场说走就走的旅行,可终因世俗生活的牵绊而搁浅。

“如果当初我肯坚持自己的想法,现在的生活肯定完全不一样了,那一定是最好的样子。”女友沉浸在美好的想象中,无比向往地说。我们的谈话惊醒了在一旁摇椅上休息的阿婆,她坐起身,微笑着看着我们说:“最好的样子一定不是想象中的样子。”

看着我们疑惑的表情,阿婆接着说:“我读书的时候,最大的愿望是能考上大学,找一个‘铁饭碗’,一辈子都不用愁了。可后来,因为家庭的变故,我与大学失之交臂。尽管我很喜欢读书,却不得不回到家里种田。之后,自然是找了个庄稼人成了家,再然后便日复一日地操持着一家人的生活。直到去年,来到这里看护山林。”

“也有很多次闲下来的时候,我会想,如果当初我如愿考上了大学,会过上怎样的一种生活?可有一天我突然意识到,想那么多有什么用呢?即使再美好也终不过是虚无,只有眼下的生活才是最实实在在的呀!”阿婆一脸的平静和淡然,看着我们说,“就像在我看来不甚满意的生活,却是你们心里向往的,而你们现在的生活也曾经是我渴望过的。所以,不要为未选择的遗憾,现在才是最好的样子。”

阿婆的一番话让我和女友都愣住了,静静思索片刻,我们都忍不住连连点头。是的,既然有所得就会有所失,何必再去为没得到的一些东西而遗憾呢？现在工作稳定、生活安然、家人都幸福健康，这可不就是最好的样子吗？

只取温暖不记寒

朋友小言接我出去办事，一上车我就开始抱怨，这该死的天气太冷了，虽然阳光很好，可气温很低，再加上呼呼的大风刮着，冻得人瑟瑟发抖。还真像网友调侃的那样，哪是太阳呀，分明就是冰箱里的灯。相比于我的喋喋不休，小言倒显得很平静，她专心地开着车，一副云淡风轻的表情。

办完事后，看时间还早，小言便把车停在一个公园的广场旁，把座椅往下一放，轻轻躺下来说：“好了，让我们尽情享受十分钟的温暖吧！”此时，炫目的阳光透过车窗玻璃洒进来，肆虐的风却被隔在了外面。我也学着小言的样子，半躺在座椅上，只觉浑身暖洋洋的，仿佛置身于阳光明媚的春天，完全忘记了之前糟糕的体验。

“阳光很暖，风很寒冷，那么，我们就想办法把寒冷屏蔽掉呀！”小言微笑着说，“其实很多时候，温暖和寒冷都是相生相伴的，这个事实我们改变不了，那就试着去改变自己，只取温暖，忘记寒冷。”

小言的话让我的心里突然一动，她说的何止是此时此景呢？更是她对生活、对身边的人和事的一种态度呀！小言很小的时候，她的父母就因感情不和离婚了。后来，小言跟着母亲到继父家生活，可是小言却没有因此而感受到家庭的温暖。继父木讷少言，而且从骨子里排斥小言，从来没有给过小言一个好脸色。懂事的小言虽然委屈、害怕，但也没有对母亲说，她知道母亲害怕那种颠沛流离的生活，好不容易安稳下来，对她们来说就已经很满足了。

就在这种类似于"冷暴力"的环境下，小言慢慢地长大，直至结婚、生子，有了自己的家庭和生活。我们都以为小言会彻底脱离那个让她窒息的家庭，尤其是在她的母亲去世后，没想到，小言依旧像以前那样，每周都会买一些营养品回去，做上一大桌子菜，陪继父吃饭、聊天，帮继父洗衣服、收拾屋子。有时，还会扶着继父到楼下的小花园里散步。仿佛她和继父从一开始就这样其乐融融、相亲相爱。

朋友们自然对小言的做法很不解，小言却释然地告诉大家："继父对我是不太好，但最起码他给了我和母亲一个安稳的家，给我提供了上学的机会。何必要记住那么多不好的事情呢？这样多累呀。只选取那些快乐和开心的，留在心里，就会很温暖、很满足了。"

当时我不太理解小言的意思，直到现在我才突然豁然开朗。在我们的生活中，不可能只有顺心如意，肯定会有一些让我们痛苦和难受的事情。如果都放在心里，只会让我们越发感觉负累，越来越不快乐。摒弃那些不快乐，只记住美好的事情，我们才能活得更轻松、更愉悦。只取温暖不记寒，这样真好！

心中不可少书

盼望已久的暑假终于到来，网购的书也刚好到货。看着书桌上堆放的十几本书，想象着一杯清茶一本书的悠闲日子，不由得感觉兴奋和满足。然而，每天上网、听歌、刷朋友圈，无所事事地过了半个月后，我才猛然惊觉，桌上的书还没有翻开过一页。

忽然想起中学毕业后的那个暑假。那时候，我们还没痴迷于电脑，智能手机也还没有发明，突然多出来的大片大片的时光，就等着去村口的小池塘、房后的小山坡、山里的小树林里挥霍。少年的求知欲和好奇心总是那么旺盛，疯累了、玩够了，余下的时间也得找点事来填补，那就看书吧。

那时候我们可读的书并不多，除了做教师的长辈家里可能会有几本书之外，其他人家里几乎就没有书了。不过那几本《红楼梦》《水浒传》之类的名著，我们早就读过了。于是，我和伙伴们就结伴去镇子上唯一的一家小书店读书。这家书店很小，只有两间屋子，一间放着出售的新书，另一间屋子放着的则是用来出租的旧书。我们自然选择租旧书看，一来价钱便宜，一天只要一毛钱；二来可以随便挑选，不像买书那样买哪本就只能看哪本。

小书店里的书很杂乱，而且各类书都混在一起，不像现在这样按照古典、现代、科幻、侦探、历史、纪实等等，分门别类地放好。每次我们去借书，都要寻宝一般在一大堆书中翻找很久，然后找到一本自己感兴趣的书。挑选好书后，我们有时相约同去一个小伙伴家里读，有时就在小树林里找个阴凉的地方读，想躺想坐，特别随意。

也许是因为心里惦念着那一毛钱的租金，我们读书都特别快，基本上都是一天一本书，总感觉读慢了就是吃亏，毕竟一毛钱可以买一根又凉又甜的大雪糕了。就是在那一个多月疯狂读书的日子，我和小伙伴们囫囵吞枣地看了很多书。《悲惨世界》《巴黎圣母院》《雾都孤儿》《围城》《骆驼祥子》等国内外名著都是那时候首次进入了我们的视线。记得有次我在天黑前读完了一本书，想着花出去的钱不能浪费，就想再换一本回家后看。由于同伴催促，我来不及细细翻看，随手拿了本杂志就回去了。晚上躺在床上翻开杂志，看到里面暴露的画面时，才反应过来杂志名字的意思——《欢爱》，男欢女爱嘛！当时吓得我涨红着脸赶快把书合上塞进了书包，像做了坏事一样心虚。

后来回忆起那段年少的时光，我总是奇怪，那时候家里的书桌上没有一本属于我们自己的书，但我们读书的渴望却那么强烈，如饥似渴地读了那么多书。而现在，我们有能力拥有更多的书，却没有了当年读书的那份心境。当我把这种困惑讲给一位师长听时，师长笑着说："案上不可多书，心中不可少书呀！"我深以为然！

·厌　旧

提到“厌旧”，很多人都会和“喜新”联系起来：喜新厌旧嘛。喜欢新的，厌弃旧的，说起来似乎是因果关系，至少也是并列关系，两者可能先后发生，也可能同时发生。但很多时候，“厌旧”和“喜新”没有丝毫关系。

近来连续阴雨，天气不算太热，再加上工作较忙，没顾得上买新衣服，便常穿去年的吊带长裙，外搭一件中袖小开衫，不热不冷，刚刚好。那天，办公室的一个小姑娘心直口快地说：“姐，你怎么总穿这条裙子呀？我都快要看厌了。”我听了忍不住哈哈大笑，说实话，我确实也穿烦了，过了这几天，我敢保证今年夏天都不会再穿了。

有段时间，特别喜欢听陈奕迅的那首《最佳损友》，于是下载到手机上，单曲循环模式不停地听。刚开始确实很喜欢，而且越听越喜欢，连梦里哼的都是这首歌。一周后，习惯性地打开这首歌，刚听了前奏就不愿再听下去了。并没有对其他歌曲产生兴趣，但就是不再想听这首歌。是的，倦了。

老家后山有座寺庙，从小我和小伙伴们就常常到寺庙里玩，那里的一砖一瓦、一花一草都相当熟悉。后来，后山被开发成了一个小型的旅游景点。每逢节假日，很多人在那里游玩，甚至还有一些外地人慕名前来。但我和幼时的伙伴们都没再去过，因为太熟悉了，而熟悉的地方由于缺乏吸引力，也就没了风景。

人与人之间的感情更是如此。有句话说，乍见之欢不如久处不厌。而事实却是，乍见之欢几乎是每段感情的必经之路，而久处不厌却如铁树开花般百年一遇。有科学研究证明，一段感情在刚开始的时候，大脑在某些刺激的作用下会分泌一种叫作“多巴胺”的物质，这种物质能带给人快乐，并产生依赖。而时间一久，多巴胺的分泌水平就会慢慢下降，直至完全消失。于是，就出现了厌旧。说到底，厌旧是人的一种本性，这种本性与“喜新”并无直接关系，不“喜新”同样会“厌旧”，而“喜新”只是在一定程度上加快了“厌旧”的速度和程度。

当然，也有一些事物或者感情，在还未产生厌倦之前，通过了解建立了另外一种更可靠的联系，如此，也就无所谓“厌旧”。另外还有一种办法，正如清代文康编著的古典小说《儿女英雄传》中写到“不怕你有喜新厌旧的心肠，我自有移星换斗的手段”，具备了这种“移星换斗”的能力，也就更不用惧怕“厌旧”了。

少不喜雨

除了两三岁时初见下雨的好奇以及青春期时在雨中漫步的故作忧郁和浪漫,剩下的整个年轻时代,我都是极其讨厌雨的。原因很简单,下雨困囿了我们外出的脚步,无法去做想做的事,不能去想要去的地方。

孩子们是多么贪玩啊!小小的屋子怎么能满足他们玩耍的野心呢?室外广阔的天地才能让他们愉快地畅玩。跑步、跳绳、捉迷藏、老鹰捉小鸡、警察抓小偷……这些属于孩子们的游戏只有在蓝天白云下进行才更有乐趣。暖暖的阳光映红了孩子们的脸庞,和畅的微风轻轻拭去了孩子们鼻尖上的汗珠,伴着花香和鸟鸣,孩子们尽情地笑着、闹着,一切都如童话般美好得不得了。

在这一方小天地里玩累了,索性和同伴们去远足。年轻的心从来没有羁绊,有的只是对未来的憧憬和渴望。仿佛未来的样子就如当下般,永远惠风和畅、阳光高照。

可是,偏偏会有不请自来的下雨天,扫了孩子们玩乐的兴致,破坏了少年们出行的计划。于是,孩子们就只能趴在窗台上,无聊地看着窗外阴郁的天气、泥泞的小路,以及那些随风雨凋零的花朵。雨水一滴滴地落着，仿佛钟表左右摇摆的嘀嗒声，每一秒、每一分，都枯燥得如同一种煎熬。

可是随着年龄的逐渐增加，突然觉得自己不那么讨厌下雨了。是呀，细细琢磨，竟还能感受到雨天独特的美好呢！“天街小雨润如酥，草色遥看近却无”，这种绝美的景色在晴天可是看不见的哦；“雷声千嶂落，雨色万峰来”，如此雷大雨急的景象，恐怕最能诠释惊心动魄的含义；等到“黄梅时节家家雨”的季节，坐闻“青草池塘处处蛙”，也是一种极妙的享受；更别提“青箬笠、绿蓑衣，斜风细雨不须归”“腾云似涌烟，密雨如散丝”等的诗意和唯美了。

经历得越多，越觉得人应该顺应自然。正如曹孟德所言“对酒当歌，人生几何，譬如朝露，去日苦多”，花开花谢、草木荣枯，夏雷阵阵、冬有雪，这些都是最自然的景象，也是人力所无法改变的东西。那么，为什么不能多一些豁达和通透呢？风来听风，雨来看雨，面对不同的景象，体味不同的滋味。

仔细想想，人生不也是这样吗？少不喜雨，其实就是人生最开始时拒绝所有的不如意，到逐渐接受生活的阴晴圆缺，再到后来品味出不同境遇的感受，甚至在苦难中品咂出美好的滋味来。然后，带着这份从容、淡定和睿智，坦然面对人生的每一个过程。这也许才是人生的大智慧。

今日约明日见

晚上睡觉前，泡了一杯玫瑰花茶。看着半开的花朵在热水中徐徐舒展，透明杯子里的水逐渐变黄变绿，淡淡的花香味儿便随之飘出。品着清甜的花茶，突然想起送我花茶的朋友了。平日各自忙碌，加上距离又远，一晃又有两三个月没见面了。

拿起手机正打算给她打电话时，她的电话倒先打了过来。“最近忙什么呢？有空聚聚呗，想你了。”她说话还是如此简单直白。我情不自禁地笑起来：“等什么‘有空’，不如就明天吧。”“好，明天下午老地方见哦。”她当即拍板。

挂了电话，我依然掩饰不住脸上的笑意。很喜欢和这样的朋友交往，简单、透明、舒服。因为彼此性情相投、爱好相似，所以不必伪装自己，也不必猜测对方，可以把最真实、最放松的一面展现在对方面前。平日没有过多联系，但只要想起来，心里就会有淡淡的甜蜜和欣喜。两人见面，要么一起逛逛街，要么就只是安静地坐下来喝茶、聊天，但内心的开心和满足却是无法比拟的。

一直喜欢“君子之交淡如水”的平淡和纯净，但我更喜欢这句话透出来的随性和舒适，因为这些都是建立在了解和信任之上的。有这么几个朋友，平日联系不多，但只要有人心情不好，一个电话大家就会赶来。当然真正需要出主意的时候不多，更多的时候是在一起吃饭喝酒。没有劝解、没有安慰，就是天马行空地聊天、开玩笑、喝酒，而且每喝必醉，然后看彼此的醉态大笑。尽兴之后，各自回家，连招呼都不用打。睡一觉后，第二天醒来，又是精神饱满、斗志昂扬了。

突然想起李白的那句“我醉欲眠卿且去”，两个好友在山间畅饮，数杯酒后，诗人大醉，于是打发朋友先走。说者洒脱自然，听者毫无尴尬，甚至第二天还要“抱琴来”呢！朋友能做到这个份上，真是人之大幸。

你有没有这么一个朋友？可以不拘礼节、率性洒脱，可以淡如水，但心如蜜。如果你想起了这么一个人，那就让我们今日约，明日见吧！

一场与花草旷日持久的斗争

说起养花，就不得不提起我以前两次失败的养花史。

第一次养花是我读初二的时候。我在家里做作业时遇到了一个难题，而第二天刚好要进行数学小测试，所以我必须弄明白。我的同桌慧敏的数学成绩特别好，于是，我决定去她家里向她请教。

正值春暖花开的季节，刚走进慧敏家的院子，一股清新的花香就扑鼻而来，我的双眼立刻被满院子的姹紫嫣红吸引住了。我不知道那些花花草草是什么名字，但它们生机勃发、鲜艳夺目的状态让我感觉到了震撼——如果我也能拥有这么多花草，每天坐在其中读书、写作业，那该多好！听了我的想法，慧敏的母亲停下浇花，微笑着说可以送我几盆花。

我高兴地捧着慧敏母亲送我的花回家了。刚开始，我每天都会去看那些花草，一天要浇好几次水。后来由于学习紧张，而且又是贪玩好奇的年纪，注意力很快又被别的事物吸引住了，哪还记得养花的事呀！等我在别人家看到茂盛的花草，想起自己还有几盆花时，已经过了大半年。那些可怜的花草因无人问津，早就用枯死的方式向我表达了最后的抗议。

第二次养花是婚后搬进新房子时。很多人说在新装修的房子里养一些花草不仅可以装点居室,还可以净化空气,消除装修留下的有害气体。于是,我埋藏在心底的“坐拥一片花海”的梦想又被激发了出来。于是一口气买了十几盆花花草草,小小的阳台立刻变得热闹起来。

那时,我和老公工作都很忙,回到家后我还要带孩子、烧饭、做家务。不过即使如此,我也会硬挤时间去给花草浇水。然而,让我失望的是,那些花草却一点都不领情,竟然陆陆续续地变蔫儿、变黄。一段时间之后,全都了无生息了。虽然有点遗憾,但与此同时,我也松了口气,实在是无暇顾及呀!

去年,也就是距离第二次养花失败后的第六年,我突然又萌生了养花的念头。不过此时我倒没有了以前那种想要花团锦簇的感觉,只是想在闲暇时弄弄花草,增加一点生活情趣。于是,花费了两三个周末,到花卉市场上买来喜欢的花草,挑选中意的花盆,把阳台布置成了一个小小的花草天地。

每天早上,我都会先给花草浇水,看着它们在晨光中舒枝展叶。做饭时,我会细心地把淘米水留下来,用来给花草增加营养。更多个闲暇的时光,我会坐在阳台上,帮花草剪枝、施肥、松土……奇怪的是,在做这些事情的时候,我并没有像以前那样急切和功利,我不再期盼它们快快长大、开花,只是感觉在满足自己内心的一种需求,仿佛这也是我和世界对话的一种方式。

慢慢地,这些花草都焕发出了生机,在阳台上葱茏一片。后来某一天,我在浇水时,突然看到有一盆花开了!在绿油油的叶子中间,探出了一粒小小的鹅黄色的花苞,一点都不起眼,但我的内心却惊喜地狂跳一番。——我竟然养活了花草，而且还开了花！后来，那些花儿约好似的一朵朵陆续绽放，直到现在，整个阳台几乎变成了花的海洋，一派绿意盎然的景象。

我想起了当年慧敏的母亲，那个淡然、从容的女子。我突然明白，花草是有灵性的，它们不会轻易妥协。所以，每个养花的人身上都有一种花草般优雅的气质，唯有此，才能让花草心甘情愿发芽、抽枝、长大、开花。而人与花之间又会相互渗透、相互成全，养花者越从容，花草越精神，人也越优雅。

想来，第一次养花时正是贪玩的年龄，没有恬然宁静的心境自然无法与花草和谐共处；第二次养花时又是人生最忙乱的时候，手脚不停，内心也充满了茫然和张皇，怎能容得下花草的纯净呢？而现在的我，心沉潜了下来，精神更加淡定、闲适，能够耐心地与花草相处，甚至心灵相通。于是，我终于赢得了这场与花草的旷日持久的斗争。其实，我赢得的，又何尝不是自己呢？

等待一株晚开的花

夏初时，我从朋友那儿移植了几株凤仙花，我们这里都叫指甲草。之所以叫指甲草，可能就是因为它如草一般极易成活的特点。在院子里种下第二天，指甲草就恢复了生机，蓬蓬勃勃地生长起来。

半个月后，我在浇水时，惊喜地看到一株指甲草的枝叶间藏着几个小小的花蕾——这么快它就要开花了！这时的指甲草只有20多厘米，叶子也很少。第二天，这些小小的花蕾便绽开了花朵，四五片粉嫩嫩的花瓣，小巧而可爱。紧接着，其他几株指甲草都陆续地开了花。

可是，有一株指甲草却迟迟没有开花的动静。好几次，我都细心地在绿叶间察看，想要找出可能隐藏起来的花蕾。但是，没有，一个都没有。它好像根本没打算开花，只顾着疯狂地舒枝散叶。也许它忘了自己是一株花，误把自己当成了一棵树。可不是嘛，又过去了十来天，它完全长成了一棵树的模样。它的枝干比其他指甲草粗至少五六倍，其他指甲草只有大拇指粗细，而它的快要抵得上儿童的手腕了。在它的主干上，又密密麻麻地分出了很多枝杈，随便拿出一个枝杈都比旁边的整株指甲草还要大。

指甲草不开花，那它和草有什么区别？大家都这样说。是呀，指甲草本来就是用来染指甲的，如果它不开花，留着也就没什么用了。况且过去了这么多天，其他指甲草的花期早就过去了，看来它是不可能开花了。于是，我打算把它拔掉扔了，省得白占地方，还和其他植株争养料。

这天傍晚，我正准备把这株不开花的指甲草拔掉时，突然发现它浓密的绿叶间藏着花蕾，不止一个，而是很多个，多得几乎数不清楚了。当它的花蕾全部绽开后，我更加吃惊了，和其他几株指甲草开出的四五片花瓣的花朵不同，它的花瓣层层叠叠、挤挤挨挨，一层层地交错排序，简直如牡丹一样漂亮。整个植株上，密密麻麻地开满了花，几乎要把繁茂的绿叶遮挡住了，用“一树繁花”来形容一点都不过分。

“怪不得它迟迟不开花，原来一直在积蓄能量等待爆发呀！”朋友们都惊叹道，“幸好没有在它开花前拔掉，否则不仅错过了这么美的花，还让它担上了不开花的恶名。看来我们要多用一点耐心和时间，等待一株晚开的花呀！”

我深有感触地点了点头，面对一些人和事，也许我们该多一些耐心和包容。因为在那些默默无闻、不动声色的日子里，他们可能在用最大的能力积蓄着力量。如果我们有足够的耐心，就能看到他们最华丽的绽放。

·放开心守住口

曾经有一度，跟很多年轻气盛的人一样，喜欢掌握话语权。所谓的话语权，就是一群人在一起聊天时，总是滔滔不绝的那个人。

从国际形势到坊间传闻，从中东石油到小区菜市场，从天文地理到鸡毛蒜皮，随便哪个话题都可以轻松驾驭，而且说得头头是道，听众们只有点头称是的份儿。

每每那种时候，在众人的目光注视下，似乎感觉头顶自带主角光环，俨然成了众人膜拜的偶像，颇有一种“指点江山”“挥斥方遒”的感觉，自尊心和虚荣心都得到了极大的满足。偶尔，也会有个别听众，打着哈欠，一脸的无所谓和不耐烦。心下掠过一丝不快，随即释然——毕竟人的水平各有差异，听不懂也属正常。不还有那么多听得津津有味之人吗！

第一次产生自我怀疑是在一次朋友聚会上。尽管有老朋友也有初次见面的新朋友，但聊着聊着，还是又掌握了话语权，整个房间里只听见自己一个人兴奋激扬的声音。告一段落后，去洗手间方便，忽听隔间传来一个声音：“在听一傻子说话呢！哈哈……回去给你讲……”言语间满是不屑和轻视。

洗手时，从镜子中瞥到隔间走出之人，顿时呆住！此人正是席间笑得最欢、搭话也最频繁之人。此人冲着镜子微微点头，脸上的笑容略显尴尬。此时，想要张口说点什么，最终却几乎是落荒而逃。原来，在此人眼中，自己的角色与跳梁小丑无异。原以为，那些目光、欢笑和掌声都是崇拜和欣赏，此刻却突然明白，也许那只是围观猴戏之人发出的笑声，无关欣赏，甚至没有尊重。

后来，慢慢学着闭嘴。在此期间遇见一同类人，此君较之自己有过之而无不及。话头接起来，犹如开闸洪水，滚滚而下，一发不可收拾。嘴巴不停地开合，不给其他人开口的机会，直说得手舞足蹈、唾沫横飞，全然不顾他人皱眉、摇头之态。

突然觉得恐怖至极！那就是以前的自己吗？竟然如此不堪！也就是在那一刻，深深地看清了自己！至此，学会了守住口。

言多必失，失去的不仅是周全和分寸，更是被人一眼望到底之后消失的尊重。寡言留给自己的则是更多的主动和理智，还有大量的时间，然后以此自我修炼，凝神、养心、静气，养成更强大的自我、更淡定从容的态度、更丰富睿智的内涵。

放开心，守住口，此乃人生之大智慧。

心不穷则天地阔

有次回家时，刚好碰上来看望父母的表哥。早年，表哥经常来，母亲总会特意改善伙食，劝瘦弱的表哥多吃，临走还会拿出一些父亲的旧衣服给他——表哥身上的衣服实在太旧了，完全都看不出质地和颜色了。那时候我已经上了学，偶尔回来时碰见表哥一两次，所以对他的了解并不多，只知道他那时很穷、很落魄。但让我印象深刻的是表哥的眼睛，特别明亮，似乎时刻都闪着亮晶晶的光芒。

现在的表哥从车上走下来时，我差点没认出来。表哥比以前胖了，不过人显得更精神、更健壮，一身合体的休闲装，让表哥看起来帅气十足。和父母聊了一会儿后，表哥突然接了个电话，他不好意思地说：“有点事需要去处理一下，看来是吃不成小姨做的饭了，过几天我再来看你们。”“有事就快去吧，别耽误工作！”父母忙起身送走了表哥。

“看起来表哥现在混得很不错呀！”我感叹道。父亲在沙发上坐下来，笑着说：“我早说过，他一定会发达起来的。”父亲说，因为表哥的父亲死得早，母亲又多病，家里太穷，表哥没念过几年书，想找份工作，又因为没有一技之长而屡屡受挫。那几年，表哥基本上是靠父母的接济熬过来的。后来，表哥在饭店找到了一份在厨房打杂的工作，过了不久，竟然被聘为了厨师，再后来，就自己开了一家饭店，如今生意做得风生水起。

“知道我为什么敢断定你表哥会有今天吗？”父亲问我。我摇了摇头，父亲接着说：“因为他人穷，但心不穷。”

有一次，表哥在工地上打工，挣到了一笔钱。他没有像其他工友一样，给自己买套衣服，或者吃一顿大餐，而是拿这笔钱给父母买了保健品，说是感谢父母对他的照顾。剩下的钱则全部借给了一个打算自主创业的工友。那个工友问很多人借钱，没有人愿意借给他，因为大家赚钱都不容易。不过，人们还有一个没有说出来的原因——把钱借给你，就是给你提供了一个可能发达的机会，到时候你发达了，我们心里能舒服吗？但表哥不这样想，他说：“如果有可能，我当然愿意帮助他。最好身边的人都能成功，这样我成功的机会不也会多一点吗？”而后来，表哥从打算辞职开饭店起，身边就有很多好友帮着打点各种事情，让表哥省了不少钱和精力，现在饭店的很多顾客都是朋友们口口相传闻名而来的呢！

听了父亲的讲述，我不由得对表哥钦佩不已。的确，在我们身边有很多人，眼界狭窄，格局很小，其实就是父亲说的“心穷”，他们不希望别人从他这里得到一点好处，甚至希望所有人都过得惨兮兮的，就他一个人舒坦才痛快。这样的人即使拥有的再多，也不会感觉快乐，也注定了他们不会有更长远的发展。而表哥这样懂得感恩、格局又大的人，才能获得人生的成就和快乐。

心不穷，则天地阔呀！

不将就

一直为自己字体不好而苦恼，于是在朋友的介绍下，参加了一个钢笔速成班。经过几节课的笔画基础练习和范本临摹后，老师开始让我试着脱稿练习，就是随手拿一本书，抄上面的内容。写了几个字后，本来就信心不足的我更加泄气了——看着印刷体，竟然完全想不起范本上是怎么写的了。而且因为手边没有其他书，我就拿了一本政论方面的书，枯燥乏味的内容我读都读不下去，于是更加烦躁，写出来的字自然也更惨不忍睹。

“为什么不换一本书呢？”老师走到我身后说，“拿一本散文或者小说都可以啊！”我摇了摇头：“将就点算了，反正是练字，又不看内容。”老师却一本正经起来：“我们确实只是练字，但练字却并不单单只是手上的动作，它与我们的心情、想法、周围的环境，甚至和天气好坏都有很大的联系，只有身心舒畅、心情愉悦，我们写出来的字才会更自然、更好看。怎么能将就呢？”

我停下笔，接过了老师递来的一本朱自清的散文集。“燕子去了，有再来的时候；杨柳枯了，有再青的时候；桃花谢了，有再开的时候。但是，聪明的，你告诉我，我们的日子为什么一去不复返呢？——是有人偷了他们罢，那是谁？又藏在何处呢？是他们自己逃走了罢，现在又到了哪里呢？”抄这一段话的时候，我不由得沉浸在美妙的意境中，笔下的字也如清泉一般汩汩流泻而出，自然而流畅，全然没有之前下笔时“冰泉冷涩弦凝绝”的感觉了。

看了我写的字后，老师笑着连连点头：“这样就对了嘛！不要将就，将就是对我们极大的不负责，看似偷了一点懒，省了一点力，但同时会让我们失去更多的可能的美好。这样就太得不偿失了。”

突然想起前段时间，女儿的好朋友过生日，女儿拿了自己的零花钱，说要给好朋友挑选生日礼物。我陪她在小城的礼品店里逛了半天，终于选好了一个穿着粉裙子的洋娃娃。“珂珂喜欢各种各样漂亮的洋娃娃，这个礼物她一定会很喜欢的。”女儿抱着洋娃娃开心地说。

可是，拿着包装好的礼物走出来时，女儿突然拍着脑袋说：“如果把包装上面的蝴蝶结换成粉色的就好了，珂珂最喜欢粉色的蝴蝶结。”“里面的洋娃娃不是穿着粉裙子吗？一个小小的蝴蝶结不必太在意，将就一点也没事。”因为留意到店里没有粉色的蝴蝶结，怕麻烦的我赶紧劝道。女儿却不认同我的说法，坚持要换一个粉色蝴蝶结。于是我又陪着她跑了好几个礼品店，才找到女儿满意的粉色蝴蝶结。抱着礼物，女儿满脸笑意：“多一个粉色蝴蝶结就能让珂珂得到一百分的快乐，我为什么要因为自己的将就而让珂珂的快乐打折呢？”

女儿眼神里闪烁的亮光打动了我！是呀，其实在我们的生活中，还有很多类似的小小的细节。当我们选择将就时，不仅会带来诸多不便，还会让我们错失很多意想不到的美好和快乐。所以，何必让我们的快乐打折呢？不将就，会带来更美好的生活！

永远纯真

朋友家的猫生了好几只小猫，一只只毛茸茸的特别可爱，无奈朋友家里地方小，养不下那么多只，于是请我们这帮人“领养”。本来我对猫狗之类的小动物不太感兴趣，但突然想起小侄女特别喜欢小猫，而且眼前这团雪白的小肉球实在让人心生欢喜，于是我便抱了一只回来。

进屋时，小侄女正在看动画片，我把小猫揣在怀里，走到她身边说：“你猜姑姑今天带了什么给你？”“难道又买了我爱吃的棒棒糖？”小侄女跳起来开心地问。我摇了摇头，故意卖起了关子：“比棒棒糖要好很多哦。”小侄女脸上的笑意更浓了，眼神里是掩饰不住的期盼。

当我把藏在怀里的小猫抱出来时，小侄女的眼睛突然一亮，哇了一声，却并没有扑上来接过小猫，而是用双手捂住嘴巴，小心翼翼地围着我捧着小猫的双手转了一圈，然后竟然激动得哭了起来！看到小侄女流下眼泪，我有点手足无措了：“怎么了？不开心吗？”小侄女拼命摇头，哽咽着说：“不是，不是，我太高兴了。”我拉着小侄女在沙发上坐下来，把小猫放到她怀里，她轻轻地抚摸着小猫，好大一会儿，才终于破涕为笑。

小侄女的反应特别让我意外，也让我有颇多感慨。这是一个多么纯真的孩子呀！她是那么容易开心、那么容易满足，一颗小小的棒棒糖就能换来她发自内心的笑容，而一只小猫更是让她欣喜若狂。我突然生出了几分羡慕，这样的人一定是幸福的，她的内心就像一片清澈澄净的湖泊，任何一点小动静都能让它泛起波澜，激起一圈圈快乐的涟漪。

而我们生活中有太多的人因为世俗的原因，原本柔软的内心沾染了太多岁月的灰尘和风霜，逐渐变得坚硬和麻木，仿佛包上了一层厚厚的壳。虽然拥有了强大的自我保护能力，与此同时却失去了对万事万物那份感性、真挚的情怀，不能再被轻易打动和感染，不能再感受到生活中那些细微的美好。——这是多么大的损失呀！

突然想起在网上看到的一则新闻，一个美国的小伙子在工作时，看到了一个用来装手机的盒子，他觉得这个盒子挺好看而且也很实用，于是决定把它送给自己的女朋友。是的，就是一个空的纸盒子。可是，当他的女朋友看到这个盒子时，竟然惊喜地大叫起来："太棒了！我早就想要这样一个盒子了，我可以把首饰放进去，谢谢你亲爱的。"

说实话，看到这则新闻时，我情不自禁地笑了起来，仿佛被这个女孩的纯真所感染，感受到了阵阵快乐和甜蜜。也许，我们都该保持这样一颗易感的心，永远年轻、永远纯真、永远笑意盈然！

一条牛仔裤的尊严

又到了换季时节，整理衣柜时，我翻出一条去年的牛仔裤。这条牛仔裤的质地和板型都很好，我特别喜欢。可是试穿时我才发现，因为长期久坐，腹部堆积了太多脂肪，裤腿和腰围都挺合适，但拉链却拉不上了。我吸着肚子，用力一拉，拉链头竟一下子掉了。

想着扔掉怪可惜的，于是拿着牛仔裤去裁缝店换拉链。看裁缝师傅手法娴熟，我便试着提出了把裤子修得宽松一点的要求。“可以，不过稍微麻烦一点，需要把裤子裁开，全部重修。”裁缝师傅回答。我摇摇头说：“一条旧裤子不值得这样大费周章，而且只是小腹的部位紧了一点，能不能把拉链的布条加宽一点，这样不就行了吗？”

“那不行。”裁缝师傅摆摆手，“如果加宽了布条，穿上裤子后，拉链就会露出来，多难看。”我忙表示不介意，因为可以穿大一点的上衣盖住。没想到，裁缝师傅却一下子认真起来：“你不介意，我介意。我不能让顾客穿着一条露出拉链的裤子出去，败坏我的手艺倒是小事，关键是把裤子弄得丑丑的，多没尊严。”

我忍不住笑了起来，没想到，一个裁缝师傅竟有如此细腻的心思和属于自己的原则。也许，别人对他所谓的原则并不认同，甚至不屑一顾，但他依然执着地固守着，因为他知道，这样才是对自己的手艺、对顾客、对手下的衣物本身最大的尊重。所以，后来我听人说，这家裁缝店的生意越来越好，而且很多有名气的人都特意来找裁缝师傅做衣服时，我一点都没觉得意外，反而觉得是理所当然的事情。

表妹经营着一家大排档，客源主要是建筑工地上的建筑工人们，生意挺不错的，表妹还雇了几个店员帮忙。有一天因为隔壁几家餐馆都没开门，表妹家的顾客特别多，等餐厅打烊时，已经凌晨1点多了，店员们急着收拾好回家，于是直接用扫帚清扫餐桌，再用抹布擦一遍就行了，又快又省力。想着店员们也累得不行，表妹也就没说什么。

不过，有一个阿姨却没有用扫帚，仍在用抹布认真地擦着自己负责的餐桌。表妹好奇地问："你为什么不用扫帚呀？"阿姨一边忙活一边回答："扫帚是用来扫地的，怎么能扫桌子呢？那太对不起桌子了。"

表妹在跟我讲这件事的时候，笑着说："那时候，我突然觉得阿姨像个诗人。""是的，是一个心灵柔软、善良、浪漫、易感的诗人。"我跟着说。

从裁缝师傅口中的"一条牛仔裤的尊严"到店员阿姨嘴里的"对不起桌子"，让我看到了他们对于自己内心原则的坚持，对事物的敬畏和尊重。这样的人是可爱的，也是值得我们敬佩的。——难道这不该是我们每个人都应该具备的情怀吗？

喷水车上的彩虹

公司里新来了一批实习生，这些刚刚大学毕业的年轻人大部分都背井离乡，独自应对生活与工作中诸多琐碎和忙乱的事情，这对刚走出校门的他们来说无疑是一个不小的挑战。我常常在工作间隙听到他们的抱怨和牢骚：租到一个既便宜离公司又近的房子是多么难；每天挤公交和地铁多么让人头疼；和难缠的房东与租户过招需要多么斗智斗勇；上公共洗手间多么考验勇气……

其实，这些年轻人的遭遇我们都很理解，毕竟大家都曾经从那个阶段走过，深知一无所有、举目无亲的艰难。所以，面对这些年轻人的抱怨，我们都会给予微笑和安慰。不过小媛却是个例外，我从未听到小媛有过一次抱怨，相反，每次看到的都是她热情微笑、元气满满的样子。我们都以为小媛的承受力强，或者说她习惯于隐藏真实的感受。

那天傍晚，公司临时要加班，同事们便出去吃点东西然后再回来工作。实习生华子回来时，苦着脸说："真倒霉，吃个饭也被喷水车给弄了一身水，昨天刚买的新衣服给弄脏了。"华子一边说，一边抖着弄湿的衣服给大家看。看着华子郁闷的样子，同事们都跟着安慰了半天。

小媛和华子前后脚进来，我无意中看到小媛的衣服上也有一团团水渍，但她却像什么事都没发生一样。我好奇地问：“小媛，你刚才在外面遇到喷水车了？”“对呀！”听了我的话，小媛竟一下子兴奋起来，“你猜喷水车开过去的时候我看到了什么？”

小媛满脸神秘笑容的样子引起了大家的兴致，“难道开喷水车的是个大帅哥”“不会是地上有一沓钱吧”“或者喷水车喷出来的是金子”……同事们的猜测都被小媛摇头否认了。那到底看见了什么让小媛如此兴奋呢？

小媛笑着说：“喷水车开过的时候，我正蹲下身子系鞋带，感觉水洒到我身上时，我下意识地抬起了头，那时，夕阳刚好斜斜地穿过喷水车喷出来的水幕，竟然形成了一道五颜六色的彩虹。真的是一道彩虹，很漂亮！我都好久没有见过彩虹了，没想到今天竟然能在喷水车上遇见。我是不是太幸运了？”

小媛似乎仍陶醉在那份美好的悸动里，大家也都被她的描述所感染，仿佛都看见了那幅美丽的景象。

直到这时，我才突然明白小媛平日里从不抱怨的原因——一个能在喷水车里看见彩虹的姑娘又怎么会为零碎的琐事抱怨呢？在她的生活里，恐怕只有开心和快乐吧！也许，有时候我们该问问自己，喷水车开过的时候，你会抱怨被水弄湿了衣服，还是庆幸在喷出的水幕中看见了彩虹呢？

存点念想慰流年

前几日在姐姐家小住，平日里特别挑食的小外甥尝了我做的蛋羹后，直呼美味，一连吃了两碗才拍着圆鼓鼓的小肚子放下碗筷。这对我来说是个莫大的鼓励，自然特别开心。

于是第二天，没等小外甥开口，我就自告奋勇地问他还要不要吃蛋羹，说不定还能趁机和他交换“电脑使用权”呢！没想到，小外甥却没有像我想象中那样高兴地拍着手说“想吃”，反而摇了摇头。

“怎么了？小姨做的蛋羹不好吃吗？”我疑惑地问。小外甥回答道：“好吃呀，特别好吃。”“那现在不喜欢吃了？”我追问。“不是。”小外甥摇摇头，又突然神秘地笑着说，“但我今天不吃了。我怕天天吃会吃腻，以后就没有东西让我期待了。”

小外甥的话让我愣住了！这哪是一个孩子说的话呀，简直就像一个禅师的睿智之言。仔细想想，这个道理其实是我们很多成年人都做不到甚至意识不到的。比如，之前想要让小外甥“一次吃个够”的想法，我怎么就没想到要节制，要给他留下点念想呢？其实有时候，念想真的特别重要。

刚毕业那年，我独身在外、一无所有，口袋里的钱快要花完了，却一直没有找到工作。当初我不顾父母反对，放弃了他们为我找好的工作，执意到外面打拼，自然不好意思开口问家里要钱。

那天，空跑了一天之后，沮丧透顶的我躺在阴暗的出租屋里，感觉全身发热、四肢无力，晕晕乎乎地睡着又醒来，最后自己都分不清楚自己到底是醒着还是在梦中。后来，意识模糊中，我突然想起刚来这座城市时，在一家商场里试穿的一件连衣裙，那件裙子并不是多贵的品牌，但对我来说却是完全无力承受的消费。当时我就暗暗告诉自己，一定要在这里立足，用自己的能力买下这件连衣裙，包括其他我想要的东西。

也许是内心对那件连衣裙的念想太过强烈，我挣扎着从床上爬起来，拖着烧到 39.8 摄氏度的身体去医院看病。病好后，我又满血复活。最终找到了一份还算不错的工作，终于有能力为自己喜欢的东西埋单了。后来我想，如果平日里我就可以随心所欲地拥有那些想要的东西，就会失去那份对连衣裙的念想，也许就没有重新振作起来的机会。

其实不管什么时候，我们都要有所节制，所求永远不要过满，要留下一点念想。而这份念想能够在关键的时刻给予我们动力和勇气，足以让我们战胜流年中遇到的各种挫折和困难，慰藉我们那颗风尘仆仆的心灵。

母亲待客

大学刚毕业时，我在离家不远的一个城市找到了人生的第一份工作。说“离家不远”其实是比较而言，当时与我同时进入公司的几个同事都是外省的，我离家最近，也有几十公里的距离，坐车来回需要好几个小时。于是和几个新来的同事一样，在公司附近租了一间房子，周末的时候才回家。

记得第一次发工资后，母亲要我邀请同事来家里吃饭，我以“不是太熟”为由毫不犹豫地拒绝了。母亲大概不懂，同事之间其实不必太过亲密的。母亲却坚持说：“正因为不熟，大家才应该聚聚，多了解一下嘛。他们也和你一样都是孩子，回家不方便，来咱这里就当回家了。”最后，我拗不过母亲，只好邀请了几个同事。

请客那天，母亲简单准备了几个家常菜，然后开始剁肉馅。“妈，你打算请人家吃饺子？”我吃惊地说，“现在年轻人都不喜欢吃饺子了。”母亲笑了笑说：“舒服不过躺着，好吃不如饺子。饺子里有肉有菜有面，又好吃又实惠。你们小时候，哪个亲戚来咱家不是嚷着要吃饺子呀！”

母亲的话倒勾起了我的回忆。也许是母亲有自己的秘诀，她做出来的饺子格外好吃，小时候，不仅我们全家喜欢，亲朋好友也都很喜欢吃。每次来家里做客，大人们不好意思说什么，孩子们可是毫不客气地要求吃母亲做的饺子。母亲笑着连连点头，然后一边不疾不徐地剁馅儿，一边和亲友们唠家常。调好馅儿、和好面后，亲友们都挽起袖子，围在一起擀面皮、包饺子，每每这时候，家里其乐融融、一片欢声笑语。

既如此，我也就随了母亲的意，帮她洗葱剁姜，打起了下手。同事们如约而至，母亲热情地招呼他们坐下喝茶。“姑娘，你老家是哪里的”“山东章丘？那里的大葱最好，个大葱白也多，好吃”“小伙子你看起来太瘦了，应该多吃一点，以后有空就来，阿姨给你做好吃的”……母亲亲热地和同事们聊着天，手上的活也没耽搁，一手托饺子皮一手放馅儿，眨眼工夫就变成了一个个小巧玲珑的饺子。

等饺子煮好端上桌子时，母亲早就和同事们熟络起来，甚至比我对同事的了解还多，这个不爱吃蒜，那个喜欢吃醋，这个的蒜汁里要多放点辣椒……一顿饭吃下来，同事们初来时的拘谨早就不见了。

后来只要有空闲，大家都会来我家里玩，吃母亲包的饺子。大家都说，看到母亲就会想起自己的妈妈，吃着母亲包的饺子，更有一种家的感觉，很亲切、很温暖。而我和同事们的关系自然也相处得非常融洽，极少有一般意义上的钩心斗角，工作起来特别舒心。

一次读到汪曾祺先生的《家常酒菜》，里面有一段话：家常酒菜，一要有点新意，二要省钱，三要省事。偶有客来，酒渴思饮。主人卷袖下厨，一面切葱蒜，调佐料，一面仍可陪客人聊天，显得从容不迫，若无其事，方有意思。如果主人手忙脚乱，客人坐立不安，这酒还喝个什么劲！突然想起母亲平日里的待客之道，不觉拍手叫好，深以为然。

一个手艺人的尊重

我的祖父喜欢制作根雕，虽然只是业余爱好，但创作出的根雕精细、典雅、奇特，在当地也算是个小有名气的手艺人了。

父亲从小跟在祖父身后，上山挖各种奇形怪状的树根，被淤泥淹没或深埋土中的死根，其质坚几乎接近化石，是制作根雕的绝佳材质。祖父说，做根雕讲究“三分人工，七分天成”，要尽量保持根材的天然形态，人工雕琢只能起到辅助性的作用。因此，好的根材是制作根雕的关键。

有一次，祖父在山上挖到了一个阴沉木根，造型十分奇特，而且这种木质坚硬、细腻、稳定，简直是不可多得的精品材质。祖父把这个树根放在自己的房间里，每天早晚都会对着它默默打量，有时一看就是一个多小时。如此过去了两个多月，确保树根的每一个细节都印在脑子里后，祖父才开始动手操作。

经过了脱脂、清洗、干燥之后，祖父按照脑子里的构思开始对木根进行造型。一天饭后，祖父外出散步，父亲看到已经大致成型的根雕，突然感觉手痒痒，就拿着刻刀想要一试身手。虽然在祖父的熏陶之下，父亲懂得了一些基础的技巧，但毕竟还不熟练，手下用力一个不稳，刻刀直冲下来，划到父亲的左手上，鲜血一下子冒了出来。

此时，祖父刚好走了进来，他直奔父亲而去，嘴里惊慌失措地喊道："没伤到木头吧？"然后在树根前蹲下身去，仔细查看了一番，确定树根无损后，松了口气。这时才留意到父亲流血的左手，找来干净的布条给父亲包扎了起来。

这件事是我10岁时父亲讲给我听的。父亲说，当时祖父的行为让他感觉特别委屈，甚至很长时间都不肯搭理祖父。多年后，父亲才理解了祖父，他的手之所以会划破，是因为手艺不精，本身就是自己的错。而对一个手艺人来说，他手下的艺术品就是他的生命，理所应当被珍视。这是一个手艺人对手艺最大的尊重。

一天吃一头野猪

曾经听父亲讲过这样一个故事。

父亲出生在中华人民共和国成立初期，那时候各方面的条件都很有限，日子过得很艰苦。不过在孩子们眼里，每日无非只有两件事：吃和玩。条件再简陋，孩子们总能找到玩耍的乐趣，捉迷藏、打水仗，跳皮筋、抓石子，找个树杈做弹弓、爬上树去掏鸟窝……只要愿意，总能找到好玩又有趣的事情。但在吃方面就没那么简单了，那时候想要填饱肚子都很不易，更不敢奢望有什么更多的要求。可想而知，父亲他们兄弟几个半大小子时常饥饿的肠胃是多么地干瘪和贫乏。

有一年冬天，祖父在山上挖草药的时候，碰到了一头野猪。当时祖父手里除了一把挖草药的铲子，没有其他任何工具，幸好那头野猪个头不大，祖父硬是用一把铲子制服了那头野猪，当祖父把那头野猪拖回家时，瘫坐在地上半晌都没起来——体力严重透支了。

祖父宰杀野猪时，祖母在几个孩子发光的眼光注视下，已经做好了盘算：先把野猪的下水炖了给孩子们解解馋，剩下的肉腌制起来，平日隔三岔五地改善一下伙食，如此算来能吃到过年呢！

一向节俭的祖父却没有同意，他主张把一头野猪全部煮了，让大家敞开肚皮吃个够。祖母当然不同意，甚至觉得祖父疯了。不过，最后祖父终于说服了祖母，支起了只有过年时才用的大锅台，抱来柴火生起火。一家人围在锅台边，看猪肉在大锅内翻滚，每个人脸上都焕发出了幸福的光芒。

其实，祖父何尝不懂得细水长流的道理，他只是想用一头野猪点燃孩子们对生活的憧憬和热情，在孩子们的记忆里留下一道无法抹灭的亮色。而这些，也许可以帮助孩子们抵御日后无数的艰难和困苦。他知道，一天吃一点猪肉，顶多也只能吃到过年，但那种被勾起的巨大食欲却又无法彻底满足的感觉会让孩子们更加难受。与其如此，倒不如让孩子们彻底吃个够，纵然剩下的日子无肉可吃，但那一天大快朵颐之后的快乐却是往后多少个日子都换不来的。

事隔多年，每次想起此事，父亲的眼睛里都会迸发出别样的神采，他说：“那是我年少的时光里，最快乐的一天。”

一天很长　一年很短

周末在家，无所事事地度过一天，傍晚时，无意中看到日历——已经到了年底，一年又这样猝不及防地过去了。

脑子里突然浮现出高中英语老师经常对我们说的一句话：How time flies！我觉得这里的“飞”用得再恰当不过，时间没有翅膀，却飞得如此之快，等我们回过神来，只能喟叹“天空不留下岁月的痕迹，但它已经飞过”。

感慨半天之后，我突然感觉有点不太对劲，明明刚才我还闲得发慌，无聊地打游戏、刷微博和朋友圈，觉得这一天过得太慢，怎么一眨眼的工夫，就开始感叹“时光飞逝”了呢？

也许我们每个人都有这样的经历，总觉得一天很长，可以做各种各样的事情。也正因如此，我们会把所有的事情都往后推，反正时间多的是，留着一会儿做也没关系。那省出来的时间做了什么呢？我也不清楚！大抵是被零碎的琐事消磨掉了吧。到最后，想要做的事情来不及做，被推到了第二个“漫长的一天”。如此累积下来，到了年尾，才蓦然惊觉：呀！一年又过完了？好短呀！是的，短得似乎什么都没来得及做呢！

叔本华有句话说得很好，平庸的人关心怎样耗费时间，有才能的人竭力利用时间。那是不是可以理解成，当我们无所事事地虚度时光时，其实只是因为我们平庸且无能？也许我们没有梦想，所以任性地挥霍每一天。然而最可怕的是，我们明明心有方向，却被懒惰和侥幸控制了身体，不愿付出行动，还安慰自己来日方长。可是，哪有什么来日方长？一不小心，“来日”就变成了“来年”！“世界上最快而又最慢，最长而又最短，最平凡而又最珍贵，最容易被忽视而又最令人后悔的就是时间”，你看，高尔基早就深谙时间的神奇，并替我们说出了想要说的话。

我很喜欢的一部电影《死亡诗社》中，罗宾·威廉姆斯饰演的老师基廷在上课第一天就告诉学生：抓住今天，让自己变得非凡。当然，学生们当时不以为然，因为他们并不明白这句话的含义。后来，在基廷老师的不断言传身教下，这些学生开始觉悟，开始用当下的时间去做最想做的、最有意义的事情。

电影中还引用了梭罗的一首诗歌：我步入丛林/因为我希望生活得有意义/我希望活得深刻/汲取生命中所有精华/把非生命的一切都击溃/以免当我生命终结/发现自己从没有活过。是的，只有用梦想和努力去充实当下的每一分每一秒，我们才不会觉得一天太过漫长，而只有当我们感觉到一天很短时，才能在一年过去，回望取得的累累成绩时，不会懊恼地抱憾一年太短。

舍得为美“浪费”

老公带回来几张CD，是他很喜欢的一位音乐家的作品，CD包装精美、赏心悦目，拿在手里非常有质感。当我得知价格后，忍不住连连咂舌：太贵了！网上比这个便宜多了，而内容几乎都是一样的，这不是浪费吗？老公反问，怎么能一样呢？这种CD细节丰富，能轻松听出感情；声音有厚度，能明显感受到韵味；而且图像清晰，听感很轻松。“重要的是，这里面灌注了创作者多少心血和努力！贵是贵了点，但值。”老公微微笑着，却一脸认真地说。

其实，我也知道，网上那些便宜的和这个完全无法比较。我之所以觉得“浪费”，可能因为它只是一种消遣的东西，在我的意识里，非生活必需品都多少有点浪费的意思，何况是高价买来的呢？不过，当后来我和老公陶醉在充满韵味的、如天籁般的音乐中时，我忍不住称赞道“太美了”，是的，这种美是再多劣质的CD都无法营造出来的。

季羡林曾在他的随笔里写道，我们的民族，是一个注重实际的民族。我从小就是在这种“注重实际”的教育中长大的。小时候，乡下的父母每一次掏出钱包之前，都会细细衡量“这个东西有用吗”，而有用与否的标准则大多建立在物质层面上——能吃？能穿？或者能用？除此以外的东西，买了就是浪费。如果同样“有用”，则要再比较哪个更“实惠”，比如买书，父母宁愿掏钱买一本也许看不下去的大部头，也不愿买那本优美的散文集，因为大部头更厚，所以更实惠。

有一年，镇子上的中学来了一位女教师，和乡下大部分的人相比，女教师是那么与众不同。她喜欢把头发梳得一丝不苟，穿着整洁且讲究的服装。当然，我说的不同是除了穿着打扮之外的东西。她每周都会专程去城里一趟，买来一些日用品，其中还有一束鲜花。

刚开始，人们以为那是商家白送给她的，谁会花钱买这种中看不中用的东西呢？所以当人们知道那是她花了足够人们一周伙食费的钱买来的时，都很不理解，甚至有人非常愤慨，觉得这是极大的浪费，简直恨不得把鲜花从她手里夺走退回去。当然，这些议论女教师是听不到的，她依然会每周买一束鲜花插在花瓶里，在有薄雾的清晨或者落日的黄昏，坐在窗台前，捧着一本书，偶尔抬头对着鲜花微笑。后来，不知道谁说了一句“真美”，经过的路人竟没有人再反驳。时隔多年，忆及这件事，我突然明白，当时那束花带给女教师的慰藉，可能比她所花费的要多得多。

蔡元培先生说：一个没有审美的民族是不知善恶的。其实，审美是需要培养的，它和金钱并无直接关系，但想要发现美、欣赏美，就要舍得为美“浪费”，而那些“浪费”掉的金钱或者精力，都会以另一种形式回归，成为滋养我们生命和灵魂的源源不断的养分。

命　好

周末，邀请一群朋友来家里聚会。最初大家在一个微信群里结识，虽然各个年龄段的人都有，但因为都喜欢看书，交往便频繁起来。闲暇时常常聚在一起喝喝茶，聊聊天，别有一番趣味。

闲聊时，谈到“压力”这个话题，大家的话匣子一下子都打开了。

先是“90后”的小朋友抱怨，生活压力大、工作机会少——“现在的钱真不禁花，以前100块钱都够买全家人的衣服了吧？现在连一件都买不到”。

“80后”的朋友更是大倒苦水：当我们读小学的时候，读大学不要钱；当我们读大学的时候，读小学不要钱；我们还没能工作的时候，工作是分配的；当我们不能挣钱的时候，房子是分配的；当我们能挣钱的时候，却发现房子已经买不起了。

大家都把羡慕的目光投向了“70后”，最起码他们那时候买房可容易多了。“70后”却摇头叹息道：“那时候上大学多难啊，更多的人根本没有机会读大学，只能一辈子待在一个小地方，见识和能力都非常有限。”

总之，每一代人都觉得自己这代人无比不幸和痛苦。

这时，一直静静地坐在沙发上看电视的老父亲慢悠悠地开了口：“我出生在20世纪五十年代,小时候根本不知道肉是什么滋味;上初中的时候赶上‘文革’,然后就辍学回家种地了;十来岁的时候,正好赶上三年困难时期,树皮草根都吃不上,很多人都饿死了……”

大家都深表同情地连连点头,父亲那代人确实经受了很多我们难以想象的苦难。但父亲却咧开嘴,笑着说:“我没饿死,现在还过上了安稳的日子。多亏我命好啊!”

看着父亲脸上无比满足的笑容,朋友们都闭口不语,继而跟着笑起来,脸上竟也有了一丝满足。

·读书的意义

高尔基说："我看见书，就像是饥饿的人趴在面包上。"可谓把好读书之人的那种迫切之情表现得淋漓尽致。

不过，近年来，好读书之人似乎越来越少了，越来越多现代化的东西分散了人们读书的兴趣。更有一些年轻人，在谈及读书时，眼神中有不屑也有茫然：读书有什么意义？是呀，读书到底有什么意义呢？

文学家杨绛曾与父亲之间有过这样一段对话。父亲问："阿季，三天不让你看书，你怎么样？"她说："不好过。""一星期不让你看书呢？"父亲又问。她皱起眉头回答："一星期都白活了。"父亲笑了，说："我也这样。"所以，杨绛和先生钱锺书在英国牛津大学求学时，因为生活费有限，他们常常省吃俭用，饭只要吃饱就行，衣服只要整洁就行，省下来的钱都毫不犹豫地买了书。然后，夫妻二人坐在院子里，一人捧一本书，"仿佛两位高贵的绅士在硕果累累的田园里漫步"——手里有比眼睛里更生动的世界。

很多人都爱追问读书的意义，但其实真正喜欢读书的人是不会这样问的。对于真正爱书的人来讲，读书就如同吃饭睡觉，是一种必需的却又寻常的东西，意义可能已经蕴含在读书这个动作本身里了。因为读书学习的意义从来不是学了什么，更重要的是教会你一种思维方法，让你懂得如何去认知、如何去判断、如何去思考。

著名数学家华罗庚因为喜欢读书，还养成了一种与众不同的读书方法。他拿到一本书，不是翻开从头至尾地读，而是对着书思考一会儿，然后闭目静思。他猜想书的谋篇布局，斟酌完毕再打开书，如果作者的思路与自己猜想的一致，他就不再读了。华罗庚这种猜读法不仅节省了读书时间，而且培养了自己的思维力和想象力，不至于使自己沦为书的奴隶。

读书的意义是什么？我觉得龙应台的家书里写得很好：孩子，我要求你读书用功，不是因为我要你跟别人比成绩，而是因为，我希望你将来会拥有选择的权利，选择有意义、有时间的工作，而不是被迫谋生。当你的工作在你心中有意义，你就有成就感；当你的工作给你时间，不剥夺你的生活，你就有尊严。成就感和尊严，给你快乐。正如近代文学家、翻译家林纾说的那样："用功学习虽是苦事，但如同四更起早，冒着黑夜向前走，会越走越光明；好游玩虽是乐事，却如同傍晚出门，趁黄昏走，会越走越黑暗。"

是的，不必非要去探究读书的意义，而要把读书当作一种生活方式，然后于潜移默化中不断地提高自己、完善社会。人生追求之路永无止境，已登峰者也有待继续勤学达到造极的境界。

别跟自己过不去

父亲出生在20世纪五六十年代的农村，各方面条件的艰苦可想而知。父亲排行老二，上面有一个哥哥，下面还有一个妹妹。人口多，负担也就更重，从小他们兄妹三个就跟在大人身后，帮大人们做各种活计。父亲每天放学都会拎把镰刀到后山上割猪草，因为个子小，每次背不了太多，他就多跑几趟，一趟趟地往家里运——家里喂的两头猪是他们兄妹三人一年的学费呢！

尽管父母都很勤劳，他们兄妹三人也很懂事，可日子过得还是捉襟见肘。终于，父亲最不愿意面对的问题出现了。大哥考上了大学，学费却让一家人犯了难，只能靠卖掉猪来凑学费，可如果这样，父亲和妹妹的学费就没有着落了。“必须有人要退学，家里供不起三个孩子同时上学。”父母发了话。可是，让谁退学呢？大哥作为山沟里飞出的“金凤凰”，让他退学实在可惜。妹妹退了学，只能做点家务，在经济上也帮不上什么忙。那就只能让父亲退学了！

父亲很不甘心，他的学习也非常优秀，每次考试都是年级第一，两年之后他肯定也能考上大学。可是，情愿也好，不情愿也罢，事情已成定局，没有其他办法可以选。父亲因为比大哥晚生了两年，只好退学，帮助大人担负起养家的重任，供大哥和妹妹上学。

很长一段时间，父亲都缓不过劲来。他觉得自己命不好，甚至觉得每个人都亏欠他，他抱怨干活太累，抱怨吃得太差，每天得过且过，能偷懒绝不多干一点。父母对此也无可奈何，他们何尝不觉得愧对儿子呢？

直到有一日，父亲懒洋洋地坐在田埂上休息。村里一位长者走过去，拍了拍父亲的肩膀问：“怎么不好好干活？”“不想干。”父亲如实回答。长者又问：“为什么不想干？干活不好吗？”“不好。所有的一切都不好！”父亲倔强地说。长者叹了口气，说道：“那你自己也不好吗？”

一句话，让父亲愣住了！后来，父亲就恢复了常态，每日积极地下田劳作。如今，父亲的大哥和妹妹大学毕业后都在城里安了家，父亲仍在乡下种田，日子过得也算安稳。

“命不好，下田干活不好，家人、邻居都不好，自己总归是好的吧？你可以和一切都过不去，但不能跟自己过不去啊！”父亲站在地头，望着眼前的庄稼，语气平和地对我说。彼时，正因为遭受人生中的第一次挫折而黯然神伤的我突然茅塞顿开：纵使所有的一切都不好，还有自己是好的，所以不管怎样，别跟自己过不去。

书店里的阅读时光

前段时间到家乡的小县城办事，因为城区改造，拆掉了很多老旧的建筑，其中也包括一家新华书店！当然，新的书店搬迁到了新城区，这里拆掉的只是旧址，但我仍感到莫名的心酸和不舍，心头涌上许多回忆和感慨——这家新华书店承载了我多少年少时的美好时光呀！

20世纪七八十年代，我们这个小县城有了第一家新华书店。它坐落在县城的中心大街，与它相邻的就是电影院，这里是县城最繁华的地方，每个来到县城的人一眼就能看到“新华书店”这个红色的招牌。

我第一次进入新华书店是在读中学的时候，站在门口，看到书店里一排排摆放整齐的书籍，我竟吓得不敢再往里走了，准确地说，应该是被震撼到了。此前我一直生活在农村，在村子里，书籍绝对是个稀罕物，只有村头的一位老教师家里存着一些书，而普通家庭里很少见到书，能翻出来的带字的纸片恐怕也只有说明书之类的东西。所以，新华书店那么大的空间里满满的都是书，带给我的视觉冲击便可想而知了。当时我的脑子里自动跳出一句话：知识的海洋。——我觉得没有比“海洋”更形象、更生动的形容了。

我的家离县城有点远，所以"如果每天都能去新华书店里看书"这个想法就成了一个奢望。不过，"每天去"实现不了，每周去一次还是可以的。于是，每到周末，我早早地写完作业，再把父母交代给我的家务做完，就和小伙伴们出发了。从家里走到县城大概需要半个小时，到书店后，我们迫不及待地到书架前挑选各自喜欢的书籍。那时候，书店里没有座椅，大家都是站在书架前看书。实在累了，就席地而坐，捧着书籍继续读。

没有音乐、没有咖啡，甚至很少有阳光——书店里的窗户都很小，阳光不可能大片地洒进来。但这样似乎更营造出了一种静谧的氛围，每个人都低着头，安静如莲，却在书本的世界中热血沸腾。在这里，我读了一生中读过的大部分国内外名著，《简·爱》《雾都孤儿》《三国演义》《红楼梦》……后来那么多年，读过的书竟不及那时的一半。

现在，我居住的地方开了很多家书店，其中不乏环境优雅的"最美书店"，轻音乐环绕、青翠的绿植点缀其间，而且还提供舒适的沙发和香醇的咖啡。然而，在这里我却很难找到当年全身心投入一本书中的感觉，我会时不时地掏出手机查看，太多的东西分散了我的注意力，有时候甚至用手机拍几张照片发发朋友圈，就觉得自己读过书了。

很想有那么一段时光，可以不带手机去读书，在书店里隔绝一切，就只是纯粹地看书。就像少年时，从书本中回过神来，发觉已然到了下午，而带来的充当午饭的馒头还静静地放在身边，拍一拍饥饿的肠胃，却有无比的充实和满足。